沙润娜 ♥ 著

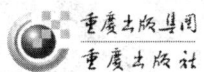

图书在版编目(CIP)数据

初恋进行时/沙润娜著.—重庆:重庆出版社,2016.6
ISBN 978-7-229-10197-8

Ⅰ.①初… Ⅱ.①沙… Ⅲ.①长篇小说—中国—当代 Ⅳ.①I247.5

中国版本图书馆 CIP 数据核字(2015)第 156918 号

初恋进行时
CHULIAN JINXINGSHI
沙润娜 著

责任编辑:陶志宏　何　晶
责任校对:郑小石
封面插图:土豆妮
装帧设计:浪殿工作室·阿鬼

重庆出版集团
重庆出版社　出版

重庆市南岸区南滨路 162 号 1 幢　邮政编码:400061　http://www.cqph.com
重庆出版集团艺术设计有限公司制版
重庆市联谊印务有限公司印刷
重庆出版集团图书发行有限公司发行
E-MAIL:fxchu@cqph.com　邮购电话:023-61520646
全国新华书店经销

开本:880mm×1230mm　1/32　印张:8.5　字数:205 千
2016 年 6 月第 1 版　2016 年 6 月第 1 次印刷
ISBN 978-7-229-10197-8
定价:28.00 元

如有印装质量问题,请向本集团图书发行有限公司调换:023-61520678

版权所有　侵权必究

FIRST LOVE
初恋，是人生最美妙的爱情。

目录 / CONTENTS

目录
CONTENTS

CHAPTER 1 / 001
第一章

CHAPTER 2 / 020
第二章

CHAPTER 3 / 038
第三章

CHAPTER 4 / 058
第四章

CHAPTER 5 / 076
第五章

CHAPTER 6 / 094
第六章

CHAPTER 7 / 112
第七章

CHAPTER 8 / 130
第八章

初恋进行时 / FIRST LOVE

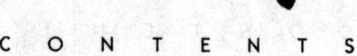

CONTENTS

CHAPTER 9 / 152
第九章

CHAPTER 10 / 171
第十章

CHAPTER 11 / 190
第十一章

CHAPTER 12 / 209
第十二章

CHAPTER 13 / 227
第十三章

CHAPTER 14 / 247
第十四章

初恋进行时 / CHAPTER 1

♥ CHAPTER 1
第 一 章

　　夏晴今天心情不太美丽，因为今天是她的离婚纪念日。
　　和江源三年的婚姻，并没有唤醒他一点点的温柔，反而更多的是粗心、大意、无时无刻不抬杠……
　　夏晴是个写字的女人，骨子里存有很多浪漫，只是不轻易示人，那些浪漫存在灵魂里，用她的话说，懂她的人自然会懂，不懂的人也懒得调教他去懂。
　　夏晴最近在帮一家影视公司写系列书籍，收入还算可观，但她却一点也不愿意给货到付款的那家蛋糕店付钱。
　　因为他们送来的是一个写着离婚纪念的蛋糕，这事儿铁定是江源干的，昨晚她刚拒绝了他的复婚申请，今儿这是故意来恶心她了。
　　蛋糕店员一副决不妥协的架势，让夏晴有点招架不住。最后还是乖乖地掏了钱，买下了这蛋糕。
　　"真烦！"
　　她托着那蛋糕，恨不能一把把它丢在江源的脸上，她觉得他应该庆幸没有站在自己面前。

可让她意外的是，她刚要关门的那一刹那，江源出现了，手里拿着一百块钱朝她摆手："亲爱的，我来晚了。本来是该我来付账的！"夏晴觉得刚刚那点子不错，没等他反应过来，她就将蛋糕按在了他的脑袋上："纪念日快乐！带着你的蛋糕赶紧滚蛋！"

江源气得牙痒，收拾着自己脑袋上的奶油，又开始对她骂骂咧咧："疯子！泼妇！你还作家呢你？你见有几个作家像你一样，这么泼妇的！？"

夏晴嘭地将门关上，锁好。用屁股抵着大门喊了一句："说得就像作家不是人一样，再说你认识几个作家啊？你赶紧拿着你的蛋糕滚，别跟这儿恶心我！"

江源深知夏晴这倔强的脾气，本来还在某主题餐厅订了个位置的，看这架势，她肯定不会接受邀约的。

他抹着头发上的奶油，悻悻地走了。样子狼狈不堪。

本来刚刚还才思泉涌的夏晴，这下一点儿心情都没有了。她点开QQ跟好友姜文抱怨着——世界上唯一一个吃饱了撑得没事儿干时就去触碰别人底线的男人，让我摊上了。

此时的姜文也趴在桌子上发着呆，随手回了她一条——昨晚又吵架了，房顶子都被我们掀起来了……

得，夏晴找错倾诉对象了。不过她还是愿意，喊姜文出来一起喝点儿小酒，装 × 忧伤。

——晚上出来喝点儿？

姜文耷拉着眼皮没精打采地打了俩字儿——好啊。

夏晴的手机吱吱地响了，她看了一眼，手机上显示着——江源。她拒接，他又打了进来，她再拒绝，他就还打。

"妈的，脸皮还真是厚！"

夏晴没好气地接起电话，想着劈头盖脸地骂他一顿，没等她先开口，江源却焦急地说："晴儿，我撞车了。你能先给我拿点儿现金来吗……"

夏晴拿着手机笑得前仰后合。想必这就是报应！？

"太好了呀！谁呀这么长眼？给我出了这口恶气？"

面对她的幸灾乐祸，江源一下子就火了。冲着手机那端的前妻大喊大叫了起来："你还是不是人啊？我出了事儿你美是不是？你怎么不问问我，人有没有事儿啊？"

夏晴扭着腰在屋子里转悠，语气那叫一个轻松："你要是有事儿，交警队直接就给你拉到医院去了！也轮不着你亲自给我打电话啊？"

"你！蛇蝎心肠！大人不记小人过，你先给我送点儿钱来行不行？"

"我该给你的还是欠你的？咱俩离婚的时候，存款我可一分没多占！现在有了这事儿，你不该给我打电话啊？你那亲亲的妹妹呢？你怎么不跟她要钱？"

"行！夏晴！算你狠！咱俩好歹三年的夫妻，你这么不讲情面是吧？"

电话那端出来一片嘈杂的吵闹声，"我说你让我等到什么时候，到底是私了还是公了……"

接着就是江源的一通解释："私了，私了……您再等会儿，别着急，别着急……"江源回过头，又问了夏晴一遍，"你就说，你到底帮不帮我？"

夏晴翻了翻白眼儿："你在哪儿呢？"

"解放大街，移动营业厅门口！"

"我告诉你，就这一次啊！"

虽然答应了他，夏晴还是不紧不慢地收拾着。心想着，让他多等会儿。

焦躁的陈曦已经陪着这个疯子在大太阳底下晒了一个小时了，私了私了，到现在他们家媳妇儿还没给送钱来。

陈曦蹲在马路牙子上，情绪非常不稳定："哥们儿，这是亲老婆吗？实在不行归公吧!？"

"别。别价啊！你再等会儿！"

"嘿！真行，这都一个小时了，我等不起了。"

说着，陈曦掏出了手机，拨打了交警大队的电话……虽然这期间，江源一直试图阻拦，可是他还是非常没有情面地打了交警队的电话。

很快交警就赶到了，这时候夏晴也从出租车上走了下来。

交警盘问着具体的情况，发现江源开的是一辆三无车，盘问了半天，江源才承认，这车是刚在一个二道贩子那里买来的。还没来得及去办理相关的手续。

夏晴看着这场面，心中升起了一丝内疚，跑过去跟交警同志求情："警察同志，这事儿能不能通融一下，我们私了。我们都说好了，私了……"

"私了还给我们打电话干吗？现在你想私了也不行了，你老公这车有问题，我们得先给他扣了！"

夏晴孜孜不倦地跟交警盘旋着，好像做了天大的错事儿一样。陈曦却一直盯着夏晴看，眼神一秒都没有从她身上离开过。

这个女人他太熟悉了，她的音容笑貌、伶牙俐齿、她说话的语气……还和当初他认识的夏晴一样，强势中带着一丝倔强。

陈曦见警察执意要将江源的车拖走，一下子蹲到了夏晴的身前解释着："交警叔叔，这事儿是我不对，我们刚刚已经商量好了本来，是我不对，是我不对啊……咱们能不能通融一下！"

夏晴还纳闷儿这个声音怎么这么熟悉呢？定睛一看，挡在自己身前的人居然是陈曦，内心一下子就凌乱了……

"实话告诉你们吧,这车有问题,我们怀疑这车是偷来的。所以人和车我们都得带走,至于你们的事故赔偿问题,还是下一步的事儿呢!"

江源一听这个,傻眼了,就差给交警跪下了。可交警哪是留情面的角色,最后人和车都被带走了,交警留了陈曦和夏晴的电话,说随时会联系他们。

夏晴内疚极了,觉得自己不该这么磨蹭,心里烦,索性坐在马路牙子上点了根烟抽了起来。

其实烟她早就戒了,可最近因为江源的纠缠又拾了起来,心里实在烦闷的时候,就会抽上两根。

陈曦在夏晴的身边坐下来,感慨万千。

"他怎么是你男人呢!夏晴,我真不知道……"

夏晴没好气地说:"闭嘴吧!你也够行的,赔你点钱不就得了吗!干吗非要归公?这次把他害惨了。也把我害惨了!"

陈曦深吸了一口气安慰道:"你放心,我会帮你把你老公弄出来的,我认识朋友!"

夏晴狠狠地瞪了他一眼,这一眼瞪得他心里发毛。她站起来,将剩下的半根烟,使劲儿地用脚碾灭。

"千万别!这样挺好的。"

夏晴将包扛在肩膀上,大步流星地朝前面走去。陈曦看蒙了,觉得夏晴还像当年一样,做出的事儿,总是让人出其不意。他开着车,慢慢地跟着她,夏晴有点不耐烦了,停下来,逼停了他的车,拽开车门就坐了进去:"不就是想送我回家吗?走吧!"

"你还是和以前一样,这么有个性!"

"能别说废话吗?赶紧送我回家,我还得赶稿子呢!"

陈曦一点儿不敢耽搁,打着了车。

在夏晴的指引下，陈曦将她送回了家。她下车，招呼都没跟他打一声，就径直往楼上走去。

陈曦探出头来，按下喇叭："你老公怎么办呀？"

"先让他受受教育再说！你别管！欠你的钱，会还给你的！等交警队的通知吧！"

直到看不见她的背影，陈曦才决定离开。他甚至开始暗喜，她对自己丈夫的态度，暗示了什么？只有一个答案，他俩的感情并不好。

夏晴将鞋子甩得东一只西一只，开了一罐啤酒。坐在电脑桌前郁闷地喝了起来。

她拿着手机犹豫了半天，还是没有按出去。

陈曦拿出手机，记下了夏晴的手机号码。存上了夏晴的名字。刚刚交警询问夏晴手机号的时候，他有心地记住了。

陈曦之所以到现在还未婚，就是中了夏晴的毒。夏晴在他的感情生活中刻了很深的一笔，挥之不去，难以自拔。当初夏晴结婚的时候，陈曦把自己藏了三天三夜，你无法想象一个三十四岁的男人从三十岁开始就盼望着初恋女友赶紧离婚，是多么的腹黑？

好在陈曦善良，一直没有去打扰夏晴的生活。当然，为了应付家里的两位老人，他也见了不少女孩儿，高的、矮的、胖的、瘦的，比夏晴有个性的，比夏晴还能说会道的……可是他一个也瞅不上，他是把夏晴这个形象定为了他择偶的标榜，也想着，能找到和她相仿的女人赶紧结婚。可是，世界上没有第二个夏晴。他觉得自己已然等到了这个年龄，与其将将就就，倒不如宁缺毋滥。

陈曦看着手机上夏晴的名字，自言自语地笑着说："夏晴啊夏晴，你还是当初的夏晴，一点儿都没变。"

　　他为了这事儿寝食难安，心里愧疚。他怕夏晴因为这事儿着急，就给她打了电话。

　　夏晴看着手机上的陌生号码，犹豫地接了起来。

　　陈曦听见夏晴的声音，开始还很紧张。她问了一声："哪位？"

　　"夏、夏晴吗？"

　　"对，是我。您是？"

　　"我是陈曦。今儿的事儿对不住啊，我觉得挺对不起你的！"

　　夏晴很惊讶："陈曦？你怎么有我的电话号码？"

　　"刚刚你给交警留手机号的时候，我偷偷记住的！"

　　夏晴撇了撇嘴："你找我就是道歉啊？没必要，我和那人已经没关系了，我管是情义不管是本分。要没别的事儿我就挂了啊！再见！"

　　没等陈曦反应过来，夏晴就挂了电话。陈曦傻子一样地盯着手机看着，回味刚刚她那话的意思。

　　夏晴最终还是决定给江珊打个电话通知一下，毕竟她是江源的亲生妹妹，这个世界上唯一的亲人。

　　"喂，江珊吗？以后最好别叫嫂子了，我跟你哥已经离婚了。你哥出事儿了，撞车了，责任在他。可交警把人带走了，可能是他那车有问题。你最好还是出面帮他处理一下吧好吗？那我挂了，再见……"

　　夏晴终于放了心，可以好好地享受和姜文的约会了。

　　她稍稍打扮了一番，出门，将钥匙放在了门框上面。估计今儿又会喝得酩酊大醉回来，她一喝醉，就容易丢东西，钥匙已经丢了五六套了，所以她才想了这个办法，把钥匙藏在门框的上方。

姜文一早就等在了老地方串啤，没等到夏晴就已经开喝了。

夏晴打老远就看见了闷闷不乐的姜文，她走过去坐在她的对面："咋的？不要孩子啦？"

姜文的下巴戳在桌面上，盯着酒杯都盯成了斗鸡眼："人生苦短，何必犯贱！"

"哟？你们家赵斌还没接受你的生子理念？"

她白了她一眼："损的！不过，也差不多……"

一聊起别人的私生活，夏晴就像打了鸡血一样的兴奋。颇有幸灾乐祸的架势："赶紧跟我说说，你俩那点儿破事儿！"

姜文一副不解的表情，有点儿难以启齿："你说他是男的吗？为什么每次都要我主动去讨好他？而他却总是装出一副心力交瘁的样子？你看看我？我不美吗？我发胖了吗？还是皮肤不够润滑？"

姜文整了整自己的头发，像个神经质一样追着夏晴问。

夏晴仔细打量了她一番："各方面都挺正常的，会不会就是因为他太累啊？他自己管理着那么多人，也的确够他受的，你不行劝劝他，给自己放几天假，你们出去玩玩儿？"

"该想的该用的方法我都用尽了，可是他总是推托，说自己的事业刚刚走上正轨，不能耽误……每次都是一样的说辞，没意思。"

夏晴喝了一口啤酒，唉声叹气的。

"你怎么了？是不是江源又找你麻烦了？"

"麻烦天天有，你知道吗，他今儿居然给我送了个离婚纪念日蛋糕！而且是货到付款！你说损不损哪？"

姜文笑得面部都狰狞了，夏晴不耐烦地搡了她一把："是不是姐妹儿啊？"

"我真不知道你俩是谁感染了谁？怎么都这么损呢？看来这江源王八吃秤

砣铁了心要跟你复婚了？开始是哄着你，不成，就恶心你。你到底怎么想的？到底还能不能过了？"

"能过个屁！别说这辈子，下辈子，下下辈子，我都不想再跟这个江源有任何瓜葛了！"

"杀人不过头点地，我看你还是算了。江源也挺不错的，在大学里教书，铁饭碗！"

"是，还会和学生搞不正当关系！臭不要脸！他简直就侮辱了为人师表这个成语！"

姜文翻着白眼儿，思来想去，好像被什么突然袭来的想法吓到了。

"你说，赵斌是不是也……"

夏晴只觉得后背发凉，一阵阴风吹过，让她的嘴都木了，一时不知道该说什么。

"肯定是这样！要不然他怎么会对我这么冷漠呢？"

夏晴在她的重复絮叨下回过神来："切！你和赵斌是青梅竹马，两小无猜。他肯定不会的！"

姜文开始分析赵斌生活上的种种细节，扳着手指头一条条地数着："手机没有密码、各种账号的密码都没有换、上班下班的时间还算按部就班，偶尔加班的时候，每次抽查他也的确都是在加班，秘书是男的，员工里长得好的女人实在没有几个……"

"所以啊！赵斌是不可能的！"

夏晴想立即制止她的这种荒唐念头，在她的心中，不能因为一个男人不想生孩子，就断定他在外面有了女人。他可能是压力大，也可能是对未来有自己的规划。就像江源那时候，追着喊着要自己给他生孩子，目的是什么？不就是为了牢牢拴住自己的婚姻，有些男人，觉得女人生了孩子就铁定不会离婚了，为了孩子，只能隐忍。当初要不是江源使劲儿逼着她要孩子，她恐怕还不能发现他生活作风上的问题。

这就是典型的吃着碗里的想着锅里的，关键是他还看得清轻重，分量重的那一头，永远比较重要。纸包不住火的时候，他就把分量轻的那头丢弃。孩子，就是保住婚姻的筹码。

这么可怕的男人，夏晴是绝对不能和他继续生活的，别说他改好了，就算他从此再也不当大学教授也不行。

"我觉得你应该参考我失败的婚姻，我这个墓志铭还不够你借鉴的吗？赵斌出轨，绝对不可能！"

姜文陷入了深度思考，这时候夏晴的手机又响了。

接起来，居然又是陈曦。

"夏晴。你在哪儿啊？要不，晚上我请你吃个饭吧？"

夏晴朝姜文飞了个眼儿，她好奇地盯着她："谁啊？"

夏晴拿着手机媚笑着，也许是三杯啤酒下肚的原因，她居然说："你来找我吧，我在老地方吃串儿。你来买单，怎么样？"

挂了电话，她又开始后悔，姜文孜孜不倦地八卦着："别告诉我是男的？"

她仰头又一罐啤酒下肚："男的，未婚。你认识！"

"到底是谁？赶紧老实交代！"

"陈曦。"

姜文眼睛嘴巴睁得一样大，惊讶之余感叹："天啊，他还等着你呢！"

"别瞎咧咧，他等我干吗啊！人家肯定是眼光高，没合适的呗！"

"不一定，当初他爱你爱得那么死去活来的。你结婚的前夜，他不是还给你打电话说要去抢你吗？吓得你一夜没睡觉！"

"可最终他没去。这充分说明，他还是很理智的。当然，也没你说的那么爱我!"

"不过他现在总算有机会爱你了。这说明你俩还是很有缘分的。"

夏晴苦笑,摇着头说:"我还没吃够男人的亏吗?爱情、婚姻,都是浮云。知道我怎么和他遇见的吗?"

姜文摇摇头。

"江源撞了他的车,然后给我打电话。你说巧不巧?不过看他穿得人模狗样的,应该混得不错。"

两个人正聊得火热,陈曦开着他的奥迪到了。显然他是为了这次约会精心打扮了一番的,只是打扮和环境不太搭,这也让喜欢观察细节的夏晴有点无语。他这副样子,显然是暴发户心理,故意穿得人模狗样的,生怕别人不知道他现在的生活质量有多么高。

绅士一般的陈曦,让姜文顿时眼前一亮。见到昔日旧友,陈曦也很惊讶,更表现出一番亲切。

"姜文!你也在啊,人还是那么漂亮!"

夏晴往嘴里挤了个毛豆,有些不屑。

"陈曦啊陈曦,这些年你死哪去了啊?几年不见,摇身一变成了大老板了?"

"瞧你说的。我还是以前那个我,只是现在,过得比以前富裕点儿了。还记得当初咱们三个一起跑超市的时候吗?那时候累死累活的,一个月才赚两千来块钱,不过那时候的我们单纯,没有现在这么浮夸。"

夏晴冷哼一声,"你是够浮夸的!"

姜文拍了一下她的胳膊,提醒她注意措辞。一想到她那毒舌的毛病又犯了,她就有点怵头,以前可因为她这嘴贱没少给她平事儿。

陈曦尴尬地笑了笑,"还是人家晴儿有能力,听说现在都当大编剧了,真

- 011

是了不起。"

夏晴扑哧一下，嘴里的酒喷了出来，"我可不是什么大编剧，就是个给人家写小剧本的小菜鸟而已！"

陈曦叹息一声："不管怎么说，你把理想变成了职业，这点，就比我们成功多了。"

姜文撇着嘴巴点点头，用一种崇拜的眼神看着他，没想到几年不见，陈曦说话居然也这么成熟高端了。

"你呢？你现肯定是公司老板吧？"

陈曦尴尬地笑了笑："是老板不假……"

"我一猜就是，看你现在说话和穿衣的品位，提高了至少三个格。"

夏晴一点儿也不关心他的生活或者私生活，心里却一直想着江源到底会不会出事儿？要是真被拘留几个月的话，她自己会受到良心的谴责。毕竟他跟自己离婚之后，过得并不好。还有一个整天到处给他败家的妹妹。

喝了几杯之后，陈曦开始对夏晴套话。

"夏晴，今天的事儿，对不住啊。"

"没事儿，反正我也不在乎。"

陈曦抿着嘴，只觉得身边的空气都要被抽空了一样，紧张得喘不上气。

"姜文，你说她奇怪不奇怪，还有不在乎自己老公的！"

这话题突然就抛到了自己怀里，让姜文有种想掐死他的感觉。她拿起一串羊肉串塞到陈曦的手里："吃完了你结账啊！惩罚你这张欠嘴！我们夏晴现在是单身贵族！"

这一棒子显然打得他有点蒙，心中不免升起一丝小兴奋。虽然在这个时候，他并不能幸灾乐祸，而是装成一副非常不在意的样子，大口喝酒，吃大串。

初恋进行时 / CHAPTER 1

"我一猜夏晴就不是被婚姻束缚的人,作家都有点精神洁癖。"

夏晴白了他一眼,"切!"

"不过今天这客我是请定了!为了庆祝夏晴还是当初桀骜不驯的夏晴。"

坐在一边的姜文非常不解风情地说了句:"你也是当初的你!"

这让夏晴很不满,好像她一定要将自己揉进陈曦的生活中去,现在的夏晴觉得,男人这个角色并不是生活中必不可少的,所以,她并不想表现得有多需要一个男人来照顾自己的生活。

她站起来,举着杯子喝完了最后一口啤酒说:"文儿,我今儿得早点回去。明天还得交大纲呢!"

"别价啊!大家好不容易又聚在一起!"

陈曦战战兢兢的样子:"是不是我说错什么话了?"

"没有,陈曦,你别多想啊!我明天真的要交大纲!"

她拎起包要走,姜文才觉得刚刚是自己说错话了。拽着她的包胡搅蛮缠开了:"别价啊你,可是你把人家陈曦喊来结账的,你把我丢这儿,熟人看见了以为我在和情人约会呢!被我们老赵知道了,我怎么解释啊!?"

她非常佩服姜文嘴贱又扛不起事儿来的性格,每次都是。夏晴被她硬拽着坐了下来,脸色铁青。

陈曦更加觉得喘不上气来了,从早晨遇见夏晴开始,他的心脏就在接受着如战鼓一样敲击着的挑战。

几个人坐在那里谁也不说话,没人注意到从远处走过来,气势汹汹的江珊,她在夏晴的身后喊了一声:"夏晴!你还真有心情在这里跟野男人喝酒啊!"

夏晴被这一句整蒙了,三个人齐齐看向来势汹汹的江珊,没等夏晴开口说话,她就将夏晴面前酒杯里的酒一下子泼到了她的脸上:"让你帮帮我哥就这

- 013

么难吗？他现在要进去几个月！都是被你害的！"

夏晴疯了，不顾形象地跟江珊对骂了起来："你算个什么东西？你哥出事儿了凭什么让我去帮他解决啊？我早和你哥离婚了！你有什么资格来质问我啊！？你呢？你把你哥的钱都败干净了，你还有理了你！"

"一日夫妻百日恩，你这个狠心肠的女人，亏得我哥那么信任你！"

"信任我？算了吧你！我不需要！我压根儿就没想过再和你们有任何瓜葛！"

一来二去，江珊急了，推搡了她一把。她就和江珊动起手来，两个女人打架的场景，绝对比男人壮观。让坐在一边的陈曦看傻了眼。姜文拉偏手不成，就也加入了夏晴的战队，很快江珊就败下阵来，被两个彪悍的女人制服了。

陈曦过去劝，就是拉不开。现场一片混乱，围观的群众见江珊被打了，很为她不平，拨打了报警电话……

陈曦怎么也不会想到，在一天之内，见证了初恋和初恋前夫是怎么被警察带走的场景。

这是混乱的一天，夏晴觉得这绝对是本世纪最倒霉的日子。

警察给三个女人录口供，说服教育着："几个女人，在大庭广众之下打得鼻青脸肿的，你们还真是头一份！说说吧，你们几个到底为什么呀？"

江珊一副绝地反击的口吻，生怕警察不知道她是夏晴的曾经式小姑子。

"她是我嫂子！"

夏晴瞪了她一眼："前嫂子！注意你的措辞啊！"

警察摇头无奈地说："本来以为是街头争吵，没想到还升级到家庭战争了？那你呢？你怎么回事儿？"

警察盯着姜文看。姜文委屈地大哭了起来，一把鼻涕一把泪的。这副样子，很是让夏晴看不上。

初恋进行时 / CHAPTER 1

"你哭什么呀?她我朋友,拉偏手的!"

"嘿,你倒有什么说什么!"

又有一位警员走了进来,在这位耳边叨咕了几句。这位点点头,看着他们进行了最后的批评教育:"以后不要再动手了,多大的事儿啊?就不能好好地说?行了,有人给你们交了罚款,你们签了字就可以走了!"

几个女人排着队签完字,从审讯室走了出来。夏晴一瘸一拐的,刚刚打架高跟鞋的跟不小心崴断了。脸上也有瘀青。

陈曦在外面等得焦急如焚,要不是刚刚他的哥们儿跟人家熟人求了情,这几个女人非要在里面受两天教育不可。

警察也通知了赵斌来领人,就在这当口儿,陈曦还和他互相认识了一下。

赵斌揣着口袋,眉宇间写着一个大大的川字。着急地问他:"大哥,这到底是怎么回事儿啊?"

"别着急,我到现在也没整明白到底是怎么回事儿。不过这事儿,绝对不关文儿的事儿!你们家文儿完全是为了帮夏晴。"

"听你说话,你们好像早就认识啊?"

"我们以前一起工作过。算是革命战友!"

"哦……"

江珊先出来的,气冲冲地瞪了陈曦一眼,悻悻地走了。后面跟着狼狈的夏晴和姜文,赵斌看见妻子这副样子,简直大跌眼镜。从没想过一向柔弱的姜文居然还会聚众打架。

姜文看见丈夫,也是一副无地自容的样子。又委屈,又害臊。最后一下子钻进了赵斌的怀里,哭得稀里哗啦。

夏晴理了理头发,有点看不惯她这副柔弱样。

"行了行了,哭什么啊?别这么没出息!"

- 015

赵斌拍着她的后背小心翼翼地安慰着:"行了行了!我看看你脸上的伤。夏晴,你没事儿吧?"

"我没事儿,你俩赶紧回家吧。不许埋怨她啊,今儿她全是为了我。"

"怎么会呢!要不要我送你?"

陈曦终于等到了自告奋勇的机会,挺着胸脯说:"你走吧兄弟,我负责送夏晴回家!"

"那好,我们走了啊!"

赵斌搂着姜文的腰上了车,夏晴最受不了这样恩爱的场面,让她有点失落,也有点失望。

陈曦跟在夏晴身后走出了警察局,夏晴抬头看了一眼天,感叹道:"我怎么那么倒霉呢?对了陈曦,谢谢你啊。你回家吧,不用送我了,我想自己走走。"

作为一个男人,是绝对不会把一个女人丢在漆黑的夜里不管的。

"那我就陪你一起走走吧。反正我也没事儿!"

夏晴看了他一眼,默许了他的保护。两个人一前一后地在街上走着,陈曦不敢说话,怕夏晴心烦。

她觉得真尴尬,还是先开了口:"这几年不见你,你干吗去了?"

"我去乡下搞养殖去了!"

"养殖?"

"是啊,养殖。"

"挺好的。叔叔阿姨也跟你回去了?"

"他们没有,我在龙湾小区给他们买了套房子,老两口也该享享清福了。"

夏晴盯着他看了一会儿,就什么也没说。

陈曦知道她不喜欢别人废话多,也不喜欢别人打听她的生活。她不说话了,他就也跟着闭嘴。

路过一个商店的时候,陈曦让她等一会儿,很贴心地进去帮她买了双拖鞋放在她的脚下,他还记得她鞋子的号码,这让她很惊讶。

"开车送我回家吧!也不早了!"

"我以为你还想遛遛呢!那我开车去。"

一路上夏晴跟他说了自己这几年的状况,除了婚姻不好,其他方面都挺好的。话里话外,也没把这段失败的婚姻多当回事儿,女人,能养得起自己,就是上帝最大的恩赐。

陈曦听得津津有味儿,在他眼里,夏晴的故事,永远那么丰富多彩,让他百听不厌。

车到了夏晴的楼下,陈曦才跟夏晴提到了正题:"你前夫的事儿,我会想办法的!"

夏晴点点头,下了车,径直上楼。陈曦看着不知道哪一层的灯光亮了起来才走,他说过,哪怕夏晴跟自己在一起一秒,他都要确保她百分之百的安全。

这还是姜文第一次打架挂彩,赵斌有点不敢相信。开车回家的路上,他一句话也没说,结婚这几年,他第一次体会到了什么叫无语。

她捂着一只被打青的眼睛,替夏晴愤愤不平。

"夏晴的小姑子太过分了,怎么能这么对她呢?江源坐牢关她什么事儿,他们都离婚了。"

赵斌看着远处,有点不耐烦,"文文,你怎么能打群架呢?你一个女人家,我现在大小也经营着一家公司,你在外面,得顾及点儿我的形象,去路边摊喝酒就算了,居然还打架。"

她瞅着他,想起了刚刚自己的怀疑,眼神里露出一股怀疑的锋芒。语气自然也阴阳怪气起来:"嫌我给你丢人了吗?"

"亲爱的，有的时候我们生活在这个社会上，不得不装。这，你得理解我。我没有怪你的意思，只是希望你能体谅我一下。就刚刚那警察局，我都认识有朋友的，要是被熟人看见……"

"别说了！你要是怕我给你丢人的话，大可不必来接我啊！"

赵斌知道她生气了，试图将她揽入怀中，以平息她的愤怒。姜文像个倔强的小山羊，一直跟他尥蹶子。他试了几次无果，也只能放弃，闭嘴，沉默，空气中流通着即将爆发的气流。

姜文开始啜泣，喊着让他把车停下来，他再次哄她："别闹了，亲爱的。"

"停下！你不停我跳车了啊！"

"别这样好吗？你到底想让我怎样？"

"我就想让你把车停下来，我要下车！"

面对她的咄咄逼人，赵斌将车停在了路边，姜文下车，折回去，开始往夏晴家的方向走。

让她没有想到的是，赵斌打着火，开着车子疾驰而去，没有管在漆黑夜里耍脾气的妻子。

半夜里，姜文敲开了夏晴家的门，看见闺蜜，一下子扑到她的怀中，哭得稀里哗啦。

夏晴没有安慰她，这时候再多安慰的话，都不如眼泪带给她的安慰更奏效。有的时候，女人必须要哭出来，才能释放自己的情绪。

哭着哭着，姜文哭累了，躺在夏晴的床上昏昏睡了过去。

夏晴没有睡觉，坐在电脑前赶了一夜的稿子，和江源的这几年，她体会到了一个女人经济上的独立是多么的重要，倘若你找个有能力和家庭观念强的男人还行，要是找到一个像江源这样，整天在大学校园里溜溜达达，给无数个混日子的大学生教着一门儿无关他们未来前途的课程，空余的时间也不会想办法赚点外快，就知道在学校里不务正业。有长着熊瞎子眼神一般的小女生给他递纸条，他还道貌岸然地在微博上发一串——婚姻珍贵，且行且珍惜。

然后那递纸条的姑娘就用一种崇拜的眼神去看他，继而投怀送抱。那孙子一边推搡着人家说婚姻珍贵，一边默认着人家的身体和热情，嘴巴里还道貌岸然地说她炙热年轻的爱情，冲淡了他的婚姻意识……

天都知道，江源办了一件多孙子的事儿，可就那姑娘不知道。

所以夏晴没去难为人家，大家都是受害者，不是还有那么一首歌嘛，女人何苦为难女人，谁叫大家遇见了同一个孙子？换个角度来说，这还算是两个女人之间的缘分呢。

夏晴觉得，还是长本事自己攒钱比较现实，然后找个适合的机会领养个孩子，就这么过一辈子就算了。

初恋进行时 / FIRST LOVE

♥ CHAPTER 2
第 二 章

一大早起来，夏晴就接到了老妈的电话。又是老一套的逼婚话题，让她感觉脑袋都要炸掉了。

"妈！您能不能别在一件事儿上重复唠叨？这个话题，咱们前天刚讨论过了！"

"要么你就找个人结婚，要么你就和江源复婚。这俩，你选择一个吧！我和你爸这么大岁数了，就生了你和你妹，如今你妹的肚子都大了，你却还没解决你的个人问题，我们就是死，也不能闭上眼睛啊！"

"呸呸呸……别说这些不吉利的话！怎么闲着没事儿，就是死啊活啊的？我和江源，是绝对不可能了。你要是硬把我俩往一块撮合，那我就去死……"

"得！咱俩谁也别死。既然你否定了第二方案，那你就选择第一方案吧，昨天我和你爸给你在婚介所物色了一个不错的，时间也帮你定了。我们知道你晚上写书写到很晚，就给你定在了下午三点见面。在那个艾菲咖啡厅，你手里拿一枝红玫瑰。"

"妈,你也太强势了!你在没经过我允许的情况下,就给我约了人啦?"

"别说没用的!下午记得跟人家不见不散!"

姜文在这娘俩的吵嚷声中醒过来,起床看见自己还躺在夏晴家的床上,居然尖叫了起来。

夏晴被如杀猪一般的声音吓到了,从马桶上嗖地蹿了起来,拿着马桶刷冲出来的时候,她已经从尖叫转换到大哭。一边哭还一边数落:"他居然没来接我!我不是应该在睡梦中被他抱回家吗?我×,这还是我爷们儿吗?"

夏晴对她的这种反应,只觉得不可思议,她无法想象一个结婚四年的女人,是怎么保持自己如同小女孩儿一般的婚姻观的。都说恋爱的女孩儿是公主,可姜文的世界里,恨不能一辈子把自己当公主。也许这就是初恋婚姻的化学结果。

"我真服了你了。你俩这吵得跟二五八万似的,你怎么想的。"

"以前都是这样的啊,我俩吵架,他来哄我。这次我可是夜不归宿啊,他居然不来找我!"

说着,姜文拿着手机给爸妈打电话,希望能在家里找到一些赵斌找过她的痕迹。

"妈……我挺好的呀。就是问问你们好不好?这几天赵斌公司忙,才没回家看你们,哎……好嘞,我一会儿回去看你们啊,好,那我挂了……"

这情况,让夏晴都觉得有点失望,"其实,赵斌昨晚来过了。我看你睡着了,就没让他喊醒你……"

姜文从床上爬起来,根本听不进她的话,"行了。你,我还不了解吗?我不在乎!不来挺好的,不来能让我看清他……"

她开始一边说,一边抹泪。

钻进洗手间,一边刷牙,一边还在流泪。虽然夏晴觉得她用自己的洗漱用具有点恶心,但她却没有勇气说出来,她看上去,好像要完了。

"亲爱的,我觉得我可以给你做一顿治愈的早餐!怎么样?"

她洗完脸,勉强收住了自己的泪水,开始翻弄夏晴那些忘记丢掉的过期化妆品,她画了一个像一只大虫子的眉毛,让夏晴忍不住扑哧笑了出来。

"别笑!不好看吗?"

夏晴非常一本正经地点点头说:"还可以吧……"

"我要出去猎艳!不对,是让别的男人来猎我!"

"文儿,你都结婚四年了,是怎么保持恋爱中的那种冲动的?我看你真是中了赵斌的毒了,你中毒太深。"

说着,夏晴走到她面前,抢过了她手里的化妆品,拿了一条湿毛巾擦拭她脸上的妆。

她又想哭,被夏晴一句嘶吼震慑住了:"住嘴!不许哭!"

她强憋了回去,委屈地说:"我终于有充分的理由怀疑他在外面有相好的了!"

"没证据不能瞎说啊!我看你就是神经病,你不能像要求你们家宠物狗一样地去要求你家男人。他不是狗,是人。你还指望他对你言听计从,每时每刻都在冲你摇晃着尾巴,等待你的宠幸吗?"

"照你这么说,还是我错?"

"你没错,他也没错。要怪,就怪时间,时间改变了我们。"

"可我没变啊!我对他如初。"

"时间没有改变你,是因为你一直活在梦中。醒醒吧,亲爱的小女生!你已经不是小女生了。"

说话的工夫,已经有人在敲门了。夏晴伸了个懒腰去开门:"你的王子来了……等着啊。"

果真，赵斌正抱着一束鲜花站在她家门口，看见夏晴笑嘻嘻地朝着屋子里面望了一眼说："在这儿吧？"

夏晴盯着他不耐烦地点点头，"赶紧把你们家神经病弄走，唧唧歪歪的烦死我了。我说你也是，怎么昨天晚上不来接她？"

"昨天晚上公司临时有点事儿，加了一宿的班。"

夏晴是干吗的？写字的女人，是具有灵敏洞察力的。这个不成立的谎言，早就在无数次的教训中被戳穿了，他那个物业公司，能加什么班？通宵给业主换灯泡吗？可他却才拿出来用，简直是老套。她想起了刚刚文儿说的那话，冲着走进屋的赵斌喊了声："赵斌！"

"啊？"

"加班加累了吧？赶紧哄哄她，接她回家休息吧。"

"你放心，礼物我都准备好了。"

没有警告，也没有戳穿。她觉得假如真的对她好，倒不如帮她放长线，看清一个男人的面目。

"亲爱的，别生气了。昨晚小张突然给我打电话说，一家业主的水管出了点问题。我亲自监督他们连夜给人家修好了。不信，你可以去公司问啊！"

说着，赵斌从怀里拿出一根白金项链，戴到了老婆的脖子上。

姜文噘着嘴，撒娇似的质问，根本就听不出任何指责，"你说的是真的？那好，我一会儿就去公司调查！要是被我知道了你说谎，我可就饶不了你！"

"行行行。你随便查好吧！"

夏晴捂着脑袋，一副发愁的模样。她真为这个一辈子沉浸在爱情中的少女感到悲哀，他是老板，串通全公司人来帮他圆谎，也就是一句话的事儿，她还真的信以为真，简直没救了。

姜文挽着老公的胳膊，路过夏晴身边的时候，做了个鬼脸。夏晴尴尬地

- 023

笑笑。

"走啊……回去别打了啊!"

她抓起沙发上的玫瑰花追出门:"你的花!"

"送给你吧!毕竟你也是个女人嘛……"

夏晴看了看手里的花,除了不要白不要的感觉,就没有别的感触了。

一年来,夏晴的屋子里第一次有了红玫瑰。她将它插到花瓶里,盯着看了一会儿说:"女人啊。就为了这么点虚荣心,连最基本的生活洞察力都没有了。"

她伸了个懒腰,准备把稿子发给编辑之后,就上床睡一觉。这时候,她的手机响了起来。

这两天发生在她身上的事情太多,让她有点接不住招儿的感觉。电话又是陈曦打来的,让她看见这个号码,就有点恶心。她决定礼貌性地拒绝他再次给自己打电话,再怎么说,和自己的初恋情人频繁联系,应该不是什么好苗头,被别人知道了,以为她这匹好马又要吃回头草呢。

"喂!陈曦啊。我……"

"先听我说啊,你前夫的事儿有点眉目了。我找了个熟人,他们说只要找到卖给江源车的那个人,替他作证他买车之前,并不知情。他顶多就是拘留个十天半月的。"

"那我们去哪儿找这个人呢?"

"你先下来,我在你们家楼下呢!"

夏晴朝窗外看了一眼,陈曦的车,就停在楼下。她思前想后,还是决定帮江源一把,毕竟这事儿,跟她也有点关系。她挺内疚的。再说,要是想撇清和他的关系,最好还是别欠着他什么,省得这以后又成了他对自己纠缠不休的借口。

初恋进行时 / CHAPTER 2

她随便套了件衣服就出门了，下楼，上了陈曦的车。

"咱们这么去抓人家？就凭咱俩？"

"咱俩抓什么呀！我都安排好了。"

夏晴一副不屑的口吻："傻吗？车那么便宜，肯定有问题啊！"

"他也是为了省钱嘛。"

"那你去哪儿找那个人啊？"

"我有一朋友，认识这个人，给我搭了个桥。"

"你真是什么样的朋友都有啊？那你这么做，不是往里面埋你那朋友吗？人家不会怪你吗？"

"没事儿。他和我什么关系呀，这人顶多和他就是认识这么简单。"

夏晴一本正经地说："陈曦，你可别为了帮我，做什么冒险的事儿！"

"行了，没有你说的那么严重。这事儿，不也怪我吗？要是我不报警，不也出不了这档子事儿！"

夏晴不再说什么，一颗心提到了嗓子眼儿。

这对于她来说，无疑是一个特殊惊险的经历。她坐在车里，远远地看着那个车贩子从陈曦手里接过一叠钱之后，就被埋伏在一边的几个便衣警察扑倒戴上了手铐。

夏晴吓得脸色惨白，从车上下来的时候，手还哆嗦着。那卖车的男人经过夏晴的身边，用一种恶毒的眼神瞪了她一眼，意味深长。

陈曦的脸儿也绿了，看见夏晴走过来，还是勉强直起了腰板，强挤出笑脸来给她看。

"没事儿了！抓起来了！"

"陈曦，你确定没事儿吗？"

"那我还能不确定啊？有了这个证据，江源就没事儿了。这情，我也还

— 025

了。"

夏晴稳定了一下情绪,看着陈曦说:"我请你吃个饭吧。算是替江源谢谢你。"

陈曦憨厚地笑了。

这对于陈曦来说,是一场久别的约会。真正只有他和夏晴的约会。

其实夏晴是个要多市井就多市井的孩子,当年的她因为一次高中打架事故被学校记大过。她是唯一一个被学校拎到讲台上记大过的女学生,当初的夏晴倔强又有个性,站在演讲台上,拿着话筒毫不留情面地给校长老师讲了一课。然后告诉他们——不是我的错,所以,你也没资格惩罚我。

毕业之后,夏晴非常沉迷于网络和书籍。渴望能成为一个作家。只是梦想很丰满,现实却很骨感。当梦想支撑不起她的基本生活需求的时候,她就想到了打工。

当初她拉着想要攒大学学费的姜文一起找了一份在市场上跑销售的工作,说白了就是开发超市这种小市场。

就这样,她认识了比自己大三岁的陈曦。

陈曦是个很能吃苦的男人,也很会照顾夏晴。和夏晴还有姜文一起跑超市的那会儿,经常吃不上热乎饭,夏晴胃不好,陈曦为了给她弄到口热乎饭,就求人家超市的人,找个地方帮他热一下早晨从家里带出来的便当。他几乎每天都为了这件事儿去求人。让还没尝到过爱情滋味的夏晴很是感动,也对他产生了好感。很快,两个人就陷入了爱河,那是夏晴的初恋,因为得到了陈曦体贴的照顾,她爱得很深。

后来是因为什么分的手?没有具体的事件,也没有正面的矛盾,夏晴赚到了一些钱,为了追求自己的梦想,辞去了那份工作。她成了真正写字的女人,

初恋进行时 / CHAPTER 2

开始在小杂志上发表东西,继而获得一些微薄的稿费,慢慢写出了一些名堂,稿费也越来越多。

也许是陈曦觉得自己再也配不上她了,他慢慢变得不自信,不敢给夏晴打电话,也不敢送给她礼物,他怕她看不上那些穷酸礼物,换句话说,他的不自信源于他太爱她。

后来的后来,夏晴经人介绍,认识了江源。他没嫌她没念过大学,甚至十分欣赏她的文笔。这让夏晴有点受宠若惊,一个高中生,能找到一个大学老师,是一件多么不容易的事儿。

那会儿的夏晴还相信命运,有着和所有女人一样的虚荣心。要说她有多爱江源?她自己都说不上有几分!合适,就成了她结婚的唯一理由。

那她爱陈曦吗?她也问过自己,答案就是,她忘不了陈曦对她的细心呵护,每每想起来的时候,她就会觉得很温暖。她始终执拗地觉得那只是一个男人带给她的温暖,她不愿意承认,那就是爱情。

他俩你一杯我一杯地喝着,很快就进入了状态,酒壮尻人胆,陈曦端着酒杯大胆地问了她一句:"你当初,为什么连句分手也没跟我说,就突然结婚了?"

夏晴白了他一眼,一杯啤酒下肚,打了个嗝,趴在了桌子上。他扒拉了她一下继续追问:"你倒是说啊!?"

夏晴摆摆手,"过去的事儿,别提了。还有意思吗?"

"没意思?我觉得有意思!你知道吗夏晴,我这么多年没结婚,是为了什么?"

"别说是为了我!我不会感动,也不会觉得愧对你的!"

"嘿嘿……我其实是没碰见,比你更好的。"

夏晴有点厌恶他这张不自信的嘴脸,反问了他一句:"那你为什么藏起来

- 027

了？我结婚的前几天，你给我打电话，不是说要把我追回来吗？别说你有多爱我，你都没去抢婚！"

陈曦有点心虚地瞅了她一眼，喝了一口酒，唉声叹气。

"行了陈曦，吃完了这顿欠情宴，咱俩以后谁也别联系谁了。你过你的，我过我的。"

夏晴摇摇晃晃地抬起屁股要走，陈曦一把抓住了她的胳膊，不知道是因为喝了酒还是真的害臊了，脸红得像个猴屁股。

"你干吗呀？我话没说清楚吗？"

"我现在再把你追回来，会晚吗？"

夏晴愣了一下，然后哈哈大笑："别开玩笑了。你现在是未婚大老板，我是什么？一个离过婚的女人，你想找什么样的找不到？何必来拿我开涮呢？陈曦啊陈曦，看来你还是不了解我，我最大的优点就是，知道自己要什么。当年的江源，是我要的。虽然现在我婚姻不幸，但是我却没有为当初的决定而后悔。而现在，我再也不要爱情和婚姻了，不靠谱。你还是找个合适的人赶紧结婚吧，这样你就不会整天胡思乱想了。你多好的条件啊，好找！实在不行，姐们儿给你介绍个！不过得等我醒了酒啊……"

没走出两步，她就吐了。陈曦扶着她，一路跌跌撞撞，好不容易才打到了车。

后车座上，夏晴已经迷糊了。靠在陈曦的肩膀上满嘴胡说八道："男人没有好东西、还是钱靠谱！婚姻靠不住，爱情更是奢侈品。江源那个遭雷劈的，背着我去偷人。还是他的学生，我才不跟这样的人渣过一辈子呢……"

她的酒后真言，让陈曦大概了解了她这些年的生活，用一个字儿概括，乱。

到了夏晴家，两个喝多的人，勾肩搭背地上了夏晴家的楼。夏晴从门框上方摸到了钥匙打开了门。本来想把陈曦关在门外的,却没成想,被他一个转身,溜了进来。

夏晴骂他:"臭流氓……淘气……"

他嘿嘿傻笑,然后将夏晴扑倒在床上,俩人一起睡着了……

俩人就这么叠积木似的睡了一宿。

完全不知道,他俩的样子,已经暴露在了三楼居委会大妈、四楼王太太、对门儿五零一,以及楼上开超市的夫妇的面前了……

大家你一言我一语地交头接耳着,三楼居委会的大妈嗓门儿大,故意咳嗽了一声。

"怎么连门都没关呢……"

夏晴这才醒了过来,睡眼惺忪地看着自己的脑袋前面站了一圈儿人……

夏晴和陈曦像是两个犯了滔天大错的孩子一样,坐在床边上,觉得整个世界的眼睛,都在齐刷刷地对着他们露出鄙视的锋芒。

她刚想开口,张大妈却抢先说:"散了吧,散了吧……"

夏晴一听说要散了,顿时像个女疯子一样,跑到门口上,堵在那儿说:"别散呀!你们听我说……"

"夏晴啊,你别挡着我们的道啊!我们就是担心你,看见你家的门大敞四开的,怕你家是招了贼,看见你和你男朋友没事儿,我们也放心了就。"

"大妈,他不是我男朋友……"

夏晴说完这话,这屋子里的人全都惊呆了,她顿时觉得自己说错了话,又赶紧解释:"我俩就是普通朋友,喝多了……"

大家尴尬的你看看我,我看看你,楼上开超市的大姐替她解围说:"夏晴啊,我们没往歪处想。你放心吧啊!"

大家你一言我一句地都表示没有怀疑她做出什么出格的事儿，这夏晴才肯放大家走。

陈曦觉得尴尬极了，心里却也有点儿暗喜。昨天晚上这么近距离地睡了一宿，夏晴总能回忆起点儿什么来吧。

他像个涉世未深的小男孩儿，坐在床上，满眼无辜地看着她。夏晴被他那小眼神吓得鸡皮疙瘩起了一身，跟跟跄跄地进了洗手间，坐在马桶上，只觉得心跳加速又有点恶心。

陈曦简单地收拾了一下狼狈的自己，冲着洗手间喊了一声："夏晴，我走了啊！"

她已经巴不得他快点从自己的屋子里离开，隔空应了一声，都没出来送送。

陈曦闷头走得急，一头撞在了一个男人身上。

"哎哟，长眼睛没啊？"

他弯着腰跟对方道歉，一抬头，却看见捧着一束花的黑木。

"哟？老黑？怎么是你啊？"

"陈老板？你怎么在这儿？"

"是呀，真巧。咱俩有段时间没见了吧？居然能在这儿遇见？你这是？"

陈曦一脸疑惑地看着穿得非常正式，酷似相亲的黑木。他笑嘻嘻地对他说："我去见个女朋友。"

他恍然大悟："明白，明白。那紧着正事儿办。咱俩改天再聚。打电话啊！"

黑木笑着跟他说不好意思，急匆匆地上了楼。

他意味深长地回头看了黑木一眼，觉得跟他约会的这姑娘，简直是重口味。

门外急促的门铃声,一点儿也请不动夏晴的脚步。她以为是陈曦又折回来了,故意不弄出动静,希望他知难而退。可是门铃声,一声接一声地,闹得她心烦,她环顾了一下屋子,没找到陈曦的东西,只能去开门一探究竟。

可她却被眼前这一大束红玫瑰吓坏了,玫瑰的后面是一张略显油腻的脸。

她结结巴巴地问那人:"你走错门了吗?"

"你就是夏晴吧?"

"对,我是夏晴!我不认识您啊?"

只见对方伸出一只粗糙的手,礼貌地对她说:"你好,我是黑木。昨天你可放我鸽子了啊!"

夏晴盯着他使劲儿地想,怎么也想不起,昨天到底放了谁的鸽子。她觉得肯定是自己的信息,被哪个快递公司暴露了?她只觉得后背发凉,没等他反应过来,就关了大门。

黑木不知道是不是自己说错了话,用急促的节奏拍着她家的门:"夏晴,夏晴小姐?你怎么把我关在外面了?我不是坏人呀,我是张阿姨给你介绍的对象啊……"

刚掏出手机的夏晴瞬间怔住了,突然想起了,昨天老妈打电话时聊的内容。

她拨通了老妈的电话,有点不耐烦地责备了老人一通:"妈,您看您给我介绍的都是什么人啊?暴发户吗?您觉得,我适合这个人吗?"

"他到啦?夏晴啊,行不行的聊聊呗,你也老大不小了。这个小黑有钱,这么大岁数了,还没结过婚呢!事业型的!照片上看着挺稳重的,人家还没怪你放了人家的鸽子呢。你反倒先埋怨起我来了!?"

"合着您没见着真人啊？您真行，照片能靠谱吗？我真是服了您了！"

"我觉得再不靠谱，也比江源强吧，起码人家单纯，四十岁了，还没结过婚。不像江源，吃着碗里瞧着锅里……"

夏晴烦透了老妈的这套说辞，每次都是一样的内容，好像她生了全天下最倒霉的女人，老妈这辈子什么都好，就是把婚姻看得太重要。难道天下的女人缺了婚姻就不能活了吗？

她挂了老妈的电话，狠狠地把手机丢在了床上。外面的黑木还在执著地敲着，屋里的夏晴烦得脑袋都要炸了。只能开了门，跟人家解释清楚来龙去脉，顺便道个歉。

"黑先生，真对不起。昨天放你鸽子我也不想，实在是因为我有更重要的事儿去办。还有，我觉得咱俩真不合适。您还是把精力花在别的女孩儿身上吧。您看您条件这么好，我配不上您。"

她都不愿意多看他一眼，刚才那话，都是闭着眼睛说的。说完了，就又把人家关在外面了，让人家撞了一鼻子灰。

她听见外面没有声音了，将耳朵贴在门上仔细听着。又朝着猫眼儿看了一眼，发现门口已经没有人了，这才舒了口气。

江珊觉得咽不下这口气，又来夏晴家闹。只是江珊来嫂子家，就如履平地了。她知道她家钥匙放在哪儿，只要一抬手，就能进她家门了。

她打开门的时候，她正躺在床上睡觉。她毫不客气地打开冰箱，拿了啤酒和香肠，一边切一边喝；打开电视机一边看，一边享受这一刻的轻松。

夏晴被韩剧对话吵醒了，定睛一看，沙发上坐了个女鬼一样的人，披散着头发，喝着酒，吓得她心里直哆嗦。她定定神，走过去，江珊回过头，用阴森的眼神盯着她说："醒啦？"

初恋进行时 / CHAPTER 2

"江珊?！你怎么又不经过我允许就进我家啊？"

"别闹了，这是我哥家。我哥的房子。"

她翻着白眼，气得都要背过气去了。对于江珊这种死皮赖脸的大龄女青年，她只能用哄的。假如话不投机的话，只能再次出现大打出手的一幕。

她在江珊身边坐了下来，开了一罐啤酒，顺势和她碰了碰杯。

江珊盯着电视，一脸不解地说："我就纳闷儿了，我哥哪儿配不上你？你就不能给他点好气儿吗？你非要把他害死才甘心？"

夏晴冷笑着："你爱怎么说就怎么说！我不和你抬杠。"

"嫂子……"

"别叫我嫂子！我和你哥离婚一年多了。江珊，我知道你疼你哥，可是我和你哥真是不可能了。你能不能正视这个问题？"

"可是我哥还爱你啊，为和你复婚，他做出的努力，你没看见吗？你是瞎子吗？"

她冷笑，冷哼着："是瞎子，的确是。睁眼瞎！"

"嘿？我说你这人什么意思啊？"

夏晴站起来，将啤酒一饮而尽。打开电脑，收拾起了脏衣服。

"你还是走吧。我该工作了。我工作的时候，不习惯身边有人，怕吵。"

江珊气冲冲地拨弄掉了茶几上的东西，拎起包说："你有种！我告诉你，我哥倒霉，全是你害的！你给我等着！"

夏晴紧闭着双眼，努力克制自己即将暴动的情绪。江珊走了，她也疯子一样开始摔随手可以拿到的东西，像个女疯子，女神经病一样。

"我这辈子，还能不能摆脱这俩神经病了……"

陈曦驱车回到了市郊的农场，为了节约成本，陈曦每天都在和工人们一起

- 033

干活，嫁接冬枣树，平整土地，给鸭子和鸡喂食。他一直没有跟夏晴说，他在干着这样一份职业。

在市郊租了一百亩地，种冬枣、蔬菜、养鸡鸭……产品都是纯绿色无公害的食物，市场需求量大，价格不菲，发展前途一片光明。他的白手起家和辛苦劳作，有点羞于对夏晴说出口，他一直觉得自己配不上夏晴的重要原因，就只有一个，他和她根本不是一个世界的人。

看门的"老美"告诉陈曦，说有几个人找他，很着急的样子。他放下了手上的活儿，朝着大门口走去。

他远远地看清楚了站在门口上的好哥们儿李渊，身边站着几个文身大汉，来势汹汹。那几个人也看见了他，盯着他，一副要打死他的架势。

李渊的眼神里全是无奈，使劲儿朝他使着眼色。他知道，这肯定是卖车那小子的人，他哧溜一下，转身就跑。那几个人见他跑了，就可劲儿地在他后面追。

场面不可控，偌大的农场，总有他能隐藏的地方，他钻进了鸡棚里，心想，他们肯定找不到自己。

没想到那帮孙子开始打砸抢，把他办公室的东西砸了个稀巴烂，又冲出去，拽住了看门的老美，上去就是一拳。站在最前面的那个人喊着："你小子再不出来，我就打这老头儿了。"

这一幕被陈曦尽收眼底，老美都五十多的人了，哪禁得起他们这么打？没办法，他只能从鸡棚里钻了出来，脑袋上还黏了几根鸡毛，样子很是狼狈。

"哥几个别生气，有话好好说！"

几个人朝他围了上来，把他按在下面，噼里啪啦地打了一顿。李渊捂着一只眼，不忍直视。

那帮孙子下手够狠，硬是把他打得爬不起来。

几个人临走时,指着他的鼻子说:"下次出门小心点!"

陈曦被120拉走了,长这么大,头一次被人打得这么惨烈。两根肋骨骨折,被拉进医院的时候,差点疼得断了气。

为了不让爸妈担心,陈曦让农场的工人轮班来照顾自己,对父母就说自己园子里的树正在嫁接期,需要在农场常住了。

陈晨是个机灵小子,怎么会相信二月嫁接枣树呢,给老哥发微信,问他是不是出了什么状况?陈曦这才告诉他,自己正在医院里"度假"呢。

他拎着两袋子炸鸡块儿去看老哥,知道老哥最好这口儿。

却不知道他伤得这么严重,咀嚼东西,都是锥心的疼,两根肋骨,正在上腹的位置。刚刚农场看门的老美,给他打了一碗小米粥,都咽不下去,更别说这梆硬的鸡块了。

陈晨坐在一边啃炸鸡,馋得他直吧唧嘴。

"你是我亲兄弟吗?你回家吃行吗?"

"要不你来一块?慢慢吃!"

陈晨将一块炸鸡送到他的嘴边,他咽了口唾沫,都觉得胸口疼得不行!

"算了!你自己吃吧!回去千万别和爸妈说我的事儿啊。别让他们二老为了我提心吊胆。对了,你那工作的事儿怎么样了?落实了吗?"

"你干吗非得要求我去什么大公司干活儿呢?我就是去再大的公司,也是人家的后勤维修工。"

"维修不挺好的吗?就算不是高端大气上档次,感受一下那个气氛,总也是好的吧,你就是缺乏那种气质。"

"我一个大老爷们儿要什么气质?哥,你就让我去农场不挺好的吗?我不惦记你那点儿财产,你就给我个温饱就行。就是做维修工,也是维修自己家的东西啊，那些大公司的人，把我们这种搞维修的都不当人。"

陈晨吃完了最后一块炸鸡，把有油的手指嘬了一遍，吧唧着嘴。一副不知天高地厚的口吻，"我哥一农场主，身价怎么也得几百万了，你让我去伺候那些人，还真有点不习惯！"

他最看不惯弟弟这副吊儿郎当的样子，自己是有点小钱，可都是受大累才打出来的天下，他光看见自己现在有了点钱，却不知道自己一夜夜带着果农加班劳作的日子有多辛苦。

陈曦气得喘粗气，一使劲儿胸口就疼。咬着牙，恨铁不成钢的感觉，要比这肋骨断了还要疼。

"我说你就不能长点儿出息？我有钱，和你有半毛钱关系吗？你整天这么晃晃荡荡，不觉得脸红吗？"

陈晨一听这个，就有点儿伤心。自己虽然不学无术了很多年，可一直都是老哥在暗地里支持自己，工作干不下去的时候，都是他在接济自己，在陈晨的心里，哥哥就像父亲，而他就是一个永远长不大的孩子，永远都在寻找这双翅膀的庇护。

他一直不愿意去打工的原因，也是想做老哥的左膀右臂。希望能帮助他把农场管理得更好，以报答哥哥照顾了他这么多年的恩情。

毕竟是个爷们儿，自尊还是有的。陈晨把自己手里的塑料袋往空中一甩，冲着他大吼大叫着，完全不顾忌他身上还带着伤。

"哥！你要这么说，简直就太混蛋了！"

"什么？我混蛋？"

"对啊，你混蛋！活该你被打，自己搁这儿忍着吧……"

陈晨转身决绝地走出了病房，气得陈曦反复自问："我是混蛋吗？我混蛋吗……"

初恋进行时 / CHAPTER 2

　　他也只是希望弟弟能有出息，假如有一天，他没有钱了，他也不至于被饿死。
　　陈晨就这么在大街上漫无目地走着，每当走过一家信息中介的时候，都要瞅两眼人家贴在门口上的招聘信息。一看，就像是一个失魂落魄的失业人。
　　陈晨这副沮丧的样子，正被站在中介所里的江珊看到，她开中介所有一段时间了，生意一直也不怎么好，最近接了一个往日本电子厂送工的活儿，每招到一个人，能给她提一千块钱。
　　看见已经走远的陈晨，江珊追了出去，主动跟他搭讪："帅哥！你找工作吧？"
　　"啊……"
　　"进来聊聊吧。我这边有不少工作，也许适合你！"
　　"行……"
　　他就这么被江珊拉进了她的店里。

- 037

CHAPTER 3
第 三 章

"出国打工，可是一个好机会。我不想错过。"

陈晨跟老陈跟老娘说这话的时候，简直就是一本正经。

老陈是个地地道道农村出来的人，随着当年第一批进城打工的队伍进了城，经历了磨难后，才知道在城市想要站稳脚，简直就比登天还难。不是说没能力，可他却也只能靠出卖劳动力来养活这一家。

当初几次他都想带着两个儿子回农村了，只是怕丢了男人的颜面，硬是在这座大城市忍了二十年。

二十年啊，他愣是没混上套房子。末了，还是得了大儿子的计，才能真正在城市里立足。虽说陈曦现在挣得不少，可也是靠天吃饭的活儿。老陈一直希望儿子能好好掌握门儿技术，既然今天有这去外国学习的机会，他觉得靠谱。

他皱着眉头，狠吸了一口烟，"你出去，怎么也得跟你哥商量吧？"

"跟他商量什么？还嫌我被他吼得不够啊？我直接去就行了，放心，爸、妈，这次肯定没错，我打听了，好多去的呢！再说，我哥说得对，我不能一辈子都指望他活着吧。当初我哥承包那农场的时候,你们不也挺支持的吗!"

陈妈委屈地看着丈夫,有点不舍:"可老二和老大不一样啊,老大就有股子肯忍的劲儿,可他呢……"

陈晨满耳朵都是老妈嫌弃的语气,怎么都觉得老妈打骨子里就瞧不上自己。

"妈!怎么我就不能和我哥比了呢?我哪儿比他差?"

"你哪儿都比不上你哥!你有你哥能吃苦吗?你有你哥那脑袋灵光吗?"

老陈一直偏袒老二,认为小儿子今天的"不争气"全是这娘们儿的"看不起"造成的。要不是他一直在暗地里默默"支持"小儿子,说不定这孩子比现在还颓呢!

陈晨被妈妈打击得体无完肤,低着头跟自己生闷气。

老陈打破了这沉默,咳嗽了一声:"让他去试试吧!我觉得行!"

老伴儿跌破了眼镜,对他的决定不予理睬。直接小脸一横,小脖子一扭就把这方案给否了。

"你说了不算!那是哪儿啊?日本人的地方!他们能让咱们中国人那么容易挣到钱?儿子啊,你还是听你哥的,守着爸妈找个维修的工作算了。将来你哥帮着你娶个媳妇儿,早点成家,给爸妈生个大胖孙子!"

陈晨没怎么着,陈爸先急了,冲着老婆大吼大叫了起来,眉头上的皱纹都深了几分。

"陈晨是个爷们儿,让你这一说,成了生孩子的机器了!老二!爸爸支持你去!你去吧!我这里还有几万块钱的积蓄,你带上。到了那人生地不熟的地方,你也别委屈了自己。赚钱是小,锻炼长本事是真!"

陈晨一听这个,双眼放出了黄鼠狼一样的贼光。想着儿子还没赚钱,就先败了家,陈妈就打心眼儿里急,可眼下多说无益,这爷两个都是犟驴的脾气,谁数落自己，心里都不好受。

那夜，陈妈在床上烙了饼，眼下，大儿子的果园正在嫁接，要是拿这事儿跟他分心，实在是不应该。如今他们的吃喝，都是陈曦供养着，老二的事儿，他也操碎了心。这次无论如何，也不能再去烦他了。

医院的夜晚，显得格外悲凉。

刚刚有一个车祸进来的哥们儿，还没等着急救，就直接拉着去了火葬场了。

陈曦悲叹世事无常，越想自己这些年，越觉着活得憋屈。眼看他就奔四了，还没能找个心仪的人结婚，简直就是失败透顶。

最后，他还是鼓足勇气，给夏晴发了条微信。

——这两天在忙什么？

一句淡淡的问候，发送，再也没有下文。

最近夏晴在盯一个写剧本的活儿，制片方看了夏晴的书，特别喜欢她书中的豪爽性格和文笔，前段时间找到她，希望能跟她有一次愉快的合作。

最近夏晴琢磨了个不错的故事，发过去，没想到那边就相中了，希望她能将故事延伸到剧本。假如写得好的话，就能立刻签约。

这两天她忙疯了，一直在琢磨一句台词，怎么说出来才更逗。争取把握这个难得的机会。

手机响了一声，夏晴瞥了一眼就继续干手里的活儿。陈曦孤零零地躺在病床上，老美已经被他支走了，他永远那么体恤员工，知道老美岁数大了，还有一个智障的儿子需要照顾，晚上宁愿自己待在医院，也不用他陪床。

见消息没了下文，陈曦准备倒头睡了。

可这时候，陈曦的手机响了。叮铃铃的手机铃声，吵醒了病房里的病友，大家都怨声载道，陈曦强忍着胸口的疼，从病床上下来，跟大家一一道歉。慢慢磨蹭着走到楼道里，接了这通电话。

"谁啊？这么晚了!?"

只听见那边传来一个哭泣中的女声："陈曦……"

他记得这个声音，三年前，他谈过的一个女朋友，叫杨早。是家里给介绍的姑娘，当初他对杨早的印象谈不上好，但是也不讨厌。要是非让他找个词儿来形容这段感情，那就是温温吞吞没感觉。

虽然对她不冷不热的，但是一点儿也不影响杨早喜欢陈曦，她觉得陈曦踏实肯干，是个可以依靠的好男人。可他心里一直有夏晴，盼望着能再次和夏晴遇见，他不想和她处的最大的原因就是杨早这姑娘有点"神经质"，明明能力不够，却一直想异想天开的事情，整天这啊那的，也没见她干成一件儿，嫉妒心极强，看见别的女人能力强，她就也非得充女强人，结果却是不咋地。

陈曦觉这姑娘有病，得治。治疗她的最好方法，就是跟她分手，别让她整天拿着自己当幌子，到处跟人说自己的男友是多么多么地有能力。

只是让他纳闷儿的是，这三年来，她一直没再联系自己，也没死缠烂打，今天怎么又想起给他打电话来了？

杨早一直哭，陈曦没打断她，在她的哭声中，他能感觉到她的委屈。她哭了一会儿，终于开口说话："知道我是谁吗？"

"当然知道了，杨早嘛。"

"哟？你还记得我？"

"那还能不记得？咱们不是朋友嘛。杨早，你是不是遇见什么难处了？"

"嗨……难处倒没有，就是这些天觉得压力特别大，没处说道说道，突然想起了你，没想到你的电话还没变。"

"手机号这东西，像老婆，用的时间久了，也有感情了。"

"是吧。我知道你看重感情，没想到你还能知道我是谁！陈曦，这几年你过得好吗？"

"嗨，什么好不好的，还是老一套呗，忙冬枣园，养鸡养鸭……"

"那你这些年……"

陈曦调整姿势，胸口疼了一下，哎呀一声，让杨早听出了异样。

"你怎么了？是不是生病了？叫得这么惨？"

"嗨，没事儿，摔了一跤。"

"告诉我！要不然我可生气了！"

"没事儿，摔了一跤，肋骨折了两根。"

"这么严重？在哪个医院呢？"

"没事儿了已经！你不用担心！"

"跟我这么见外是不是？你不是说了吗，咱俩还是好朋友！"

陈曦有点尴尬，笑着说："中心医院三楼骨科。"

"行！那我明天去看看你。这么晚了，你赶紧休息吧！我挂了！明天见！"

他挂了电话，强忍着疼又回了病房，躺下，辗转难眠。心想，这杨早，不是要跟他倒苦水吗？这下倒好，明天该当面跟他倒苦水了。

夏晴稿子赶到半夜，困急了，直接趴在电脑桌上睡了。

这刚进入梦乡，手机又响了。让她烦得不行，连看都没看，就把它直接关机，扔进了被窝里。

她太累了，为了自己的梦想，一直奋斗着。女人实现自我价值的途径，就是别走捷径。

夏晴一直懂这一点。这也是陈曦一直喜欢她的原因，相比那个杨早来说，夏晴在陈曦心里,简直就是高大上了。

这一趴,睡了五个小时才醒。

醒来,她揉着惺忪的眼睛,看着闪烁的电脑屏幕,又开始马不停蹄地奋斗了起来。

QQ 上姜文的头像一直在闪啊闪的,不知道说了多少句话,她却一直没有时间看。

她点开那个闪烁的头像,大量刺激她眼球的信息暴露在了她的眼前。

昨晚我和赵斌因为生孩子的问题又吵起来了,你说他为什么就是不想要孩子?难道是我做得不够好吗?难道孩子不应该是婚姻的最终目的吗?没有我们自己的孩子,我觉得这个家庭不完整。

夏晴,你干吗呢?说话啊!我现在正郁闷呢!

不行!今天我一定得跟他要个结果!你知道吗夏晴?他现在都不和我同房了,难道是得了怀孕综合征?我现在就去问他,要么,跟我生一个孩子!要么就离婚!

夏晴,我们打起来了,他动手打了我!你倒是说话啊!行!行!你们牛×!就我是个傻×好了吧!

……

看着这些极端的文字,她冒出了一身冷汗。回头看了一眼自己的手机,自己也确定不了昨晚它到底响了几回?她抓起手机,开机,查找通话记录,有赵斌的几个未接电话。

赶紧打过去一问究竟，半天赵斌才接起电话，都是倦意。夏晴哪是什么好惹的主儿，没等他开口，就劈头盖脸地骂了起来："赵斌你这个混蛋！你怎么能这么对姜文儿呢!？她这么多年，全心全意地爱你……

赵斌平静地开口打断了她："别骂了，小文儿昨晚喝了一瓶安眠药。这才抢救过来。"

夏晴怔了，手机滑落在床上，开始自责。赵斌挂掉了电话，伤心地将头埋得很深，他爱姜文，爱得死去活来。可是他却不能给她一个孩子，他既自责又自卑，痛不欲生。

她匆匆地收拾了一下，开始赶往医院。坐在出租车上，只觉得心中堆积的惆怅瞬间爆发！被手捂住的鼻子忍不住酸了。自己是姜文最好的朋友，却不能在她最需要人的时候在旁开导，实在是不应该，害得她吃了药，自寻短见。

再想想自己失败的婚姻，自己和姜文恐怕是世界上最倒霉的女人了吧？

不知道，这个同病相怜的姐妹，能不能原谅自己？她现在就想看见赵斌之后狠狠地骂他一顿，一定要给文儿出这口气。

她抹着眼泪急匆匆地赶到医院，看见赵斌第一眼后，却怎么也张不开口骂他。他正跪在岳父母面前，可劲儿扇着自己的嘴巴，虽然姜文儿的父母，一再阻拦。可他们越劝，他扇得越厉害。

"爸、妈！我不是人。我没照顾好姜文儿，你们杀了我吧！"

姜妈妈见这架势，心脏病都要犯了，捂着胸口坐在了长廊的椅子上，"赵斌啊！这事情已经出了，我们不怪你，啊！好孩子，快起来，你只要能跟我们保证，等姜文儿醒过来，你好好对她，好好地过日子就行了，我们做父母的，对你们没过多的要求，就希望你们能幸福。"

夏晴冲到姜妈妈面前，将老人扶了起来。训斥着赵斌："你怎么回事儿，阿姨心脏病都要被你吓犯了！赶紧起来！"

"就是，赵斌。你起来吧，什么事情都得有个完。我们不是不通情理的老人。"姜爸爸在一旁掷地有声地说了这么一句。

赵斌眼泪鼻涕地屈膝从地上爬了起来，看见他这副熊样儿，夏晴话到嘴边，却又说不出来了。只能搀扶着心力交瘁的姜妈妈，一边安慰，一边自责。

杨早拎着一大篮水果和鲜花来医院探望陈曦。因为走得急，撞上了来给姜文儿取药的夏晴。夏晴脾气大，再加上因为文儿的事儿心情不好，撞见一个没眼的，心里自然不痛快，随口骂了一句："瞎啊？"

杨早撞人在先，理亏地跟她道歉："不好意思啊！"

夏晴定睛瞪了她一眼，扭着屁股走了，浑身散发着一种让人寒颤的强大气场。

杨早倒吸一口凉气："好家伙，够厉害的。"

她兜兜转转地在骨科转了几个来回，终于找到了陈曦住的病房。推开房门进去，看见陈曦正孤单地坐在病床上，拿着一块干面包蘸水。

"哟？怎么吃这个呢？没人照顾你啊！？"

陈曦再见杨早，发现她这三年的变化真不小，其中最明显的，就是变漂亮了。不对，应该是比以前有气质了。这多少让他有点尴尬，双眼放出了一股莫名的光，"来了？快坐。"

杨早将水果和鲜花放在了他的床头，还细心地将花插在了他的搪瓷茶缸里。

"谢谢啊，这花还挺好看的。"

"你怎么吃这个呢？没人照顾你吗？"

"我没敢告诉爸妈，他们岁数大了，回头别吓着。都是农场的工人们，在轮班照顾我。这不,老美还没来呢,我就先垫一口。"

"老美都那么大岁数了,以后别让他来了。他那儿子,还跟着他呢?"

"你这话问的,他是他爹,当然得带着了。"

"这样吧,以后我来给你送饭照顾你。你别让农场的员工来了。他们粗手粗脚的,也不懂得怎么营养搭配。我工作也不忙,照顾你没问题!"

他笑嘻嘻的有点尴尬,想要婉拒,"这不合适吧?再说,你也有自己的事情忙。你男朋友要知道你来照顾我,肯定会生气的,我看还是算了吧!"

杨早忽闪着眼睛,一副无邪的表情,"我没男朋友。自从和你分手之后,也没找过。行,这事儿就这么定了。你现在是养骨头,要是养不好,也恢复得慢。"

杨早在陈曦面前,表现得永远那么真诚。这多少让陈曦有点儿难为情,想想自己当初甩了人家的理由,未免有点太牵强。如今人家还能这么对自己,只能说明她是个善良懂事的姑娘。

"对了,我听你昨晚说心情不好,好像还哭了?怎么回事?"

她哈哈笑了起来,爽朗的笑声,把他弄得一头雾水,只觉得这杨早越发地精神失常了。她笑得有点夸张,眼缝里都是泪了,这场景,让陈曦都看醉了。

实在尴尬得慌,他拿着面包蘸了下水,吧唧了两口,随着她笑了两声。

她笑得太过投入了,突然就绷住了脸,一副严肃的表情。这可把陈曦吓坏了,瞪着大眼睛看着她问:"怎么了?"

"没事儿!笑累了。"

他使劲儿咽了口唾沫,可不敢再问她为什么了,别回头再哭了,他就不知该如何是好了。

"对了,我给你弄口吃的去!等着啊!"

"不用了!我都饱了!再说,一会儿老美给我送饭!真的不用麻烦了。"

她根本就不听这一套，拎起保温瓶就往外走，走到门口还瞪着大眼睛冲着陈曦吼了一声："听话！别吵吵！"

那媚眼儿抛出来，让他有点措手不及。

夏晴帮文儿领了药，平静地坐在长廊的凳子上抽起了烟。

医院护士朝她走了过来，皱着眉头说："这里不能抽烟！快掐灭吧！"

夏晴抬头看了她一眼，又使劲儿吸了一口，吐出浓重的烟雾，才肯把烟熄灭。

护士白了她一眼，嘟嘟哝哝着走了。

赵斌走到她身边坐下来，托着腮帮子一脸愁容。

"我对不起她。"

"你别说话……"

"夏晴，我心里很苦！"

"别说话！"

"我知道你恨我，我没能保护好她……"

夏晴从椅子上站起来，焦躁地在他面前来回踱步。情绪一触即发，恨不能将这个男人撕成碎片。可她终归还是冷静了下来，她告诉自己不能这么做，冲动无济于事，事儿已经出了，姜文儿现在也许希望自己能和他好好地谈谈，探出他内心的想法。

她又坐回他身边："小文儿一直觉得自己是公主，虽然骄纵了一些，可却是全心全意爱你的。"

"我知道……我懂……"

"你心里有事儿吧？我觉得你变了。其实小文儿不傻，只是不想戳穿你。我反倒觉得这事儿没什么，小文儿不是我，假如你及时悬崖勒马的话，相信你们的婚姻还会像从前那么幸福。"

赵斌若有所思地看了一眼夏晴："你很聪明。"

"女人都聪明。有的女人不想做婚姻的傀儡就挣扎，有的女人是太爱自己的男人，才选择沉默。我和小文儿，恰恰就是这两种。"

"夏晴，你恨江源吗？"

她不明白他为什么要问这么一句？睁大眼睛盯了他一会儿，坚定地说："恨！不过这不能代表小文儿也恨你。她爱你，全心全意地。"

"嗯！你放心，我会处理好的！"

赵斌站起来，用力按了一下她的肩膀。夏晴似乎感觉到了他要回归的那股力量。

稍稍舒了一口气，竟然有种如释重负的感觉。

"其实你也不必自责，男人嘛，都是一个样。当然，不是说你不好，我的意思是说，婚后的男人都会有这么个过程……"

赵斌站在姜文儿的病房门口，透过窗子看进去，她还睡得很沉。眼泪啪嗒啪嗒地掉下来，使劲儿给了自己两巴掌。

这让夏晴一点防备都没有，跑到他面前又开始劝："你这是干吗呀？我都说了，只要你肯悔过，一切都来得及！"

姜文似乎听见了病房外的声音，从睡梦中惊醒。嘴里还喊着赵斌的名字，满脸眼泪。

夏晴和赵斌一起冲了进去，看见丈夫，她居然蜷缩成一团，浑身都在发抖。

"你滚！你滚出去！"

"小文儿……"

夏晴走到她身边，姜文一把就把她抱住了，伤心地哭了起来。夏晴心里难受死了，不知该如何安慰。她对赵斌使了个眼色，他皱着眉头，沮丧地走出了病房。

"好了亲爱的，他走了。都怪我，昨晚光顾着赶东西，忽略了你的电话，我恨死我自己了，我怎么办了这么个事儿呢……"

"夏晴，我觉得好累。"

"累就寻死觅活的？值当吗？你看我，我男人都跟人家有事实儿了！不也照样过？你啊，就是太拿他当回事儿了！？"

"我觉得我活得好失败，这两年一直都是追着一个男人生孩子，是不是太贱了？"

夏晴坐在了椅子上，抓着她的手一本正经地说："你啊，就是贱人一个！不是我说你，生孩子这事儿，应该顺其自然。你现在追着他生，他不想生，等孩子生下来他要是不喜欢怎么着？你生孩子没错，但是得对孩子负责！你这就是不负责任的表现。依我看啊，你应该让他追着你生！不追你个三年两年的，你不给他生！反正你也还年轻！亲爱的，我觉得你现在最应该干的，就是改变！改变你自己！让你不再把生孩子这件事儿放在首要位置！你不是还有工作吗？"

"忘了跟你说了，为了全力备孕，我把工作辞了。"

"什么？你简直疯了你！我看你真是为了婚姻完全失去了自我！女人工作的意义不在于赚钱！而是为了充实自己！"

"我知道我错了！其实辞了工作之后，我就后悔了。我不该这么冲动对不对？"

"对！"

她坐在她的身边，双手按住她的肩膀，铿锵有力地说："振作起来吧！你看我，没有男人不是也能活吗？当然我不是鼓励你不要自己的男人，但起码你不能丢了自己。再说你和赵斌不一样，我觉得往往是因为你看他看得太紧了，才会适得其反。男人就像女人手中的沙子，握得越紧流失得也越快！当然，像江源这样的混蛋，是世间少有的。所以，你还是幸运的，总比摊上江源这样的强吧？"

姜文抹了抹眼泪，觉得闺密说的颇有几分道理，心里顿时豁亮了不少。

"多分散一下注意力吧，你看叔叔阿姨，这么大岁数了，还在为你担心。你觉得合适吗？还有你婆婆，她都不着急抱孙子，你何必那么急着给人家续香火!？我看你养好了身体，再去找份工作，比什么都强！对了，千万不要去赵斌的物业公司！记住，空间，夫妻之间的空间很重要！想要让他知道你有多尊重他，就要给他足够的空间！"

姜文儿似乎明白了什么，点点头："作家开导人，的确是不一样……我知道了，你放心！"

江珊去接江源，一路上把哥哥数落得狗血淋头。江源坐在出租车上，厌得不行，捂着脑袋求她少说两句，毕竟自己也是个大学老师。

的哥觉得这两人挺逗，忍不住从后视镜里多看了他们两眼。江珊捕捉到了什么，冲着的哥喊了一通："看什么啊？有什么好看的！"

江源捂着脸，低着头，一脸的嫌弃："你怎么那么大火气啊？你就不能消停会儿吗？"

"哥！亏你是个大学老师，你怎么那么能耐，去买个黑车呢？"

"我买的是二手车！我怎么知道是黑车啊!？行了你别说了！要不是贴补你去开那个什么中介，我能把我那车卖了替你给钱吗？"

江珊一听这，怨声载道，"你不是投资吗？等我挣了大钱，再还给你！"

"行了吧！我还指望你能还？我说妹妹，你也老大不小的了，还是早点找个好人嫁了吧啊！你哥我就是个老师，赚不了多少钱。离婚分的这点钱，都快被你败光了！"

"怎么是被我败光了呢？你这人真不讲理！"

"行了！你就踏踏实实好好干你的这个中介，然后找个人嫁了。哥指定还会给你弄个嫁妆！你只要听哥的话就行！"

"我现在只想做事业，对了，你今儿去我那视察视察吧！再给你弄个火盆儿跨跨！去去晦气！"

"哎……是该去去晦气了！最近太倒霉了！"

陈晨觉得这事儿成，恨不能马上就能飞到日本去。陈爸将自己这几年积攒的钱，交到了他的手上，满满的信任，"儿子！这回好好干！爸信得过你！"

陈妈怎么呾吧都觉得这事儿不靠谱，心里想着，要不然给大儿子打个电话？他受骗没事儿，可折子上也是好几万块钱呢！要是糟践了钱，就不应该。这钱，虽说是养老钱，可都是大儿子给自己的钱积攒起来的。

陈妈下定决心给陈曦打个电话。

此时，杨早已经给他打来了热面汤，正小口吃着。

手机响了，他见是家里的号码，将手机放在一边，不计划接起来。杨早稀奇，看着手机屏幕上显示的家字，就提醒了他一句："家里的电话！接啊！"

"不想接，我爸妈不知道我搁这儿躺着呢！"

"可万一要是有什么重要的事儿呢？"

"也对啊！"

陈曦眼珠子转了转，又觉得不接电话不对。拿着手机看着杨早说："要不你帮我接一下！要是有事儿，我再接。要是没什么大事儿，你就跟我妈说，我正忙着呢!"

杨早接过他手机,点点头,做了个OK的手势。手划拉了一下,电话接起来了:"喂!？阿姨啊？您找陈曦啊？"

老太太挺纳闷儿,怎么是一女的接电话？着急问了句:"你是谁啊？"

"阿姨!我是杨早啊!您还记得我吗？"

"杨早？你是杨早啊!杨早,你怎么拿着陈曦的手机呢？"

"阿姨,是这样的。我来陈曦的农场采摘呢!他把手机搁我这儿了!他正在忙活呢!您有什么重要的事儿吗？"

"哦!是这样啊？其实我没什么重要的事儿,有点小事儿。"

杨早朝他使了个眼色,"没啥重要的事儿啊？那我挂了啊阿姨!那就这样,拜拜……"

她匆忙挂了电话,把手机还给他,"阿姨说没什么重要的事儿,估计就是问你最近的情况!"

"哦!那就好!"

陈妈有种被摔了电话的感觉,心里别扭了一阵儿,"这个杨早,疯疯癫癫的,都不容人说话!亏了陈曦当初没和她成!不过,这杨早怎么在农场里呢？难道他俩又……"

陈妈拿着手机想了想,自言自语道:"哎……还是别烦他了吧？他这么忙,肯定不愿意让人烦他。"

老人放弃了搬救兵的念头,坐在床上开始自我疏导。她瞥了一眼坐在客厅里踌躇满志的小儿子,心里又很不是滋味儿,这些年这孩子一直在哥哥的保护伞下生活,丢了血性。假如这次能锻炼一下,估计也是好事儿。

陈妈这么想之后,心中顿时开朗了许多。

初恋进行时 / CHAPTER 3

挂了电话的杨早，脸上泛着酸酸的笑容。陈曦浑身打了个冷战，觉得这笑，内容太多了。

"阿姨问我，怎么和你在一起!?"

"哦……"

"陈曦，你这些年，还单着呢?"

喝着面汤的陈曦呛了一口，差点喷出来。赶紧岔开话题。

"你这几年干什么呢？看你这样子，好像混得不错?"

"嗨……瞎混呗。我啊，给一个剧组做做剧务。说白了就是打杂的!"

"哟，不错呀！我说你这穿着打扮比之前清秀了许多。合着现在层次这么高了啊!?"

"你那意思，我以前没品位呗?"

"不是！我是说，人往高处走!"

"这话不假。和你分手之后，我就把心思都扑到事业上了。我现在，也算是半个成功人士了吧?"

陈曦又呛了一下，咳嗽得胸口疼。敷衍地笑着说："必须成功！必须的!"

夏晴好不容易安抚好了姜文的情绪，准备回去了。今天跟影视公司说好了，要交一稿。可稿子还没捋顺呢，得赶紧回家把稿子再看一遍。

杨早提议陈曦出去见见阳光，这样有助于骨头的愈合。

陈曦这两天在病房里也待闷了，觉得出去走走也好。只能劳烦杨早推着自己出去晒晒太阳。

两个人有说有笑的，电梯在三楼停了下来，恰巧里面站着夏晴。

- 053

夏晴看见这场面，难免有点惊讶。张着大嘴巴问："你怎么了？"

他一看见自己喜欢的女人，就结巴了。尤其是在这种场景下。

"夏，夏晴？你怎么在这儿？你不舒服了？"

夏晴瞥了一眼站在他身后的杨早，恰巧看见她白了自己一眼。咳嗽了一声说："我没事儿。我看你事儿够大的？你被狗咬了啊？"

杨早见她说话这么冲，就驳了她一句："嘿，你这人怎么说话呢？人家肋骨折了！陈曦，这是你朋友吗？"

"是、是……"

夏晴朝他摆摆手："嘿，不是！我和他不是朋友。"

电梯到了，夏晴抢先一步钻了出来，回头笑着对陈曦说："好好养着啊！血清别忘记打，这疯狗咬人可厉害！"

说罢，转身就走了。

杨早心里不是滋味儿，这话折射了几个意思？冲着她的背影喊了一声，"你说谁疯狗呢你？真没素质！"

陈曦心里烦得不行，觉得这也太巧了，而且还闹了这么一出？以后他可怎么见夏晴？嘴上自然也就没好话了："我说你！你能不能闭嘴？"

杨早被他这句震慑，弄得浑身不自在。她也不是什么省油的灯，气得把他从电梯里推出来之后就扬长而去了。

陈曦这才觉得自己刚刚那话有点过分，再喊，也喊不回来了。

江珊弄了个火盆儿，拿个大扫帚，在江源的身上扫了两下。

江源指着自己的脚说："这儿再来两下！以后可不能这么鲁莽了！踏踏实实走路，老老实实做人！"

她使劲儿扫了两下，"哥，亏你还是个大学老师呢。这么迷信。"

"妹妹，只怪我最近太倒霉了。人到绝望的时候，就容易迷信！相信，今儿跨了这火盆儿，就会顺起来吧!？"

江源从火盆儿上迈了过去，刚要进屋，被江珊喊住了，"等等！"

她将江源身上的那件外套脱了下来，扔进火盆儿里烧了！

"你这是干吗呀？可惜了的！好几百块呢！"

"舍不得孩子套不着狼！舍不得衣服，驱不了霉运！不就一件破衣服吗？"

"也对啊！"

跨了火盆儿的江源，心里舒坦多了，好像下一秒好运就会降临似的。

进了江珊的中介所，他东瞧西看着："这中介所，也有点寒酸吧？不是，我可给了你十万块钱，你就开了这么个玩意儿？就一张桌子，一台破电脑啊？"

江珊转了转眼珠，搪塞着："租房子是一大笔！好几万呢！"

他怀疑地仔细审视了一下周边的环境："这破地儿，用得了那么多吗？再说，你这房子面积这么小！？"

"哥！你这是在怀疑我吗？你怀疑我黑了你的钱？"

妹子这臭脾气他知道，他们爸妈去世早，自己觉得妹妹那么小没父没母的很可怜，江源一直尽最大的努力来满足她，所以才惯出了她这一身的臭毛病，江珊一直都在自己的庇护下活着，自己好不容易巴结着她上了个三流大学，可她毕业后，却不好好工作，开始干直销，后来跑保险，干的都是打一枪换一个地儿没保障的生计。

如今她想干点正事儿了，江源也是全力支持。不过他了解，妹子爱花爱造，这钱，肯定不是全用来创业了。自从和夏晴离婚后，他日子过得也是紧紧巴巴，要是她手里有余钱的话，他还想要回来。

"江珊啊，你看我自从和你嫂子离婚之后，就吃这点死工资，我也打不起精神再去外面讲课……"

江珊听着苗头不对，就想办法岔开话题，一会儿吹口哨，一会儿使劲儿按鼠标，看着电脑屏幕上的新闻显得大惊小怪的，"哎哟哥！你快看！又地震了！我的天啊，怎么就这么多天灾呢……"

江源知道她搁这儿跟自己打岔呢，就非常一本正经地扳过她的脑袋，盯着她说："剩下的钱呢？给我！"

江珊一听这个，急了。跳到了椅子上，指着他的鼻子破口大骂："你还是不信任我对吗？觉着我藏着你的钱呢？行、行！我服你，不就是十万块钱吗？我全还给你不行吗？我不沾你，总可以吧？你等着，你等着啊！"

说着，江珊从抽屉里拿出了一张白纸，打了一个十万块钱的欠条。甩到他哥的脸上放狠话："十万块钱！我会尽快还给你的！这是欠条！"

显然这套，对付江源还是绰绰有余的。一下子，让他不知道如何是好。

"妹子！我不是这个意思！我就是……"

江珊快速打断了他的话，一边喊，一边往外推搡他："得！别解释了！你赶紧走吧！我这儿还得去看几个房子呢，还有几个工厂，也需要我去跑跑！你走吧，赶紧走啊！你的十万块钱，我会尽快想办法还你的……"

江源，就被她这么硬生生地推了出来。见她没有一点儿缓和的语气，看着手里的那张欠条，唉声叹气，悻悻离去。

回到家的江源，一头扎在了床上。看着都结了蜘蛛网的天花板，心里很不是滋味儿。想想自己以前的那个家，虽然夏晴不是什么好脾气的女人，但是家务和三餐都伺候得不错。

而且，她还很能赚钱，每年的稿费都比自己这个大学老师多。他呢，每个月都出去讲讲课，收入也还过得去。虽然够不到小康的标准，但是他俩的钱放

初恋进行时 / CHAPTER 3

在一起，足够可以让他们过得很舒服。
　　现在的他，真的可以用穷困潦倒来形容了。这会儿，他又开始疯狂地想念那个叫夏晴的女人。

CHAPTER 4
第 四 章

　　陈曦想给夏晴打个电话解释解释，可怎么想都是多余，自己不是她的谁，解释也是多余。

　　他拿着手机摆弄着，最后编辑了一条短信发了出去——对不起啊，我那天说话有点儿过。他浑然不知，杨早已经拎着做好的饭菜，站在他的病房门口了，手机就在另一只手里攥着，杨早抬手看了看，浅笑了一下，推门而入。

　　她冷不丁地出现在自己面前，让他浑身打了个冷战。心想，这女人怎么跟阴魂似的，总是不散呢？像阵风一样，就刮来了。

　　陈曦额头上冒着冷汗，在他看来，杨早脸上的笑，是诡异的笑。"飘"着就朝他过来了。

　　"没吃呢吧？赶紧吃吧！热乎的！"

　　他觉得这画面，太阴森恐怖了，脸上挂着僵持的笑容。看她慢慢把保温瓶拧开，生怕里面装的是什么蝎子、蚯蚓、大土鳖……

　　不过，杨早倒出来的是稀饭，一碗香喷喷的皮蛋瘦肉粥。那香气，让他觉得温暖。

陈曦慢慢接过碗来，冲着杨早龇牙咧嘴："你不生气啦？我刚刚还给你发信息来着！"

杨早攥着手机看了一眼，脸红了。

"我看见了！死鬼……"

这一句死鬼，喊得他浑身起鸡皮疙瘩，又打了个冷战。

"真没想到，你这么大度。既往不咎啊！？"

"纠什么啊？我不那么爱纠结！说了就说了，说过去就完！对了，那女的谁啊？"

陈曦刚喝了一口粥，呛了一下，差点吐了出来。

"哟——慢点儿。看来你俩关系不一般。"

陈曦嘿嘿一笑，觉得要是把自己对夏晴的心思，早早告诉杨早，好像就能扼杀一段孽缘似的。他现在浑身都有种要被细菌入侵的感觉。

他喝了一口粥，咂巴着嘴，颇有回味地说："夏晴是我的初恋女友。"

没想到杨早简直就是百毒不侵，听他这么说，又像个侠女一样仰天长啸。

"哈哈哈哈……"

这一笑，让陈曦乱了阵脚，"怎么了这是？很好笑吗？"

杨早笑得眼泪都快出来了，抹了抹眼角说："哎哟……巧！"

"啊？巧？"

"缘分！"

他越发混乱了，脑袋嗡嗡作响。怎么还整出缘分二字来了。

"这话怎么讲啊？"

"我说咱们三个之间有缘分。她是你的初恋，你是我的初恋。这不是缘分吗？也公平，这事儿对你有利，是个多项选择题。"

他觉得这逻辑怪奇怪的,让她这么一说,好像多有道理似的。他使劲儿将这个问题在自己的脑袋里捋顺,跟她解释着。

"你这不对啊,我和夏晴,是彼此的初恋。我再轮到你这儿,就是二手的了。再说多项选择题的比喻也不恰当,中国不允许多选!"

杨早继续仰天长啸,笑得都要岔气儿了。

"我说陈曦啊,你可真坏啊!"

"嘿嘿……不是坏,我是有点愚钝。话我得跟你解释清楚了。再说,咱俩都是过去式了,现在不就是个好朋友关系吗?"

"行!挺清楚……你吃吧啊,我得走了。我还得回家赶稿子呢!"

"你不是剧务吗?"

"是啊!是剧务,我也兼职给编剧改改台词儿。我不图钱,就图能学习学习!慢慢吃啊,晚上,我还给你送!"

"不是,不用了杨早。我晚上不饿!"

本来走到门口的杨早,猛地回过头,媚笑着说:"听话!晚上给你做好吃的……"

她走远了,陈曦浑身都被冷汗沁透了,瘫软了下来,"跟这样的女人交流,真练胆儿啊……哪家剧组啊,居然敢让她改台词儿……"

夏晴来医院看姜文,一手拿着百合,一手拿着一把黄白菊花。

医院门口碰见了赵斌,他看上去很憔悴,慢吞吞地走到夏晴身边,指着她手里的花说:"百合是给姜文的,菊花是来吊唁我的吧?"

夏晴扑哧一下笑了:"你啊,还不够格儿!"

"嘿嘿……明天别往这儿跑了,下午我们就出院了!"

"哟?这么快?她调养好了吗……"

两个人并肩朝电梯走去，电梯到了，夏晴和赵斌有说有笑地往里面走，抬头撞见了正要下电梯的杨早。

杨早这人真是有点神经病，看见夏晴和赵斌在一起，居然哈哈一笑，扭着屁股走远了。

赵斌有点蒙头，挠着后脑勺，像看新鲜物似的看着杨早说："你认识啊？"

夏晴呵呵一笑，掂掂手里的菊花说："你觉得我能认识这么没品的人吗？"

她朝那厌恶的背影，狠狠地翻了翻白眼儿："神经病……"

姜文儿还在睡着，她轻轻踮着脚走进了她的房间，将百合插在了花瓶里，出门，嘱咐了赵斌两句："是不是药劲儿没过啊？怎么老睡呢？回家还得盯死了她，可别再让她有机会干傻事儿了！今儿就别喊她了，回头我去家里看她。"

赵斌像个做错事儿的孩子，使劲儿点头。看着她拎着一把菊花朝楼道口走去，赵斌心里犯嘀咕，觉得这夏晴风是风火是火，这举动不太正常啊。

"夏晴！"

夏晴走到楼道口了，被赵斌这句仓促的声音叫住了。

她回头，纳闷儿地瞅着他："怎么了？"

"哦……没事儿，担心你。有事儿给我打电话！"

夏晴看了一眼怀中的菊花，笑靥如花地往楼上走去，他觉得，这笑容怎么咂吧都带着点诡异，"作家果真都是神经病。"

夏晴刚刚在前台那里查了一下，得知陈曦是硬伤。还查到了病房号。

不管怎么说，他也帮过自己，去看看也是理所应当的，只是昨天看见那女的，实在让她不爽到极点，想到陈曦在和那女的谈恋爱，她就气不打一处来。心想，要找也找一比自己强的呀，怎么能找这么个货色呢？

她找到了陈曦的病房，将花摆在胸前，正步推门而入。

像小时候升旗仪式时举着五星红旗一样，走得特别庄严、肃穆。正在喝粥的陈曦，愣是看傻了眼，心想："这是什么套路呀……"

不过心里还是美滋滋的，毕竟梦中情人来主动看自己，还带了——花儿。

"哟？来啦？来就来嘛，还带东西干吗!?"

夏晴那几步，走得真像个僵尸，在他面前坐下，将花儿插到大茶缸子里。

"你怎么回事儿啊？"

陈曦看着那把菊花，表情无比拧巴，不知道该是哭还是笑。他想，还是笑吧，不管这花儿带什么寓意，他心里都高兴。谁让自己喜欢人家呢。

"这花儿，真好看。白的黄的，真鲜亮。"

夏晴冷笑了一下看着那花说："主要是符合你和你们家那位的气质。"

他故意腼腆一笑，在心里觉得，这夏晴还是在乎自己的，这副态度，分明是生气了。

他决定不承认也不解释，看看她下一步问什么。

他看着那捧花，掐了一朵，还酸酸地闻了闻，"菊，大雅啊！有品位！"

她忍俊不禁地捂着嘴，强忍着不让自己笑出声来，问了句："哪儿坏了呀？"

"肋骨，折了三条。"

他举着三个手指头，笑嘻嘻地说。

"亏你还笑得出来。行，好好养着吧。那我就走了啊！"

她站起来，掐着腰小碎步地往门口走。

"这，这就走了啊？"

他心里急得不行，心想，她怎么不问呢？没想到，走到门口的夏晴，还是回头了，意味深长地问了句："那女的，真是你对象啊？"

初恋进行时 / CHAPTER 4

陈曦木讷了一下,挤着小眼儿,故意不正面回答她这个问题。
"呃……"
夏晴烦了,摆摆手说:"得!我也不想知道。走了啊!"
说罢,扭着腰转身走了,给了他一个漂亮的背影。
她走了,陈曦笑出了声,拍胳膊打腿儿地笑得都合不拢嘴了。刚刚她那一问,问得他心花怒放,起码证明,夏晴还是很在乎自己找了个什么样的人的。

陈晨收拾了东西,拎着箱子去江珊的门市报道,今天江珊要带着他去办理一些相关的手续,办好了之后,直接就能登记去日本了。
这个过程,大概需要两天。为了防止老妈后悔,他就跟父母说,自己今儿就走了,等到了日本安顿好,就给他们打电话。

带着存了那么多钱的卡出门,也是件让人提心吊胆的事儿,他觉得住到旅馆不安全,倒不如住到中介里,反正她帮自己找工作,总得把自己安顿好了。
江珊正坐在门口儿上嗑瓜子,陈晨将拉杆箱往她脚下一放,"大姐,我来报到了!咱们什么时候走啊?"
江珊抬头,看见这傻小子一本正经地问自己,心想,这单生意跑不掉了。
"来啦,先进屋坐会儿!"
她随手给了他一把瓜子儿,陈晨丢了一个进嘴里,嗑出了声儿。他吊儿郎当地环顾着她的屋子,心想着能寻找到和自己同行的伙伴。
江珊帮他倒了杯水,热情地招呼着:"坐!不是,你怎么还带着箱子来的?办手续得两天呢!"
"哦!是这样的!我们家老太太不想让我出那么远的门儿,我这趁热打铁,提前就出来了。你还得看看能不能安顿我,你得收容我两天!"

- 063 -

"啊？大兄弟，我这儿就这么大的屋儿。你看能住哪儿啊？"

陈晨拍了拍自己坐着的这张沙发，爽快地说："我睡这儿就行！不就两天吗？我也不影响你做生意！"

他这一出，让江珊有点措手不及，但是想想即将到手的那一千块钱，就忍了吧。她皮笑肉不笑地白了他一眼，"随便你吧。"

"咱们什么时候去办手续？"

"这就去！我先给对方打个电话……"

江珊走到暗处，拨打了张先生的电话，说自己招到了一个人。跟对方叨咕了几句之后，江珊挂了电话，走到陈晨面前使了个眼色，"跟我走啊！"

"走着！"

江珊锁了店门，两个人兴高采烈地打了个出租车扬尘而去。

和陈晨想的不一样，江珊带他来了一个非常普通的民居，正屋里放着一张办公桌，看上去根本不是什么正规办事儿的地方。椅子上坐着一个穿得很土鳖的男人，戴着一副瓶子底儿厚的大眼镜，眼皮都不抬一下，"坐吧。"

"哦……"

"张大哥，我把人给你带来了，你看看什么时候给他办个手续？"

"行！办手续之前，还是先签个合同吧！你，过来。"

男人勉强抬了一下头，示意陈晨过去。可他怎么看，都觉得这男人身上透着那么一点儿坏人气质。

他站在那张办公桌前面，瓶子底儿看了他一眼，慵懒地问："准备好了吗？出国打工可不比国内，那边人生活节奏快着呢！"

"我一个大小伙子，说句话立个坑儿的，还有啥准备不好的！"

"那就好，日本樱花电子厂，你们这种男工到那边月薪七千，管吃住。"

"才七千？不是说一万吗？那个大姐，你不是说月薪一万吗？不是，你们中间还赚一道不成？"

江珊有点毛，坐立不安地看着瓶子底儿。

"你别着急嘛小伙子。月薪一万是不包吃住的薪资。你在日本租房子吃饭不也得花钱吗？三千块，可干不了什么。三千块钱在国内你能花一个月吗？"

"就是，要不大哥，你给他办一万的。让他自己出去租房子住，也可以啊！"

陈晨一听这个，想法瞬间在脑袋里打了个旋，赶紧笑嘻嘻地给自己打圆场："别价啊！我也不会说日语，您让我拿着三千块钱去哪儿为难啊？七千，我愿意！"

男人撇撇嘴，将一张合同推到他面前："你看看吧，合同一签就是三年的。要是中途不想干了，就属于违约，工资就只给一半儿！"

"三、三年啊……签一年行吗？"

陈晨伸着食指，跟对方讨价还价来着。

男人白了他一眼，看着江珊说："妹子，你带来的这人不靠谱，不适合出国打工。赶紧带他回家吧，他比较适合抱着老婆孩子热炕头。"

他一听这个，心里自然不服。怎么他就不适合了？

"得！不就是三年吗？我就不相信我一中国人，在小日本儿那儿还混不上三年！我签！笔呢？"

瓶子底儿递给他一根碳素笔，指着合同的右下角说："签这儿，按上手印儿！"

江珊站在一边，眉飞色舞地看着，陈晨运笔如飞地在合同上签了字，按下了手印儿。心想，这一千块钱，算是跑不掉了。

没想到，陈晨这手印刚按下去，外面就冲进来一帮人，不分缘由地将瓶子底和江珊给控制了。

一把将他按倒在了办公桌上,把江珊也铐上了,吓得江珊脸色苍白,把脑袋都要摇下来了,飘着一头黄发跟一金毛狮王似的怒吼着:"你们干吗啊?你们谁呀?"

这场面,把涉世未深的陈晨吓坏了,一下子缩到了旮旯里,浑身都在哆嗦。

"我们是谁!?我们是警察!跟我们走一趟吧,我们怀疑你们非法往国外输送廉价劳动力。这就是证据!"

其中一个长相帅气的便衣拿着陈晨刚签了字的那张合同说。

陈晨揉了揉眼睛,盯着那警察看了一会儿,居然发现那人是他的同班同学李晓,他看出来了,那臭娘们儿是联合那个瓶子底儿坑自己呢,廉价劳动力,不就是便宜把他卖了吗!

可是,他这个已经快奔三的人了,居然还上这种当,简直就是丢人。而且,抓捕的那人,就是自己的老同学,这简直丢死人了。要是这事儿在同学圈儿里传开,还不得被人笑话死?

他摸着墙根儿要溜,还没走到门口,就被人拍着肩膀说:"不好意思,您得跟我们回去协助调查。"

他一直都低着头,捂着脸,羞于见人。

"那个合同就能证明了啊!"

"您还是跟我们回去一趟吧!"

便衣帅警仔细打量着他的脸,再看看那合同上的名字,心里打起了小九九,已经认出了老同学的他,故意坏笑着说:"你要是不配合的话,我们可强制执行了啊!这是每个公民的义务,你知道吗?"

一听这个,陈晨急了,甩开脸子横了起来:"你小子敢!"

帅警也坏，故意一副遇见了老熟人的样子，好像自己多无辜似的："陈晨！怎么是你呀？哎呀！我万万没想到是你啊……"

"去去去！少臭来劲！你早看出来是我了！刚才你小子就是故意的！"

"哎呀，怎么可能嘛，老同学！"

他白了他一眼，整了整自己的衣服说："少来！不就是作证吗？我一没抢二没偷的！做个证怕啥啊！？"

"就是就是，那，咱们走一趟？"

陈晨整了整衣服，让李晓在前面走，他怎么都觉得一个警察跟在自己身后，就像押解犯人一样。

了解了事情的经过，陈晨灰头土脸地从警察局出来，坐在警察局门口的石墩上，只觉得思维怔住了，不知道该是悲还是喜。

他不想回家，不想看到爸妈失望的眼神。李晓追了出来，拦住了他的去路："唉！还生气呐？公归公私归私，公事儿办完了，咱们这老同学去喝个酒吧！？"

他点了根烟，一脸不屑："警察还喝酒啊？切！"

"还生我气啊？走吧！就当我给你谢罪！"

他被他硬拽着去了一家小馆子，点了两个小菜儿，一瓶老白干儿，给陈晨倒了一杯，关切地问了起来："怎么？还没找到合适的工作吗？"

他端起杯子喝了半杯，郁郁寡欢地说："找到了，还用你来羞辱我啊？"

"看看，老同学还在生气啊？"

"跟你没法比，早就听说你当警察了，你活得风光啊！"

"我挣得可不多，而且这工作还危险。我们这种高危职业，没有几个愿意干的。"

陈晨瞥了他一眼，没有再说什么。心里全是失落，心想，怎么都是同学，自己和人家的差距就这么大呢？只能闷头喝酒，一杯接着一杯，很快就醉了，满嘴胡言乱语了起来。

喝到末了，愁坏了老同学，李晓费了九牛二虎之力，才把他弄到出租车上。可是去哪儿成了问题，俨然他已经喝得不知道东南西北了，他又不知道陈晨的住处，只能拉着他去了自己的小公寓。

赵斌怀里揣着个抹布，在卧室门口的小板凳上坐了两个小时了，就是为了死死地盯着老婆，生怕她再想不开。

姜文坐在床上，脚底下坐了一圈儿人，什么七大姑八大姨，婆婆公公都来齐了。程丽手里端着一碗白粥，像个宫女儿似的，一小口一小口地喂着她："这粥温乎，你现在啊不能吃硬的，也不能吃太热太凉的。这几天可得注意点儿……"

七大姑八大姨你一言我一语地表示赞同，觉得他们这个家，的确需要有个人出面打理了。

姜文喝了一口白粥，嘴角泛起了得意的笑容。她觉得夏晴说得对，女人不能完全依赖男人，想要让别人对自己好，尊重自己，首先就得先抬高自己的身价。这就是女人工作的意义，至于什么孩子、男人，都见鬼去吧。

她拒绝再喝婆婆递到自己嘴边的粥，挺着腰板儿说："大家都回去吧，我好了。雇保姆的事儿，我会考虑的，我也不会再做傻事了，身体是我自己的，我犯不着总是糟践。还有，等我好了，我就要出去找工作了。希望大家多多支持我！妈，你们放心，我以后不会再花你们一分钱的，我要自力更生！"

一伙人你看看我，我看看你。程丽脸色尤为尴尬，不知道该说什么了。本来她平时就有个扭捏的小毛病，整天就怕儿媳妇儿对自己不满意，居然一下子委屈了起来，噘着嘴像个孩子似的："我话说错了呀？文儿啊，我没别的意思……"

婆婆一直是个扭捏中带着厉害的角色，这次是见她干了傻事儿，才这么鞍前马后的，如今媳妇儿这话说得这么硬，程丽气不打一处来，就哭了起来。

姜文委屈着，抱着婆婆的胳膊说："妈，我真没别的意思啊！"

程丽抹了抹脸上的眼泪，抽泣着："大家回家吧，我这也就走了。"

大家交头接耳嘀嘀咕咕地走了，纷纷表示对姜文的不满，大家都觉得这个媳妇儿未免太厉害了点儿吧？

夏晴不放心她，拨通了姜文的电话。她突然袭来的精气神儿倒是让她很意外，口气铿锵有力："放心，我不会再干傻事儿。我觉得你说得对，女人不该总是活在男人的世界里。"

"哟？你这觉醒得够快的？"

夏晴怎么就觉得，她这是在硬撑呢，她了解她，胜过了解自己。在赵斌的问题上，她绝对不能从容对待，即便从容，也是表象。

"男人还是得疼，觉醒是为了你活得更精彩！"

"成！我肯定能活得精彩的！放心亲爱的！"

姜文挂了电话，冲着天花板笑了笑，躺下美美地睡着了。

"什么？我妹被抓了？不是，警察同志，我妹干的可是合法的买卖，她那儿就是一个小中介所，怎么就违法了呢？"

江源接到了派出所的电话，急得像热锅上的蚂蚁。可他急也没用，江珊被抓，俨然已是事实，警察通知他，也就是走个过程，看看他们需不需要找个律师什么的。

眼下江源的日子过得如此紧张，哪还有钱给妹妹办事儿，江源气得将桌子上的东西都摔了，一边摔一边骂："最近太他妈倒霉了！"

可万事还得冷静，妹妹还在局子里呢，无奈之下，他只能再次求助前妻。钱的问题，总能解决。说不定，还能有点意外的收获。她毕竟也做过妹妹的嫂子。

夏晴看见前夫的电话号码，心里有种说不出的厌恶。觉得他找自己，指定又没什么好事儿。接起电话来，就冲着对方一通臭骂："你又怎么了？还能不能让我消停两天了，再给我打电话，我就告你骚扰！"

江源被骂得不知所措，居然哽咽了。一时不知道该怎么跟前妻说，有点羞于开口。

夏晴掂量自己刚刚的话，的确有点过分，再加上江源的哽咽，居然让她开始自责。

"不是，你怎么了呀？"

也许是被她打击了自尊，他什么都没说，就把电话挂了。

"嘿？他还来劲了！不是，难道我不是被骚扰的受害者吗？"夏晴拿着手机怔了一会，决定还是给他打过去。

电话响了十多声，他才接。语气有气无力，好像是遭了一场大病。

"又遇见什么难处了？你这人真行，有事儿就说啊！"

江源开始自我贬低，沉积在心底的不满，一下子全部倾泻出来："我知道，我没本事。遇事儿就得去麻烦你！我是个废货！你骂得对，我不是男人……"

夏晴的脸居然红一阵白一阵："别说了！你这是在骂你吗？我怎么听着那么刺耳呢？你给我打电话，就是为了骂你自己吗？没事儿我就撂了！"

"别，江珊被抓进局子了。"

她蒙了，简直不敢相信自己的耳朵，"江，江珊？不可能吧？"

"她不是自己干了个中介公司吗？给日本电子厂招了个人，她带着那人去办手续，人家签了合同，当场就被便衣给抓了，说他们非法往国外输出廉价劳动力。"

夏晴听了之后，想死的心都有了，这两朵奇葩，简直让她操碎了心。不用问，这次肯定是要钱咯，索性打开天窗说亮话："你说吧，需要多少钱？"

江源多少有点儿意外，"你愿意给我钱？"

"废话，你打电话来，不就是为了要钱吗？我要是不给你，你指不定会干出什么奇葩的事儿呢！不过，我这儿也不是你的自助银行，这回之后，有事儿就别再找我了！"

江源感动得都要掉泪了："贫贱夫妻百事哀，一日夫妻百日恩啊……"

"得！别煽情，别又夫又妻的。咱俩没关系了，你到底借不借钱？不借钱我挂了！"

"别价！借！但是我不知道该用多少啊，我也没办过这事儿，也不认识这口上的人，要不，你帮我找个人，看看咱们这事儿，该怎么办才好？"

"哟？你真把我这当办事处了？还一条龙服务的？"

"晴儿，你别看我这个王八蛋的面子，就当看江珊，好不好？"

夏晴没好气地挂了电话，嘴上全是抱怨："那个江珊也没啥好看的，就是一个二百五加半吊子，这兄妹俩，怎么这么不靠谱呢？"

夏晴拎着一大篮子水果，徘徊在医院门口，纠结了半天到底进不进去。她转身想走，但是想想那兄妹俩，还是忍忍，再舍一次脸吧。

此时，杨早在给陈曦喂饭，陈曦想自己吃，可她坚持要喂，"你伤的是骨头，还是少动弹为好。"

连旁边住院的小伙子看了这一幕都羡慕了，连连称赞："大哥，你好福气啊。有个这么疼你的女朋友！"

"小伙子，这不是……"

他刚想解释，杨早就又喂了他一大口，"快吃，别说话，一会儿凉了……"

他的嘴都被食物塞满了，还是奋力地挤出一句："别不让我说话啊！"米粒儿都喷出了几颗来。

夏晴拎着水果篮走到病房门口，看到这一幕，堵心得不行。转身想走，却被眼尖的陈曦看见了，他使劲儿将嘴里的饭菜咽下去，喊了声："夏晴！"

夏晴刚走出一步，就站住了，整了整衣服，心想，既来之则安之。

她脸上勉强挤出一丝笑容，拎着花篮走进了病房。

"哟？吃着呢？挺香啊……"

杨早扭捏着，用眼角夹了她一眼，端着架势，酸酸地又将一口饭送到了他嘴边："快吃，听话……"

夏晴看得牙齿都要酸倒了，将一篮子水果狠狠地砸在了陈曦的怀里："给你买的！加点营养。"

这一下，砸中了他的要害，疼得他都要吐血了。

杨早气得将碗摔在了桌子上，俩眼儿一瞪跟她吵吵："干吗呀你，下这样的死手？"

夏晴没理她，俨然一副大小姐的架势，在椅子上坐了下来，翘着二郎腿笑嘻嘻地哼起了个歌儿。

"你这人，是来找茬儿打架的吗？"

杨早撸起袖子，弄起了架势，陈曦赶紧阻拦："别！大家都是朋友，我不疼！"

"还说不疼！刚那一声跟杀猪似的！"

杨早的眼里居然满是爱怜，脸上写着心疼二字。

"少安毋躁。夏晴，你怎么来了？是不是有事啊？"

"还别说，我还真有事儿，没事儿我找你干吗呀？我闲的我啊！"

陈曦脸上始终堆着笑，献媚的样子，"有什么事，说吧！"

杨早看不惯他这副贱样儿，端起碗筷，气冲冲地走出病房去刷碗。她走了，夏晴的气儿还没消，"你女朋友太厉害了。"

他抿着嘴，不让自己笑出声来："说吧，什么事儿？"

言归正传："我小姑出了点事儿，前小姑。我想着，你不是公安局有朋友吗？能不能帮我打听一下，我知道，你这儿伤还没养好，我实在不该来打扰你……"

"别，没事儿。具体是怎么个情况？我看看，能帮你打听到不？"

……

杨早站在门口，揣着胳膊，看着他俩聊得热火朝天的，气得脸都绿了。外人都能看出来，她对陈曦还有意思，想就着这机会，把他追回来。这好不容易有了个这样的机会，谁知半路杀出个程咬金，碰见一硬碴儿。

她想着，不能让他俩聊得这么亲密，自己怎么着也得以他未来女友的身份，过去给她点儿警示。

杨早走到自来水管那儿接了杯凉水，走进病房，装模作样地递给她，"说了这么半天，渴了吧。"

夏晴有点受宠若惊，接过水杯，"谢谢啊！别说，我还真有点儿渴了。"

她喝了一口杯子里的水，觉得这水温真奇怪："怎么这么凉？"

"哦，水房里的水太烫，这是我在护士值班室给你讨的。凉白开！"

"哦……"

她没多想，一口气喝了大半杯下去。杨早抿着嘴笑，又将一个热毛巾啪的一下捂在了陈曦的脸上，他一点防备都没有，浑身打了个哆嗦。

她一边给陈曦擦脸擦手，一边像个女主人一样嘟哝着："这一天都没洗脸了，难受吧……"

看得坐在一边的夏晴直翻白眼儿，陈曦被她这神经般的折腾弄得有点蒙，也不好当着夏晴说她什么，就这么任凭她拿着毛巾，将自己的手指缝一个一个地擦干净……

夏晴惊得额头上的褶子都多了几道，猛地从椅子上站了起来，吓得陈曦脸色都变绿了，只是杨早想不到，她居然将脸凑到了她面前，从口袋里伸出一根食指，帮她抹了抹眼皮上没画均匀的眼线："没画好，下次画的时候，注意角度。"

"啊？"

她拎起包，跟陈曦笑着说："我走了啊！这事儿就拜托了！"

转身，潇洒地走出了病房。走到楼梯拐角的时候，她伸出了刚刚摸了杨早眼角的食指，使劲儿在墙上按下了一个红手印儿，原来，她口袋里恰巧揣了一只口红，当然也给杨早的脸上留了个精彩的印记。

杨早觉得自己完胜了，笑靥如花地坐在了陈曦面前，拎着包要拿出镜子来照一照。他看见了杨早眼角上的红色印记，赶紧制止她伸向包包的手，"杨早！"

"啊？"

"我渴了！能给我也倒杯凉白开吗？"

"哦……成，你等着啊！"

镜子都拿到手边了,又被她塞回了包里。端着杯子,扭搭扭搭地去给陈曦打水了。

陈曦抹了一把额头上的冷汗,"妈呀……女人太可怕了……"

♥ CHAPTER 5
第五章

夏晴交代的事儿，陈曦自然不敢怠慢。不管自己好没好，一定要把初恋情人这事儿给办了！他硬着头皮，给自己警察局的同学打了电话，被对方一顿数落："我说陈曦，你这伤还没好呢，还是别管那么多闲事儿了。对方干了违法的事儿，法律是不会冤枉一个好人，但也不会纵容坏人的！"

"老同学，你这说的什么话啊？你说她一个没结婚的大龄女青年，女二愣子一个，无非就是想赚点钱，谁知道对方干的是违法的勾当呢！你就给我摅个实底儿，这事儿该怎么办才好？"

"这样吧！我帮你打听一下，看看到底是什么情况，具体的等我消息！"

"成！"

老陈在家里愁眉苦脸地待了一天了，不吃不喝，跟老伴儿说自己右眼皮一直跳个不停，怕是有什么祸事！

老伴儿把饭菜热了三遍了，苦口婆心地劝他："兵来将挡水来土掩，要我看啊，最大的祸事儿就是你那个小儿子！别钱没挣回来，被人家给骗了就好！"

"你真是个乌鸦嘴！就不能说点好听的吗？"

老伴儿白了他一眼："还嫌我说话不好听，从早晨起来，你就开始嘟哝自己有祸事，我看你还是去楼下走走，呼吸一下新鲜空气吧！"

老陈皱着眉头，吸完了最后一口烟，"也对。整天面对你这张苦瓜脸，难怪心情不好了！那我下去走走了啊！"

老伴儿没搭腔，心里憋着气。老陈穿好了衣服，下楼去了。

老陈一边抽着烟，一边在大街上乱转。自打带着一家老小进了城，他该吃的苦也吃了，该享的福也享了，唯独就是这个小儿子不遂他心。可他知道，这小子心善，不是个坏娃儿，只怪他吃不了陈曦那苦，要不然肯定也是棵好苗子。

自己的积蓄给了他，不是不担心，就是为了给他提口气。孩子有自尊，多少得给他留点脸。倒是那钱，也真让他担心，钱财动人心，那都是陈曦的血汗钱，被糟践了，他会自责的。

前方不远处，新开放的一个小公园里有音乐声传进他的耳朵，他觉得这音乐真烦人，神神叨叨地骂了两句："跳跳跳！一帮疯娘们儿整天就知道跳舞，扰民！"

他坐在了小花园的长凳上，朝跳舞的那伙人瞥了一眼，这一眼却把他吓着了，前方那个穿着蕾丝小黑裙、红色蝙蝠衫的领舞大妈，不就是春香吗？他使劲儿揉了揉自己的眼睛，生怕看错，可那个人他惦念了半辈子了，是绝对不会看错的，没错，那个就是和自己失联多年的初恋情人刘春香。

看着春香，老陈浑身哆嗦着，脚步都重了好多。眼睛里含着泪，想当初，她不吭一声地离家出走了，都没跟自己道句别。虽说当时春香家已经败落，没有什么人了，可她置他这个未婚夫于不顾，彻底让老陈寒了心。转眼快四十年了，他没想到还能遇见她，她倒是活得潇洒漂亮，还跳起广场舞了！

老陈颤颤巍巍地走到了春香的面前，盯着她的脸看了一会儿，春香很不适地躲闪着他的眼神，还以为自己遇见了老色狼。谁知老陈那一句"春香……"出口，她瞬间石化了，盯着他的脸仔细一瞧，"恩德……"

"还记得上次我给你约的那个黑木吗？"

老妈在那端跟夏晴唠叨着那个中年老板，大概的意思就是人家对夏晴一直念念不忘。

"人家就是瞧上你了，要不，你再跟人家见见？"

夏晴被江珊的事儿弄得一个脑袋两个大，哪儿还顾得上相亲这件事儿，更别提是跟那么个大老粗，简直就和自己心中的理想对象差了十万八千里。

"可我没看上他啊！"

"可他有钱啊！搞养殖的！种冬虫夏草！在广东那边有好几个销售点呢！而且人也蛮厚道的，我跟你说，他还给你跟这家送来了好几根人参还有冬虫夏草……"

"妈！您收人家东西啦？"

"啊！收啦！他非要送给我们啊！"

夏晴捂着脑门儿，愁得呀，"我说你什么好啊！你知道他是什么人啊，就接受他的礼物，还让人家上家里去？"

"有钱人！人家是有钱人，有教养的人！你就是让江源弄得你看哪个男人，都不是什么好鸟了！人家小黑挺好的，说话也周到，有素质！"

"哎呀妈呀，可愁死我了！行了妈，我先挂了啊，这还有一堆稿子要写呢！"

夏晴开了一罐啤酒，盯着电脑忧伤地喝了起来："最近和搞养殖的杠上了。我很像个农妇吗?"

QQ上的编辑一直在催她交稿子,看着那些令她心烦的字眼儿,她简直想把电脑砸了。

她趴在电脑桌前,使劲儿搓着自己的脑袋,直到把头发弄成鸡窝。每次她烦躁了,都在重复这个动作。

门口儿好像有人来回踱步,夏晴盯着门口看了一会儿,确定那后面站了个人。

她踮着脚走到门口儿,刚想一探究竟,门铃意外地响了。索性顺势打开了门,没好气儿地一顿数落:"谁呀?干吗在人家门口儿转悠啊!我告诉你,我可不是好惹的……"

门开了,她被眼前那一束超大的红玫瑰弄得接连打了好几个喷嚏。

"谁啊?"

一束玫瑰缓缓地从盖住脸的位置往下移,夏晴转念幻想会不会有个长腿帅哥藏在后面,让她失望的是,玫瑰花后面露出来的是如同一张猪腰子般油腻腻的脸,弄块儿板砖儿拍上去就能拍出油来。

黑木龇着牙笑嘻嘻地献媚:"嘿嘿。夏小姐!"

"是你?"

……

姜文的平静,让赵斌后背发凉。本以为她会哭哭啼啼,再度成为林黛玉,可是她却里里外外忙活,一会儿在镜子面前摆弄着自己的衣服搔首弄姿,一会儿又洗澡敷面膜,嘴里还哼着小曲儿。

他掰着手指头数着,算上这首甜蜜蜜,她今儿已经唱了十八首歌了。她的这种状态,让他倍加担心,赵斌心想:"看来她跳过了哭哭啼啼这一层,直接升级成神经病了!?"

她去哪,他就跟到哪。她洗澡,他就在洗手间门口等着,把耳朵贴在门上偷听。直到她顶着一层绿色的面膜,从洗手间出来,眼神里都带着杀气。

"看什么看啊?甭老是盯着我,我不死了。对了,我一会儿去夏晴那儿啊!顺便买几件像样的衣服!"

说着,将漂亮的真丝浴袍丢进了他的怀里:"过来帮我推油。"

"什么!推油!?"

"一个开美容院的老板,送了我一瓶精油。你帮我弄弄!"

赵斌拎着真丝浴袍进了卧室,床头柜上放着一瓶精油。他盯着妻子光滑的后背犹豫了半天,磨磨蹭蹭地拿起了精油。

她趴在床上,闭着眼睛说:"放心,我不会那么傻了。我不骚扰你,赶紧的吧!"

他拧开瓶盖,倒了一点精油在手心里,双手轻轻地在妻子的背上来回推着。她享受地嗯哼了两句,睡了过去。

赵斌抚摸着妻子光滑细嫩的后背,心里痒极了。手重了一点儿,妻子醒了。他从后面抱住了她,她浅笑了一下,使劲儿挣脱了一下:"我穿衣服出去了。你没事儿就去上班吧!我没事了!"

他怔在那儿:"啊?啊,好!我也正好要去趟公司。要不,我带你!"

"算了,我自己开车去。驾驶执照才拿下来,要多练练。"

"那你小心点儿!"

"放心,就算死,我也找个死得好看的方式。更何况我现在不想死了。"

她换衣服,衣帽间的帘子半遮掩着,婀娜的身姿若隐若现,他想她一定是疯了。

她收拾好了自己,换上了衣柜里最贵的衣服,准备出门了。赵斌看着妻子婀娜多姿的背影，咽了口唾沫，轻轻地扇了自己一个嘴巴，才回过神来，赶紧穿好衣服跟踪。

他看见妻子开车，先去了家乐福，买了一堆七七八八的日用品。又开车驱往了一家时尚女装店，没一会儿工夫，卡就刷了三次。

姜文儿揣着明白装糊涂，就知道老公一直跟着自己呢，她就是想让他看看，自己漂亮光鲜的一面。

花了万把块钱，她心里舒服多了，她觉得这样也挺好，拴不住男人的心，就刷爆男人的卡，用他的钱将自己打扮好看了，然后再去外面光鲜，简直酷死了。

他看着她将车停在夏晴家的楼下，拎着大包小包地上了楼，这才离开。

黑木已经在夏晴家的门口作了三首诗了，尽管她闲街骂了一大堆，他还是不肯走，端着令人作呕的架势，冲着她的门口大喊："晴儿！你是我心中的紫罗兰，高贵、高雅，迷得我五迷三道。我愿意奉上我的银行卡，让你想怎么刷就怎么刷……"

姜文觉得这是世界上作得最好的诗，尤其是最后那句，简直让人心花怒放。她盯着黑木看了一会儿，费解地问："帅哥，你缺员工吗？"

他瞥了她一眼，"你是？"

她指着夏晴家的门说："闺密！"

"啊？啊……太好了！你刚才问我什么来着？"

"你是做什么生意的？需要员工吗？"

黑木像是抓住了机会，眉飞色舞地说："我自己做点小买卖，我还缺个秘书。当然，美丽的小姐，你别误会，我是正人君子！"

夏晴伸出一只手来，猛地将姜文拽进了屋子，急扯白脸地骂了她一顿："我说你脑袋有病啊？搭理他干吗呀？他就是一神经病！"

"多好呀！还会作诗，还有钱！"

"我说你洗胃洗得脑袋进水了？这人生观也转换得太快了！"

她盯着她手里的袋子，眼珠子都要掉在地上了："你买了这么多衣服啊？"

"对呀！今天是我转变的开始！我要做女王！"

夏晴摇着头，捂着脑袋，一副拿她没有办法的样子。

门外黑木继续作诗："亲爱的夏晴，你如同你的名字一般阳光，你，就是我的晴天……"

夏晴作呕，差点儿吐了，"太恶心了！"

姜文哈哈大笑，居然拍手叫好："好！诗作得不错！"

……

也许是折腾累了，见夏晴不搭理他，黑木悻悻地离开。临走时，还在门口叫了一句："晴儿！我会再来的！"顺便将一张名片插在了夏晴家的门把手上。

夏晴又开始搓自己的脑袋，盯着电脑屏幕说："完了，我这稿子交不上了！"

上次那个影视公司约夏晴见一面，希望谈谈她手里的这个故事。她高兴得不行，屁颠屁颠儿地跑了过去。绝不能错过，这转型的机会！

虽说这家公司不大，但也投资了几个不太知名的电影，要是能借着这个跳板让大众知道自己，也许真是条能出头的路。关键是，夏晴够努力，对方也是看中了她这点，像这种小公司，都爱用尚未出道却有才华的新人，质量过关还廉价，何乐而不为呢？

和夏晴接洽的依旧是那个有点儿娘娘腔的霍霍，她听别人这么叫他，她就也跟着叫。

今天霍霍穿了一身很扎眼的衣服，大粉上衣红裤子，简直像只染了色的火鸡。可即便是这样,夏晴也还是违心地夸了他一通:"霍霍,今儿真漂亮。眉毛在哪儿修的? 太可爱了!"

那小娘娘腔就爱听这个,捂着嘴巴嘿嘿一笑:"哟? 真会说话啊,美女! 是不是真的挺好看的? 韩式的。不错吧?"

"我跟你说,真不错哎! 特别魅!"

"是吧! 哎哟! 我看你这手!"

霍霍抓着她的手,仔细观摩了起来:"美女,你这手又细又长的,真好看哎! 你会弹钢琴吧?"

"啊? 不。不会啊!"

"哎哟喂,这么好看的手,不去弹钢琴,简直是太暴殄天物了……"

就这样,你夸夸我,我夸夸你,夸得她都觉得听不下去了,一上午的时间,全浪费在了这上面。

……

那些褒奖的话,她实在编不出来了,就跟霍霍提了一句:"亲爱的,要不,咱们聊聊那故事……"

一提到故事,霍霍的脸色立马就回归正常了,有点瘆人。

"哦! 对了,都忘了找你来干吗的了!"

"是这样的,你试写的那两集剧本,我们都看过了,觉得还可以。但是结构上有些问题,有问题的地儿都给你标红了,还有些台词得调整一下,再给你半个月的时间啊。"

"哦……行……"

说完了这些,霍霍继续刚才的美容话题,他那张脸,就像天气预报一样变得那么快,讪笑着追问夏晴是怎么把皮肤保养得这么好的。她心里腻歪透了,耽误了一上午的时间,就听着这么一句跟废话没区别的谈论,没谈到签约,更

- 083

没谈到钱。

关键是，她现在看着霍霍那张脸，马上就要哭了……

关键时刻，还是陈曦靠谱，一个电话打进来，就让夏晴脱身了。她接起他的电话，没聊两句，就故意装出一副出了大事儿的样子："啊？是吗？你等着我啊，我马上赶过去！别着急，千万别着急啊……"

听得陈曦一头雾水，还没聊到正题，就挂了电话。夏晴五官拧巴在一起，跟霍霍请示："我朋友那边出了点事儿……"

那娘娘腔摆摆手："去吧去吧！"

她临走时那两句谢谢，让霍霍脸都红了。夏晴走了，他还抱怨了一句："都能去当影后了你！"

直到坐上车，夏晴才舒了口气，想起给陈曦回个电话。

"不好意思啊！刚才有点状况！"

"理解！我就是告诉你，你小姑的事儿，我跟我那朋友说了。"

"哦！然后呢？"

"然后……他说让我等信儿！"她不耐烦地翻了翻白眼儿，"那等有了信儿，再给我打电话啊！我这会儿忙着呢，你也忙吧！"

说完，她就绝情地把电话挂掉了。

姜文儿拿着黑木的名片，犹豫不决。这名片，就是留给她的，黑木希望她能来应聘，顺便在夏晴身边安个眼线。

刚刚她也试着去面试了几家公司，但对方都婉拒了她。现在像她这种家庭主妇，想要找个合适的工作，够难。

她觉得那黑木人看上去虽然有点猥琐，但说话那股实在劲儿，倒是让她喜欢。眼下她恨不能马上跳出家庭带给她的困扰，工作，就是她唯一的出路。

她最终还是下定决心给他打个电话，黑木接起电话，操着一股子棒子面儿味儿的普通话说了句，你好。

"是黑先生吗？我是夏晴的闺密啊。还记得吗？您上次不是说，您缺个秘书？"

"当然记得，当然记得！我就知道，你会给我打电话的。我这儿也的确缺个人！要不你来我这儿看看吧!?"

"行！那我记一下你的地址……"

姜文儿拿着他那地址，开车兜兜转转了百十里地，才找到他这养殖基地。基地很大，只是和她想象的办公环境有点出入。

黑木非常热情地接待了她，亲自给她沏了杯茶。她环顾着他的办公室，完全一副土豪加城乡暴发户的范儿。

"小姐贵姓？"

"啊！我姓姜！"

"哦，姜小姐……不知道，你对我这儿的这个工作感兴趣吗？"

"具体干吗呢？"姜文略显尴尬。

"就是我的助手，我不在的时候，帮我记一下账，接见一下客户。有双休日，干够了一年之后，薪资涨百分之十。哦，我主要是做冬虫夏草，这生意主要面对一些广东的客户，生意做得还可以。"

姜文恍然大悟，如他所料，还真是一土财主。

"那试用期的薪资是多少呢？"

黑木眉飞色舞地说："什么试用不试用的，上岗即是正式，月薪三千五，管两餐，我看你开着车呢，每天来回的油钱，我给你报！毕竟离市里有点儿远嘛……"

"三千五……"

- 085

姜文觉得这钱有点少，可是衡量一下自己之前的单位，虽然开得多点，但是吃饭什么的都不管，还要自己加油，貌似也不是什么赔本的买卖。

黑木毕竟是做生意的，知道她因为钱犹豫，可是他这儿就是这么个标准，就在她的耳边扇风："我这儿就是这么个水平了，可是我这儿的工作不累，而且我们这边的伙食挺好，你这钱，就是净剩了。这样吧，假如你愿意来的话，我再给你点儿伙食补贴，五百块。你还是可以在这里吃的。先别着急做决定，找工作这事儿，也得讲究比较，这样，我带你参观一下我的养殖基地……"

别说，黑木的冬虫夏草养殖基地，还真不小。转了足有一个小时，姜文也算是开了眼界了。

临走的时候，她说会好好考虑工作的问题。最终黑木还是没忍住，觍着油腻腻的脸问了句："你和夏晴，是非常非常好的朋友吧？"

姜文最终无语了。

老陈一天都在发呆，想刘春香，脑袋一团乱麻。

他想春香跟自己说的话，她的境遇，让他惊讶又难过。当时，她坐在小花园的长凳上，抽泣着说："当年的事儿，不是你想的那样，而是我有苦衷……"

虽然老陈老了，但是还没到糊涂的份儿上，就觉得她这演技真好，都快赶上现在的小年轻了，语气中夹杂着鄙夷，"那你倒是说说，你有什么苦衷？"

可她的回答，却让他着实一惊，她跟自己说，自己是被姑姑"卖了"，说是带她进城找工作，却没想到，给自己找了个婆家。

老陈当时就蒙了，这么多年了，他在心里拟了多少个版本她消失的理由，唯独没有想过这个。

"当年我就想自己积攒个嫁妆，却没想到，被自己最亲的人坑了……"

老陈气得牙都要咬碎几颗，攥着拳头，皱着眉，一句话也说不出来。他就那么静静地听着，认真记住她跟自己说的每一字一句。

老伴儿给他剥了个橘子，递到他手中："恩德啊？是不是哪儿不舒服啊？你这都愣了一天了……"

他回过神来，接着那橘子，又是一通叹气，心里堵得不行。

"你到底怎么了？是不是还在担心老二？"

他眼神涣散地瞅了她一眼，摇摇头说："没有。没哪儿不舒服，你去做饭吧。我饿了。"

"啊！那好！我去给你擀面条！"

"嗯……"

支走了老伴儿，老陈继续陷入沉思。春香说的话，一遍遍地在他的脑海里反复上演，像过大片儿似的。

"我嫁给的人姓于，腿脚不太好。人还不错，是个好人。家里的条件也不错，当时在城里有片大院子，还开了一个小商货店，其实我当初没想辜负你。但是，我和他相处了一段时间，觉得他真的需要个人来照顾，而且他对我非常好，让我在店里给他卖货，丝毫没说要和我结婚这件事儿。每次开工资，还要给我一些日用品。我知道，我姑当初收了人家钱了，可是人家没强迫我，在道义上，我不能丢弃他……后来，我和他过了二十来年，他对我很好很好。只是，他有毛病，我俩也没留下个一男半女的，后来，他就患癌症死了，留给我一大片宅子，还有一个超市。我命好，赶上了拆迁，那片宅子我赚了不少钱。超市，我交给我的养女超超管理了，我每天，就是唱唱歌跳跳舞，就想着，这么安度晚年了……"

老陈越想心里越难受，喝了一口水，就出门了。

老伴儿在厨房里忙活着晚饭，听见门响，探出头来一看，人没了。嘴上埋怨着："这人，让我给他做饭，他又跑了……"

他磨磨蹭蹭着，犹豫不决，腿上像灌了铅一样沉，他告诉自己："别去找人家啦，人家现在过得挺好的……"

可脚还是不听使唤，来到了春香跳舞的地方。左瞧瞧右看看，人家今儿没来。得，白跑了一趟。

老伴儿跟着他一路来到了花园，手里端着他喝水的茶杯。老陈一转身，差点和她磕了头，老伴儿把杯子递给他："喝点水回家吧，你这一天不吃不喝的，我真是担心。"

老陈端着那杯子，心里热乎乎的，眼眶也红了。意味深长地点点头，拉着老伴儿的手走回家了。

"什么？陈晨？你确定吗？"

"当然确定了！被骗的那个就是你兄弟陈晨！事情我们调查清楚了，在某种角度来说，江珊也是受害者，她好像的确不知内情。这件事儿，你想帮也帮不上，局里的人说，假如能让陈晨出面证明，当时江珊的确有不知内情的表现，那这事儿就好办！"

"好，我明白了。"

陈曦气得肺都要炸了，没想到陈晨三十的人了，还能干出这么蠢的事儿来。简直就是给自己丢人。

陈晨从朋友家出来，在旅店住了两天也不敢回家。他揣着爸妈给他的银行卡，感觉压力太大。

陈曦给他打电话，他再三斟酌，决定先蒙混过关。

"哥？身体好点了没？"

"你还知道问我好点没？我住院这事儿，可就你知道，这好几天的时间，你都不来看看你哥！？你忙什么呢？"

"哦……我上班了！在一家私企做维修。"

"哦？哦……原来是这么回事儿，出国没出成，又转战国内了？"

"你说什么呢？"

"别跟我这儿装了，你那点破事儿，早就香出八条街去了！二十分钟之内，必须出现在我面前！我有急事儿！"

陈晨看着手机脸都绿了，捂着脑袋躺在床上打起滚儿来。可是大哥的话，又不敢不听。只能先去他那儿报到，因为走得急，爸妈那张银行卡，还放在床上没收起来。

他觉得自己事情已经败露了，顶多就是挨顿骂的事儿，这样也好，可以光明正大地回家了，于是拉着箱子去了前台退房。

江源一直不停地给夏晴打电话，让她很不耐烦。

"江珊已经进去三四天了，我都要急死了我！"

"你急有什么用？人家没给我消息呢！说实话我也急，你整天这么催催催的，我巴不得快给你个答案，好让自己耳根子消停！不是，你自己倒是也想想办法啊！？别光指望我！"

"你也不想想，我一个穷教书的，能认识什么人？现在学校又给我处分，在学校里我一点颜面都没有了，我还有脸去找哪个办事？"

"行了行了行了！我再给你问问！"

她赶紧挂了他的电话，生怕他会再翻旧账，明明是他和学生乱搞男女关系，却要说是她搞臭了前夫的名声，这帽子也扣得太不要脸了。

恰巧，这时候陈曦的电话来了，她如同抓住了救命稻草，接起来就问："是不是有消息了？"

……

陈曦将前后都跟她讲清楚，夏晴的下巴一直张着，都合不拢了。

"也就是说，江珊可以轻判是吧？"

"放心吧，我会让我弟弟出面的，尽量帮到你小姑。"

夏晴心里一阵暖，觉得陈曦这人特别靠谱。连着两次这么帮自己，都让她有点不好意思了。

"你伤好多了吧？"

"好多了！再过几天，就出院养着了！"

杨早拎着鸡汤来了，看见他在打电话，随口问了句："和谁打电话呢？"

夏晴一听，话都没回，就把电话挂了，可怜陈曦还指望能和她多聊几句。听着令他失望的嘟嘟声，再香的鸡汤，他都喝不下去了。对杨早，也是没好气。他就纳了闷儿了，世界上还有这么不矜持的女人。杨早见他拉着脸，想必刚刚那电话有蹊跷，帮他倒了碗鸡汤，小心翼翼地送到他嘴边："喝吧！"

他勉强笑了下："我还不饿，杨早啊……"

她故意将床下陈曦的尿盆儿踢洒了，尿弄了她一脚，她哎呀一声，开始弯腰收拾脚下狼狈不堪的场景。

他脸一下子红了，忙着下床抢她手里的尿盆儿："昨晚疼得厉害，就地解决了……早晨还没来得及去倒呢，农场的人还没来……我自己来吧！"

陈曦捂着胸口，强忍着痛。杨早看他表情痛苦，急得眼睛里面都含了泪："别动别动！这不叫事儿，我来收拾就行了！"

"那哪行啊！你给我送饭就够麻烦了，哪还能让你端屎端尿！"

杨早急了，用命令式的口吻冲他喊："你，给我上床去！"她食指几乎碰到了他的鼻子上。吓得他一下子怔住了，她那副急赤白脸的样子，还真把他镇住了。杨早端着尿盆儿离开了，倒完了，又开始拿拖把收拾，一点儿也不嫌弃。

她眼睛时不时瞥他一眼，见他老老实实坐在床上面露尴尬，心里却美滋滋的。她心眼儿多得很,就知道刚刚他喊了自己那句之后就没憋着好话。故意踢洒了那尿盆儿,为了爱情,被溅一身尿,又算什么。反正将来自己可以住他的房子,刷他的马桶,花他的钱……想想这些,这点都不算什么。

陈晨拉着一箱子走进了他的病房,看着眼前的场景,嘴巴又开始犯贱了:"哟哟哟?这谁啊这是?"

杨早拿着拖把一回身,差点扫到他身上:"哎哟!这不是陈晨吗?"

陈晨笑得跟朵太阳花似的,咧着嘴,露出一排大牙说:"杨早姐!?几年不见,你变漂亮了!"

"真的吗?你还是那么会说话!"

他恍然大悟:"怪不得我哥没给我打电话呢,原来有人照顾得这么好!?你俩,旧情复燃了!?"

陈曦铁着脸,脸拉得比驴脸还长。目带杀气地看着他,眼珠都不带动一下的。他见老哥这表情,一下子就软了。坐在椅子上,低头认罪:"哥,我,我错了……"

杨早尴尬地笑了笑:"你们哥俩儿聊着,我就走了啊!"

"那,你慢点儿啊!杨早,谢谢你。"

这句谢谢,是陈曦发自内心的。

"嗨,谢什么啊!走了……"

……

"什么?你让我去帮那个骗子!?不行!"

"什么骗子呀!那是你夏晴姐的小姑!不知者无罪!"

"你怎么断定她不知呢?我看她就是知!我差点儿被她骗去小日本儿那里当廉价劳动力了!想想我都觉得瘆得慌,合同都签了!要不是我那警察哥们儿及时出现,我连回头路都没有了!"

"现在关键是,你没走,她却进去了!她可还是个没结婚的人呢,要是就此留下什么案底,你让人家以后怎么找婆家?"

"那我管不着,我就知道,她差点儿把我害惨了!"

陈曦见硬的不行,开始来软的,就拿自己想追夏晴这事儿来说辞。

"你哥我的爱情可都掌握在你的手中了,我要是和夏晴成不了,我就做一辈子光棍儿!我做一辈子光棍儿,就是不孝!我不孝,就不准你不孝,你就必须要找媳妇儿,那么咱家这传宗接代的事儿,就都落在你自己身上了。就咱爸妈那脾气,还能容得你那丁克思想?"

"哥!你这样不好吧?人家杨早给你端屎端尿的,你脚踩两只船啊?"

"可我喜欢的不是她啊,那是她一厢情愿的……"

"那你也太混蛋了!"

陈曦气得都要背过气去了,倚在床上喘大气:"陈晨啊,你哥的幸福,可全在你手上呢,你要是不肯帮我,我以后,我以后就断你的财路!不但我不给你钱,我也不让咱爸妈给你钱……"

提到钱,陈晨傻眼了,想起了刚刚自己把银行卡落在宾馆的床上了,心脏咯噔一下沉到了谷底,拍着脑门儿说:"坏了!咱爸妈的卡,还在宾馆里!"

"什么卡?"

"咱爸妈的养老钱,这不我出国,他们都奉献给我了。刚刚我摆弄那卡来着,你一来电话,我就光顾着往你这儿跑了,忘了拿了!"

"什么!?你这臭小子!没事儿没事儿,你现在,赶紧回宾馆。卡丢了也没事儿,顶多挂失!"

"卡的背面写着密码呢……"

"哎呀,我的妈呀!真行,怎么能在卡上写密码呢!那你房子退了吗?"

"退了……"

陈曦急得就差从窗户里跳下去了,最后那句几乎是嘶吼:"那你还不快去找!"

……

初恋进行时 / FIRST LOVE

♥ CHAPTER 6
第六章

不管陈晨怎么冲着人家宾馆吼，卡已经没了。假如现在有个窗台在他面前，他恨不能马上就跳下去。

"你们调监控啊！你们的监控呢！"

"先生，对不起，恰巧那一层的监控坏了，真不是我们不给你调。再说，我们的墙上都贴着入住须知的，除非您把您的贵重物品寄存在我们这里，其他的情况，我们是不负责任的！而且，像您说的这情况，从来没有发生过……"

"你什么意思你？你那意思，我是来敲诈你们了？"

"先生，我觉得您还是别纠结我什么意思了，要是真像您说的那样，我建议您先去银行挂个失，也许钱还在！"

陈晨攥着拳头，气得要打那女孩儿的样子。女孩儿机灵，已经在叫保安了。他见保安来了，也没有办法，只好赶紧打车回家，叫老陈赶紧把卡挂失。关键是，他也没记得那卡号是多少。这事儿，必须得老陈来办。

在出租车上，他一直催司机快点，算计着到家的时间，怎么也得半个多小时。陈曦给他打电话问情况:"怎么样?找到了吗?"

"没有!我现在在往家赶,让老爷子先把卡挂失。然后再查吧!"

"你回家婉转一点儿说,别把老爷子吓着!"

陈晨几乎绝望了,狠狠地给了自己一巴掌:"我太他妈不是东西了。"

"行了你,你就是把你自己打死,那卡也是丢了!现在只求那钱能找回来!记得婉转一点儿啊!"

"哥!"

"啊?"

"钱要是丢了,我就太不是人了!"

陈曦沉默了一会儿说:"没就没了,只要能买个教训也好。"

……

紧赶慢赶,过了半个小时那出租车才蹭到楼下。没顾上那司机找钱,陈晨就往楼上跑,急匆匆地进了家门,只见妈妈在厨房里炒菜,却寻不到老陈的身影。

陈妈闻声从厨房跑出来,看见小儿子,心里咯噔一下。

"你怎么回来了?你不是……"

他气喘吁吁半弯着腰说:"妈,我爸呢?"

"去小花园玩儿了啊。"

"啊?"

他都要绝望了,不知如何是好。一向了解儿子的陈妈料定这是出了事儿,儿子一向做事鲁莽,这次不定是惹了什么祸。反倒淡定地问:"你跟我说吧!你爸最近为你操心操得头发都掉了一大把,有事儿最好还是别让他知道了!"

"那您记得那卡号吗?"

"废话,我每个月都往里面存钱,能不记得吗?那卡还是用我的身份证开

- 095

的呢！"

"那卡是您的身份证办的？"

"是啊！"

"那太好了！赶紧的，赶紧打电话挂失！"

"什么？你把卡弄丢了！？"

陈晨顾不上解释，拿着手机打通了银行的挂失电话："回头再跟您解释！赶紧挂失！"

……

陈妈拿着手机，盯着儿子说："钱没了……"眼神瞬间变得呆滞了。

陈晨都要瘫了，在沙发上滚了下来，捂着自己的脑袋使劲儿打。陈妈也差点儿背过气去，哭着大喊了一声，才算喘上这口气儿来："十万块啊……"

这一句，包含了太多的绝望。

毕竟过了一辈子了，吃过的盐比他吃过的饭还多，老太太还算清楚，自己生气没事儿，要是把老陈气坏了，那这个家就完了。

她调整了下坐姿，坚强地抹了抹自己脸上的老泪。

"你这个不孝子！我说什么来着！？"

"妈！我错了……"

"赶紧起来，给我像个没事儿人似的，装也得给我装！这钱是你爸的命，这事儿可不能让他知道的！"

"可是十万块呢，我该怎么跟我爸交代啊！？"

老太太犯了难，这时候家里的电话响了。老太太接起来，是大儿子陈曦。陈曦在电话里焦急地问："妈，钱还在吗？"

老人听见主心骨儿的声音，一下子就忍不住哭了："儿啊，钱，没了……"

陈曦闭着眼,心疼得不行,毕竟是十万块呢,自己爹妈舍不得吃穿,积攒下这十万块钱多不容易,只能违着心说:"妈。别着急,十万块钱不叫钱,我给你们补上这十万,十万块钱就当给老二买个教训吧!"

"儿啊,这事儿你爸还不知道,既然你这样说了,这十万就当妈欠你的,这事儿万万不可让你爸知道啊!"

"放心妈,我知道轻重。你千万别埋怨老二,这一次,他就记着教训了!"

"成。成!那我挂了啊,老陈快回来了!对了,你这些日子都在忙些啥啊?妈都好几天没看见你了?"

"挂了吧妈……"

"别价啊!你跟妈说说你的近况,要不我也担心!"

陈曦没容老人把话说完,就把手机按断了,那边嘟嘟直响,陈妈妈心里别扭得很。

老太太使劲儿白了老二一眼:"你哥说了,把钱给你补上!对了,你知道你哥最近在忙什么吗?"

陈晨稍微舒了一口气,心里却愤愤不平:"不行!这事儿不能就这么算了,我得去报警!"

说着就往外跑,陈妈追着他说:"你告诉我你哥到底在干吗呀?"

"医院……"

他跑远了。

老太太没敢相信自己的耳朵,神神叨叨地说:"医院?不是医院吧?我听错了?"

……

家里乱成了一锅粥,老陈倒是逍遥自在,坐在花园儿的长凳上,看着春香带着一帮老太太跳舞，眼神也随着人家舞蹈的高潮时而变得眉飞色舞的！

最近这几天，一直是这样。春香似乎习惯了初恋对象坐在一边观摩自己跳舞。每次老陈来了之后，她的舞步显得特别轻盈，跳得也认真。

可能是老了，再加上这些年境遇的缘故，春香看到老陈之后，心里总会升起一股莫名的温暖。而她是老陈心中的结，自从她消失后，这结就在他心里留下了，跟了他一辈子。

春香跳累了，捶着腰走过来，坐在了老陈旁边。老陈就细心地将她的保温杯拧开，递过去。

"累了吧！我看你还是得悠着点，毕竟大把年纪了嘛……"

"我啊就是闲不下来，一闲下来，就爱瞎想。白天活动活动，晚上睡觉踏实，一觉到天亮，不做噩梦。"

"咋？你还总是做噩梦？"

"做啊！能不做吗？虽说我这些年没让钱难为着，可是我心里苦啊，被自己的亲人坑咯……"

老陈意味深长地点点头："这就是命吧……你若跟着我，也就是过那颠沛流离的生活，我啊，没本事。"

春香端着还冒热气的杯子，喝了口水，什么都没说，笑了。

"老陈啊！我看你不如也跟着我们跳舞吧！？"

"我？我可不行！这都是老娘们儿跳的舞！"

"看看看，老古董了吧？跳舞是为了强身健体，其实我们这个舞蹈队，一直想吸纳一些男士进来，可是没有人愿意，觉得这是女人干的事儿，说白了，你们这些老头儿都是老古板！"

老陈有点不服气："瞎说！我这辈子啥没见过？"

"那你敢不敢开创这个先河？跟我们一起跳广场舞！？"

老陈最受不住的就是激将法，可这还是让他犹豫不决。让他这个大男人去跟一帮老太太跳舞，简直在挑战他的底线。

"算啦！你啊，永远做不了时代先锋，老古董……"

说着她站起来，抻了抻腿，扭着腰又加入了浩大的广场舞队伍。老陈不服气，站在长凳前面，模仿着他们的动作扭了两下，胳膊挥舞着，可怎么跳，也不在那个点儿上。

春香看见他在那里手舞足蹈，笑得都合不拢嘴了，唆使俩老太太生拉硬拽地将老陈硬拉进了她们的队伍，老陈面子上抹不开，只能赶鸭子上架，跟着这帮老太太扭了起来。虽然步子凌乱了点儿，可是老陈乐了。

警察接到报案，去宾馆取证，恰巧这案子由李晓来办理。他知道老同学游手好闲，怕是他这次又生什么事端，故意难为人家。将他拉到暗处一再确认："哥们儿，你是不是报假案啊？你能带这么多钱在身上？"

陈晨气得鼻子都歪了，直接就跟他翻脸了："你丫办不办？你不受理，我就去告你！"

"别价啊！我就是确认一下，你的卡要是真丢了，我肯定不会不管的啊！"

"你说的这是什么话？这还能有假啊？我闲着没事儿逗警察玩儿啊？十万块呢！那可是我爸妈的棺材本儿！"

李晓见他急了，好像这话没掺假，一本正经地拍着他的肩膀说："放心哥们儿，局里一定会帮你查个水落石出的。"

陈晨甩开他的手，白了他一眼，越发腻歪这个自以为是的同学了。

这家宾馆的摄像头最近两天确实坏掉了，正在维修当中。陈晨退房之后，好几个宾馆服务员都曾去过那个房间，并且很快就有新的客人入住了，新入住的客人被审问之后，非常生气，跟宾馆闹个不停。

几个女服务员被警察问话之后，也开始哭哭啼啼，纷纷表示自己根本就没有做过这档子事儿。

入住的客人，更是揪住陈晨的胳膊想要打他，骂他诬陷好人！

现场一片混乱，要不是当场有警察，他今儿肯定被打了。

警察做好了笔录，了解了大家的情况就走了。在场所有的人，都得配合警察调查，随叫随到。

这期间，陈晨的眼神一直停在一个叫夏夏的女孩儿身上没离开过，她也是嫌疑人之一，是这个宾馆的服务员，小姑娘长得很清秀，一双丹凤眼儿精神得恰到好处，眉毛细细的，特别接近陈晨对黛玉相貌的理解。

那女孩儿是哭得最厉害的一个，捂着脸，啜泣，却又不敢哭得很大声，满心满眼的委屈。

看得陈晨的心都要融化了。

警察走了，其他的好几个服务员都来跟陈晨解释，表示自己没有看到那张卡，只有夏夏，抹着眼泪，默默地转身走开了。

他好不容易从一堆"女人嘴"里逃了出来，站在宾馆的门口大骂："真倒霉！"

夏晴带着一堆吃的来医院，准备跟陈曦摊牌，她在家的时候就想好了，要是他能把事儿办好了，她就什么都不说了，要是办不成，也给个痛快话，省得她继续在他这根绳上浪费时间。

夏晴坐下来，刚想开口，陈曦就满腹愧疚地说："放心！我肯定会让陈晨帮这个忙的！"

"什么？"

"你不就是来问我这个事儿的吗？你小姑的事儿！？"

100

"是啊！我是来问问，我的意思是，你要是办不了的话，也别为难。我再找其他人试试。"

"别找了，这个事儿就我能给你办。"

"怎么？事情有突破了？"

陈曦皱着眉头，一副为难的样子："你小姑骗的那个人，是我弟弟陈晨！"

"什么？"

"我不是那个意思，不是骗，是招。"

……

夏晴万万没想到，江珊居然骗到了陈家人的头上。自己又在找人家办事儿，那尴尬，就好像给了自己一巴掌，火烧火燎的。她替小姑跟陈曦表示歉意："真不好意思，我替她跟你们道歉……"

陈曦体贴地摇摇头说："这歉也轮不到你道，我也没想到，会这么巧。你放心，警方说了，只需要陈晨出面证明她是初犯，事情就会有转机的！"

"可他也不可能知道她是不是初犯啊!?"

"警察是不会冤枉人的，他会根据当事人的口供来判断，她到底是不是初犯。假如她不知道对方做的是违法的勾当，她就不是犯罪。其实陈晨的口供也不是最重要的，最重要的是那个上线，那边一直不吐口。"

"是啊！但是陈晨如果能帮忙的话，肯定会有帮助的吧？"

"当然！你放心吧，我会说服我弟弟的。"

"那就谢谢你了……"

陈曦有点口渴，随手拿起桌上的杯子，里面却没有一滴水。暖壶里的水喝完了，还没有人去打。

夏晴笑着拿起地上的暖壶："怎么，你女朋友没来伺候你？"

"她不是我女朋友！"

"切！谁信啊，我去打水。"

他看着女神拎着暖壶的背影，傻呵呵地笑着。说曹操曹操就到，她打回水，拎着暖壶走到楼梯拐角处，就碰见了来送饭的杨早，杨早见她手里拎着暖壶，知道肯定是给陈曦打的水。先是冲她莞尔一笑，接着伸出手来接过她手里的暖壶："麻烦你了，怎么能让你给陈曦打水呢，这都是我分内的事儿。"

夏晴也不示弱，明明是自己打来的水，凭什么让她去献殷勤？就算打水这事儿，也要有始有终地干好。就随手又把暖壶一把抢了过来，连腔都没搭，挺胸抬头地走向了陈曦的病房。

杨早气得连头发丝儿里都写满了尴尬，扭着腰大步流星地走在后面："拽什么呀……"

夏晴帮他倒好了水，一脸的不开心，拎起包要走。她这脾气闹得有点莫名其妙，陈曦找个烂借口想多挽留人家一会儿："别价啊！你再给我打点儿饭呗！？我饿了！"

"饭？"

"啊！"

"饭马上就来了，别着急啊。我走了！"

她气冲冲地背上包走了，出门，再次撞上杨早。她狠狠白了杨早一眼，踩着有规律的高跟鞋声音越走越远。

"切！神气什么呀？"

杨早拎着保温瓶笑得像朵向日葵似的朝他走过去："饭来啦！饿了吧……"

他看见杨早那副像吃了兴奋剂一样的表情，如霜打的茄子一般蔫巴了。也终于搞懂了夏晴甩手而去的原因，不知该是喜是悲。

姜文应聘屡战屡败，失落至极。只能用消费来麻醉自己的神经。

拎着大大小小的包回到家，闻见一股清香鸡汤的味道，随着味道循过去，看见婆婆围着围裙正在忙活着。

听见有人回来了，婆婆盛了一碗热乎乎的鸡汤出来，笑着招呼姜文："回来啦？快来喝点儿鸡汤，我买的乌鸡。"

见婆婆对自己这么好，姜文突然有点不好意思了，放下东西，洗洗手准备帮婆婆做饭。

"妈，您今天怎么有时间？"

"我知道你这两天心情不好，不想打扰你，但又担心。没忍住，还是来了，就想着能给你做点顺口的吃。你别管厨房里的事儿了，去喝汤吧。菜已经炒出来了，你爱吃的香菇，还有斌斌爱吃的木耳鸡蛋。"

她点点头，坐在那一碗热乎乎的鸡汤前面，眼里含着泪。婆婆站在她身后，意味深长地按了按她的肩膀给予安慰。

姜文心里是崇拜婆婆的，她觉得婆婆是个能看透人心思并且非常睿智的女人，跟她斗心眼儿，简直就是自寻死路。当初他们结婚时，婆婆就非常睿智地跟他们分开来过，给他们足够的空间来享受二人世界，她说这是对新婚夫妇的尊重，重点是规避一些不必要的尴尬。

她觉得婆婆这招儿真高，既做了好人，还不用整天出了卫生间就进厨房来伺候他们。偶尔来给他们做做饭，她心里还得感谢人家，觉得自己得到了莫大的荣幸与温暖。

她非常听婆婆的话，就是因为她没用别人家婆婆对媳妇儿精神和生活上的双重制裁法，她才是打心眼儿里对她服。

在婆婆程丽眼里，婆媳斗法已经太俗了，要想彻底收服媳妇儿的心，就得让她崇拜自己。而让她崇拜自己的第一法则，就是给她足够的面子和空间。

这两点，她都做到了。

媳妇儿万事都跟自己说,比在她家安了窃听器都管事儿。

这不,姜文的眼泪又开始啪嗒啪嗒掉了,一肚子苦水儿,等着和她道呢。

"孩子,别哭。都过去了。"

"妈,我努力做个好媳妇儿,可是他根本不在乎这些。我所做的一切,都是为了赵家。"

"好孩子,妈知道。委屈你了。你放心,在妈这儿,就认你一个。你是我们赵家的好媳妇儿。"

姜文心里舒坦多了,舀了一勺鸡汤喝。

"可是妈,难道您就不着急嘛?"

"有些事情,顺其自然。妈,不想给你们那么大的压力。"

"可是,我爸妈整天催着我们要个孩子,孩子是婚姻的基石,不是吗?"

"这倒是不假。可是文文,你知道妈妈的,妈妈思想很前卫的,所以你也不必给自己太大的压力,孩子来了是缘分,不来急不得。越放松,怀孕的几率才越大。"

她听婆婆这么说,一块石头终于落了地。其实她追着赵斌生孩子,大多数的原因是为了讨好婆婆,稳固自己的婚姻。可如今婆婆都把话说到这份儿上了,她这个做媳妇儿的,还能有什么顾虑呢,整天把更多心思花在修炼自己身上,然后和老公一直保持恋爱的感觉,也挺好。

自己没生过孩子,身材没走样,模样也好看。要是连这点儿自信都没有,她也就别活了。

豁然开朗之后,姜文开始给婆婆看自己买的衣服,件件名牌,一条围巾就花了五百块,虽然婆婆在婆媳问题上处理得很好,可平时习惯节俭的她,最看不惯女人花大价钱来买衣服饰品,平时她穿的衣服都是在奥特莱斯淘的一折货,便宜又好看,虽然都是逛奥特莱斯的女人,但是她总是能花最少的钱,买到最心仪的物品。她不省，但不主张盲目消费，媳妇儿一说自己花了这么多钱，她的脸唰的一下绿了，瘫软在椅子上，捂着脑门儿，敷衍地笑着。

姜文自信满满地拿着一条一千三百块钱买来的半身裙，在自己身上比划着："不难看吧，妈？才一千三！"

程丽再也忍不住了，这个数字足以让她的肾上腺素爆满，嗖地从椅子上站起来，拽过她手里的裙子说："为什么？为什么要花一千三买一块抹布！一千三！五百块能买到比这好看一万倍的裙子，你不知道吗？"

她吓坏了，后退了两步，不敢看婆婆的眼睛，像个犯了错的孩子。

赵斌拿着诊断结果一副无望的样子："大夫，我这病没治了吗？"

"精子成活率非常低，要是想要孩子的话，可以考虑人工授精。"

"人工授精……"

这是第几家医院了，赵斌都数不清了，这座城市的不孕不育医院，他几乎跑遍了，给出的答案几乎如出一辙，人工授精，等同将他不孕的事实跟姜文摊了牌，还得让妻子受罪，他绝对不能接受。

他还不想看见妻子那副失望的眼神，要知道，她是那么想要一个属于他们俩的孩子，来见证他们这段美丽的婚姻，他只是想尽最大的努力，来维护好他们这段由彼此初恋走向幸福的婚姻。

这件事情妈妈是知道的，哪个老人不想早点抱上孙子呢，他们结婚两年，姜文肚子还没动静的时候，程丽已经着急了，就用排除法先给儿子做了个检查，一查就查出了毛病。程丽说，这事儿一定得瞒着媳妇儿，不孕没关系，不能让媳妇儿嫌弃了自己的儿子，不是每一段婚姻都得"结果"，婚后不要孩子的丁克族还有的是呢，赵斌瞒得很辛苦，好几次都想跟姜文说了，每次都是妈妈在鼓励他："不能说，好好治。治好了你就不痛苦了！你们早晚能怀上自己的孩子。"

所以姜文怀疑什么，他都哑口不言，任她去想好了，让她觉得自己是个人渣，甩了他，他心里会平衡一些。

他撕了诊断结果，扔进了医院门口的垃圾箱里。

身后传来一个声音："赵斌？怎么是你？"

他是最怕在这种地方被人认出来的，他一点也不想知道，是谁在喊他。头也不回，大步流星地往自己车子的方向跑。

那男的就在后面追，使劲儿喊他："赵斌！你别跑啊！"

偶遇的是赵斌的高中同学彭杨，上学的时候，是学校的短跑冠军。追上他，根本不成问题。

他很快超过了他，一把拽住了他的胳膊："别跑了！咋地，不想认我这个老同学了！？"

他低着头，半掩着面说："你认错人了！"

"唉？我说你这人真逗，认错谁我也不能认错你啊，臭屁王！"

臭屁王这外号，彭杨给他起的，俩人只私下里叫叫，所以只有他俩知道。赵斌听到这暗号，终于兴奋地抬头看他了，昔日好友遇见，赵斌异常兴奋，使劲儿推了那哥们儿一把："彭杨，你这王八蛋，什么时候回来的！"

……

彭杨听到他的遭遇，笑出了声。

"哥们儿，你可够倒霉的。可是这事儿，不能总是瞒着媳妇儿。你的检查报告呢？给我看看。"

"撕了。你不是看见了！？"

"还有吗？你不是检查了好几次了吗？就没留一份？"

"别的医院的也行吗？我好像还有一份。"

赵斌找遍了自己的公文包,终于找到了另一家医院的检查报告。彭杨皱着眉头仔细地看着:"情况不妙啊。不过也不是没治。"

"对啊,我都忘了你是学医的了。"

"碰见我啊,你算是碰见救星了,哥们儿不单是学医的,而且最近几年,都在研究男性不孕。其实你不必自卑,现在像你这种情况,还蛮多的。可以通过吃中药来改善精子的质量。"

"是吗?"

"试试吧。"

赵斌端着酒杯,刚送到嘴边,被彭杨制止了:"哎哎哎!这个病,不能喝酒!戒了吧!"

他郁闷地看了他一眼,叹气。

姜文被婆婆的反应吓到了。婆婆拎着自己每一件衣服说贵的样子,让她重新审视了女人必须要工作的这件事。

她拿着黑木的名片,决定打个电话过去。

黑木接到她的电话,觉得完全是意料之中的事。所以一上来就很热情地问候:"喂?喂!姜小姐!"

"黑总。我考虑好了,决定去你那儿上班!上次咱们谈的那个条件,还算数吧?"

"算数!当然算数了。你明天能过来报到吗?"

"能!没问题!"

她决定把自己找到工作这事儿,拿到饭桌上显摆显摆。做了一桌子菜,等着赵斌。

赵斌摸着黑进门,屋子里漆黑一片。

"跳闸了吗？文儿？在家吗？"

厨房里有暖暖的烛光闪烁着，姜文穿着性感的蕾丝睡衣，端着烛台出来。长发散落在肩膀上，嘴巴上还涂着像喝了血一样的大红唇。一屋子的春光，让赵斌瞬间找不到北了，他尴尬地回头嘟哝了一句："大招儿啊，这是要整死我吗？"

她将烛台放在餐桌上，深情地呼唤着："亲爱的，来！"

他拎着公文包坐在她的身边，嘴角都咧到耳朵根上去了。

"今儿是什么纪念日？搞得这么隆重？"

"上班庆祝日。"她的语气突然就冷了下来，站起来打开了屋里的灯，拿起搭在餐椅上的毛衣套在了身上，随即吹灭了蜡烛。

……

"什么？你要去那么远的地方工作？给一个养殖暴发户做秘书？"

姜文夹了一筷子牛肉，放进嘴里："是啊！咋啦？"

"我不同意！太远了，你驾照刚拿下来，我不放心。"

"你说了不算！"

她继续吃自己的饭，表情冰冷。他不知道她这是怎么了？自己好像从火炉瞬间进到了冰箱，被激得浑身哆嗦。他知道，妻子在跟自己使性子。她都是自杀过一次的人了，要是再受什么刺激，指不定会出什么事儿。

赵斌觉得与其让大家活得这么累，还不如给她足够的空间。

"你愿意去，我支持你。只是上下班的时候，开车小心点。"

说着，开始安安静静地吃饭。姜文一愣，倒是没想到他不再继续固执。心里又开始莫名地不舒服，白了他一眼。

饭吃完了，赵斌一贯地做一个好丈夫，收拾碗筷，擦桌子。姜文坐在一边生闷气，又在心里埋怨自己是矛盾女。

她朝厨房瞥了一眼，低头看看自己的蕾丝衣，心里又有了新的点子。脱了外套，故意露出雪白的大腿，还倒了一杯红酒，躺在沙发上一边看一边喝。

赵斌收拾完，走到客厅里一看这场景，又是吓了一跳。这女人的脸六月的天，真是说变就变。

他硬着头皮迎过去，抱起她的双腿，帮她按摩。

"小文儿，咱俩多久没那啥了？"

她眼睛转了转，盯着电视说："很久了！"

"哦……"

他身子俯下去，亲昵着她的脚趾，她没拒绝。这么多天了，她早就成了一株等待浇灌的枯树，恨不能他能主动点儿。

……

本来以为是一场恒久的激战，可不足五分钟他就草草了事。姜文坐起来，一把摔了茶几上的杯子，悻悻地跑进卧室去哭了。

她在想：他不爱我了。把所有的精力，都用在了别的女人身上。

他却忧虑着：难道连夫妻生活都有障碍了……

姜文哭着摔门而去，赵斌坐在地板上，喝起了闷酒。他听见车子发动的声音，才回过神来。趴在窗子上朝车子行驶的方向喊："文儿！你去哪儿啊？"

连滚带爬地赶紧掏出手机给夏晴打电话："夏晴，姜文跑出去了，肯定是去你那儿了！"

……

他开着车飞速到了夏晴家的楼下，看见妻子的车停在那里，总算放了心。

姜文趴在夏晴的床上号啕大哭，夏晴透过窗纱看见赵斌的车就停在楼下，叹息着："好一对痴男怨女啊……婚姻不易啊……"

偷瞄着掏出手机,拨通了他的电话:"喂?你俩又为什么啊?"

"没……"

"行了行了,在我这儿你放心吧,你回家吧。我会劝她的!"

"嗯……"

过了一会儿赵斌的车子走远了。夏晴继续坐在电脑上,打字看八卦。一点儿也没理会哭得跟李三娘一样的姜文。

姜文抬抬头,将一只抱枕丢到她的身上:"你是不是人啊?"

"我不是人,是神。要不然你俩吵起来,你干吗老来拜我。我就知道你会憋不住跟我倒苦水儿的啊,所以我想省两口唾沫,等你跟我说,你俩这次为啥啊?"

"他不爱我了……"

"女人判断男人爱不爱自己的方法有两种,第一种是他不肯给你钱花,第二种是他已经在你身上卖不动力气,或者是压根儿不愿意在你身上卖力气了。你是哪种?"

她噘着嘴,低着头,害羞地承认:"第二种。"

夏晴怔住了,叹息一声:"真的啊?你俩是第二种里的第几种啊?"

"第三种……"

"第三种?"

……

听完了姜文的"血泪史",夏晴沉默了半天,憋着不让自己笑出来,可最终还是没能忍住,笑得前仰后合的。

姜文很诧异:"很好笑吗?"

夏晴抹了抹眼角的泪:"没有啊……可是你不能要求他时刻都是战斗机吧?"

"可我俩很久没有夫妻生活了。你不觉得这有问题吗？我完全有理由相信他将更多的精力，用在了别的女人身上！"

"可是亲爱的，我看他不像。这涉及生理问题，也许是他累了。"

"可我总是觉得不对！不知道是哪儿不对劲儿！"

"你可以观察一段时间，不可能每次都这样吧……好了好了，为了这点事儿就闹，实在不值得。婚姻长跑几十年，你这跑了几年就开始闹腾，以后可得怎么着？"

姜文躺在床上，看着天花板叹气："我要是女强人就好了，有钱有权有势力，每天忙得不可开交，谁还顾得上和他赌气。"

"你不是在找工作吗？找到了吗？"

她听到这儿，心虚地转过身去，闭着眼睛说："找、找到了！"

"那不错啊，你即将踏上成为女强人的道路了，所以一切都不是那么糟。"

"嗯……对了，我得回去了，明天还得上班呢！"

她嗖地从床上坐起来，拎起包就跑了。出了门上了电梯，她的心还咯噔咯噔跳，幸亏她没问自己去哪儿上班，要不她会抓狂的。她决定先瞒着她，毕竟黑木是个不太讨喜的人物。

夏晴盯着大门看了一阵儿："我还没问你去哪儿上班呢？这个文儿，脑袋真进水了？"

……

CHAPTER 7
第七章

江珊的情绪已经失常了，整天都在哭。

江源一周没看见妹妹了，心情也很烦躁，决定去找夏晴。

老陈心情不错，回到家，看见小儿子窝在沙发里看电视，居然没喊没叫，只是拉着脸声音低沉地说："你不是去日本了？手续还没办完？"

陈晨不知所措地说："爸，我……"

"你这个臭小子啊！你这是扇我的耳光呢！难怪你妈不信你了！以后你的事儿，我也少管！"

"出了点儿意外……"

"行了！别解释了！我看你啊，还是去找个维修工的工作，挺好！对了，卡给你妈了吗？"

陈妈端着一盘饺子，从厨房走出来给儿子解围："一进门，就把卡交给我了，放心吧！"

老陈白了她一眼:"瞧你惯的,这儿子!"

她随手将盘子往桌上一甩,心里委屈开了:"怎么还怪上我了?是你一直支持他去日本的吧?"

陈晨心疼妈妈,跑到厨房帮忙端饺子:"妈,我错了!你别生气了啊!"

老陈哼着小曲儿复习着刚刚学习的舞蹈动作,老伴儿以为他在叫板,气得心疼,捂着胸口坐在椅子上,脸也煞白。

陈晨觉得不对劲儿的时候,妈妈已经趴在桌子上了,额头上都是汗。

他怕是妈妈心脏病犯了,也没敢动她,只是慌张地喊了一声:"爸!快叫救护车……"

江源站在夏晴家门口,郁闷地抽着烟催促她:"我说你快点儿啊!"

夏晴套上衣服,穿好鞋子出门,推开他的身子说:"催什么催,这不来了,真不知道我这辈子欠你们兄妹什么了!"

"你也不让我进门,换个衣服还这么慢!"

夏晴把墨镜戴在脸上,冷漠地看着他:"你要搞清楚,咱俩没关系了。我是单身女性,你总是频繁地来找我,已经引得邻居都说闲话了。告诉你,这次之后,不准再来找我了!咱们走吧!"

他在她身后做着鬼脸:"单身女性……早晚我让你恢复成已婚女性!"

夏晴侧过身子,竖着耳朵问了句:"说什么呢?"

"没!没说什么!咱们走吧!"

驱车去医院的路上,夏晴东摸摸西看看,担心他这车的来历。

"你这车,不会又有问题吧?"

"有屁问题,这是我们同事的车!"

"哦……现在还有人肯借你车开，不错。"

江源小脸儿瞬间绿了："你什么时候变得这么毒舌了？"

"自从你变得不是人之后……"

"得，我还是别找骂了！"

"就是，好好开车，闭嘴！"

江源瞟了她一眼，这个女人，眼角眉梢，举手投足都是那么的熟悉，要是当初自己没办那混蛋事儿，他们现在也许还会收获一个可爱的孩子。钱放在一起花，一起去菜市场买买菜，回家一起做饭吃……

夫妻同心其利断金的生活一去不复返，身边坐着的，是一个被婚姻伤透了的毒舌妇，她就是块石头，任凭他怎么努力，也焐不热了。他觉得真失落，可是他又是真后悔，经验告诉他，男人真不能出轨，出轨是把双刃剑，抹了自己的脖子，还伤了爱人的心，没有丝毫退路。

可他真心爱夏晴，比在一起的时候更爱。他腾出的一只手，突然抓住了夏晴的手，夏晴甩开，他就再去抓，就这样重复了三四次。她终于爆发了，疯了一样地拍打着他的胳膊："你干吗呀？你停车！再不停车我跳了啊！"

江源的车被迫停在了路边，他眉头紧皱，一副心事重重的样子，趴在方向盘上看着她："你就不能再给我次机会吗？杀人犯还能判个死缓呢！你直接就给我打入十八层地狱了！？"

她冲着他冷笑道："你不下地狱谁下地狱？我吗？我对不起你了吗？"

"晴儿，给我个机会吧！我保证会一辈子都对你好的！"

夏晴听烦了他这套台词，抱着胳膊，摇着头问他："你还去不去了？不去的话，就开门儿让我下车！我真是忍够了！你再说下去，老娘非要吐了不可！"

江源回过神来，心想着还是先别得罪这姑奶奶，要分清轻重，于是立马发动了车子，朝医院的方向开。

夏晴见他这尿样儿，偷着咧嘴笑笑，打心眼儿里瞧不起，怎么还能跟他过？

这下纸包不住火了，陈晨成了热锅上的蚂蚁，站在抢救室门口，吓得都要尿裤子了。

老陈坐在椅子上，愁眉苦脸地说："都怪我！我干吗说那些刺激她的话啊！陈晨啊！儿啊，给你哥打电话了吗？"

"啊？给我哥打电话，合适吗？"

"废话！怎么还不合适呢？你是怕你哥骂你吧？那也得打啊！"

他掏出手机，再三犹豫着，想着自己老哥还躺在病床上养肋骨呢，他就恨不能抽自己俩嘴巴！老陈家俩儿子，一个惹事儿的，一个懂事儿的，偏偏自己就是那个祸头，整天惹事儿。

想想哥真是仁义，自己出了这么档子事儿，都没麻烦谁。

他始终不愿意按下手机，老陈急得把手机夺了过来，没等他回过神来，拨通了陈曦的电话。

"陈曦啊！你妈出事儿了！正在市医院抢救呢！心脏的事儿！对、对！你赶紧过来啊！"

夏晴和江源已经快到陈曦病房的门口了，只看见穿着病号服的陈曦，一只脚都没顾上穿鞋，就往楼下狂奔。夏晴一时摸不清情况，一头雾水地问："怎么了？"

"开车来了吗？"

"开了啊！"

"快点儿送我一趟！"

夏晴和江源跟在他身后跑，江源气喘吁吁地说："什么情况啊，这是？"

"别废话，让你去你就去。"

他不顾小护士的拦截，一口气跑到了医院门口："车呢？哪个是你们的车？"

"别着急别着急！江源去开了。"

江源将车缓缓地停到他们面前，两个人急匆匆地上了车。

"去市医院！市医院！快点儿！"

夏晴一听这地儿，就知道出了事情，拍着陈曦的胳膊说："别着急，别着急！"

"能不着急吗？我妈心脏病犯了！正在抢救呢！"

"夏晴，你说的那个人就是他啊？"

江源开着车有一搭没一搭地问着，满口的不屑。夏晴操了他一把，盯着前面的路说："好好开车！不说话没人当你是哑巴！"

陈曦现在只有满心的焦灼，哪里还听得进别人说什么，只是催他："快点儿！再快点儿……"

老陈本来想数落大儿子一顿的，可他却不想数落一个骨折病人。看着儿子这副狼狈的样子，他很是愧疚："你出事怎么不跟家里说？"

"别说了，我妈怎样？"

老陈蹲在地上，叹着气，给了自己一巴掌，这一巴掌，真狠。

陈晨猫在墙角处，脸冲着墙，一脑袋头发，抓得跟鸡窝似的。躲避着大家怀疑的眼神，他在自责，要是不是他一直在惹事儿，妈妈肯定不会是这副样子。

陈曦拐着走到椅子前坐下，因为只穿了一只鞋，刚才不知道是个什么，扎进了他的脚底板，让他每走一下都在疼。

夏晴走到尴尬的江源面前,冷着脸说:"要不你先回去吧,我再等会儿。"

他小声地问了她一句:"那事儿还问吗?"

夏晴气得恨不能给他一脸唾沫:"看见过不懂事儿的,没见过你这么不懂事儿的!你觉得呢?"

"成!那我先走啊!我就不跟情敌打招呼了!"

"赶紧滚!"

她坐在陈曦身边,看着他一脸的焦灼,不知道该如何安慰,只能紧紧地抓住他的手。

没过几分钟,医生出来了,大家都围了过去,见那医生无奈地摇摇头,陈曦眼里含着泪问:"人没了?"

"哦,不是!心脏病突发昏迷,导致了老人脑供血不足。命是保住了,可是,一周内醒不过来的话,就有可能成植物人。你们家属,得做好心理准备!"

老陈又啪啪给了自己两巴掌,一声哀号,蹲在地上痛哭起来。陈晨也瘫了,坐在地上,啥也说不出来。只有陈曦头脑清醒,没哭没愣,追着大夫问:"有什么特效药吗?用尽全力,我们也治!花多少钱也行!"

大夫皱着眉头摇头说:"我们只能说尽最大的努力!放心吧,医生是不会放弃治疗任何一个病人的!"

陈曦点点头,拽着医生的胳膊,铿锵有力地说:"用最好的药!"

……

陈妈妈被推进了重症监护室。

陈曦让夏晴先回家,她坚持不走,说要陪他一宿。那一刻,陈曦是自私的,他需要来自这个女人的温暖,接受了她的提议。

夏晴里里外外地忙活,去超市买了几趟东西,买了热乎的杯粥分给大家,可是谁都吃不下去。

这一夜，谁都没走，没说话。坐在监护室的外面，偶尔探头看一眼，沉默覆盖了哀伤，老陈家每个人都在自责，检讨自己身上的问题。就这样，煎熬地过了一夜。

赵斌开了中药，买了个电熬锅在办公室里熬药，弄得整个物业办公室都一股中药味儿。

大家都在议论他是不是得了什么病，赵斌咳嗽了一声，对此事发表了一番非常严肃的谈话："我在这儿熬药的事儿，谁说出去的话，谁就给我滚蛋！还有，闲着没事儿好好把工作做好了，别老是议论别人。对了，没事儿把窗户多打开通通风……"

姜文第一天上班，闲得发慌。

她发现黑木是个蛮好的人，一会儿给自己递水果，一会儿又给她发酸奶。要是别的老板，也许你会怀疑他对已婚妇女不怀好意，可他却对每个员工都不错，什么都是人手一份。

用他的话说，"你对员工好，员工才能心甘情愿地给自己干活儿。"她这个秘书，只是帮他记录一下客户反馈，理一下出货表格，剩下的事儿，几乎不用她来管。什么擦桌子倒水，都是老板自己的活儿。

他本来就是个农民出身，天生就生了一副干活的劳累命，纸面上的事儿自己干不了，他说，文化人就得干文化人的事儿，我一个粗人，把生意做得这样，全都得靠文化人员工的帮衬，所以他对肚子里有点墨水儿的人，都很敬重。

他的工厂很有意思，前店后厂的模式，让他成了华北地区最大的冬虫夏草基地，生意形成了规模，客户有销售去跑，门店里偶尔接待几个外宾来洽谈合作,她帮着倒倒水,记录一下人家的合作意向。工作很轻松。

她找到这工作,觉得比捡到钱还开心。上了一天班下来,居然有种没上够的感觉,反正回到那个家,心情也是阴雨绵绵。

黑木批准她可以提前走半个小时,毕竟离着市里还有一段车程。姜文开着车走在回家的路上,音响开得很大声,开心地随着音乐扭了起来——你是我的小呀小苹果儿……

音乐声太大,婆婆打了无数个电话,她也没听见。

程丽坐在他家的沙发上,看着他们屋里乱七八糟一片狼藉的样子,实在有点儿急火攻心。

没办法,只能帮着他们收拾了,拎起一只她穿脏的丝袜,一副嫌弃的表情。

"这还叫过日子吗?我看真是要疯了,上班也得把屋子收拾个大概齐吧?本来还想带着她出去吃饭的,看这样子我又得做免费的小时工了。"

赵斌走到门口,又闻了闻自己身上的味道,确定没有中药味儿才敢进门。推开门,吓了拿着垃圾袋正要丢垃圾的妈妈一跳。

"哎哟,你走路没声的!?"

"妈?你怎么来了?"

程丽提了提手里的垃圾,"来给你们做保姆!我说你们真够可以的,她寻了一回死,还要跟你别扭一辈子?连屋子都不收拾了?"

"她去上班了。"

"我知道,但也不能造得这么乱吧。你也够懒的,她不弄,你就弄弄嘛!"

"我累嘛……"

他一头扎在沙发里,捂着眼睛惆怅着:"真怕她回来又跟我闹别扭。"

妈妈走过来，坐在他旁边，抱着儿子的脑袋，放在自己的腿上："怎么？她又闹了？"

老家庭妇女的鼻子是灵敏的，总觉得哪有股中药味儿，抱着儿子的脑袋闻了又闻："你吃中药了？"

他吓得一个机灵蹿了起来："能闻到啊？"

"是啊！起码我闻到了！"

他赶紧钻进洗手间，打开热水器："我得在她回来之前把这个味儿洗下去！"

程丽叹着气，觉得心真累，站在洗手间门口追问："谁给你开的方子？靠谱吗？"

"我们一个同学，专门研究男性不孕的。妈，这事儿我实在是瞒不住了，我觉得好累啊！要是这次还没效果的话，我计划跟文儿交代事实了！"

"不行！坚决不行！我们一定能治好的！放心，妈妈跟你保证！"

赵斌搓着肥皂泡，一脸的忧伤，最终还是羞于将自己的问题告诉妈妈，又开始忧心忡忡，今晚该怎么抵御妻子的诱惑，万一又不行，他该怎样给自己掩盖？

姜文拎着包回来了，上楼的时候都在哼着歌儿。一进门，发现婆婆正在拖地板，吐了吐舌头说："妈，您来了？"

婆婆见她心情不错，就没好意思说什么，浅笑了一下："本来想带着你俩出去吃饭的，看来不行了，你攒的活太多了！"

她随手将大衣挂在了衣架上，表示对婆婆的做派很不解："放下吧，回头我找小时工！"

"文文，你以前可没这么懒的啊！"她用讽刺来表示她对这话的不满。

"妈，找个小时工也不费钱的，一百块钱一次，一个月用上四次才四百块钱。我现在又工作了,这些消费的钱,还是能挣到的。"

程丽什么都没说,用眼角夹了她一眼,心想,这上了一天的班,腰杆就硬起来了。

"你以前也上班,不也收拾家务。我看你呀,就是太依随自己的毛病了。女人不能懒哦,要是实在收拾不动,就给我打电话,我来帮你收拾。妈上次不是跟你说了,咱们要消费不浪费。我整天在家闲着也没事儿,何必要浪费那个钱,去请小时工呢?"

程丽嘴上就是有一套,这几句,让媳妇儿从脸红到了脖子根,居然无言以对。她尴尬地拿起了桌上的抹布,胡乱擦了几下。笑嘻嘻地过去讨喜婆婆:"嘿嘿,妈。别干了,怪累的,剩下的活儿我来。"

婆婆忍俊不禁地笑了笑,搡了搡她的脑门儿:"你这小东西呀!就会这套!行了,我马上就干完了。等我弄完了,再给你们做饭!"

……

她哪儿还敢让婆婆做饭,一头扎进了厨房,喘了口粗气,打开冰箱,看看家里还有什么菜可以炒炒。

……

这餐饭,赵斌的话超少,只有姜文吧啦吧啦地在那儿跟婆婆说自己的工作有多好。

婆婆一直浅笑着,表情中写着敷衍的祝福。这敷衍,只有儿子能看出来,天知道,要是他身体健康的话,妈妈肯定不会像现在这么温顺。就因为他有这病,她搞得自己好像多对不起儿媳妇似的,她不知道自己这样,在无形中给了儿子多大的压力。

他越看,心里越觉得别扭。突然摔了筷子,大叫了一声:"行了,吃个饭都不让人吃个心静！上个破班儿有什么好显摆的？我整天上班，也没像你这么兴奋！"

姜文怔住了，发了半天呆才回过神来，居然不知道该用什么样的话去冲他，已经气晕了，眼泪啪嗒啪嗒地掉了下来。

"哭哭哭！烦人……"

赵斌一头钻进卧室，扎在床上，用枕头蒙了脑袋。

婆婆拍着她的手安慰着："别生气，他工作压力大闹的。"

她笑着摇摇头，心里却别扭着。上一秒男人在发火，这一秒她的脑袋里不知道转了多少弯，在心里分析得透彻着呢。他越这样，越能证明自己的猜测。别的不敢说，起码他现在已经开始不尊重自己了。那她该怎么办？做沉默的羔羊任他宰割之后哭哭啼啼？还是打起精神好好工作活得光鲜点儿？

她宁愿选择后者，摇摇头对着婆婆强颜欢笑，大口吃饭，还给婆婆夹菜。

其实是咬碎了牙齿往自己肚子里咽。

她这豁达，倒是让程丽开始对她刮目相看，女人工作的意义果然重大，程丽笑了笑，眼神里居然流露出崇拜。她劝自己，既然她想去工作，那就去吧。转移一下精力没什么不好，这样正好能让儿子好好养病。

就着姜文收拾碗筷的时候，程丽关上门跟儿子单独聊了几句。她拍了拍儿子的肩膀温柔地劝着："别这样，她有自己喜欢的事儿做，不是很好吗？"

赵斌有气无力地说："我不想再瞒下去了，妈，我要崩溃了。我觉得很对不起她。"

"傻孩子！别这么想，你瞒着她，才是爱她。等你的病治好了，一切就都迎刃而解了……"

"可要是治不好呢？永远都治不好呢？那我不是耽误了她？"

"你这样说，妈妈可不爱听。你怎么就知道，她知道你有病之后，就会嫌弃你呢？况且你俩是彼此的初恋，感情能有那么脆弱吗？她爱你，就会接受你的一切。"

"可是我有种负罪感！这种感觉让我很难受！"

他几乎开始嘶吼了，姜文刷着碗，听见了卧室传来了吵架的声音，以为是婆婆在数落他的不是了，于是走过去，慢慢地开了卧室的门，吓了这娘俩一跳。

赵斌低下头，程丽问她："怎么了？"

"妈，你别埋怨他了。我没事儿！"

"好孩子，妈妈知道。你是个懂事的姑娘！你去吧，我再跟他说两句话就出去了！"

"嗯……"

姜文退出去，礼貌地关了门，程丽蹑手蹑脚地跑到门口，附在门上听到媳妇儿又在叮叮当当地刷碗，才放了心。

她急赤白脸地埋怨着儿子："你要是敢让她知道了这事儿，妈妈就去死！"

赵斌瞪大了眼睛，想不到妈妈会用这样的话来威胁自己："妈！您疯了吗？"

"对！我就是疯了！被你这个不孝子逼疯了！妈妈这完全是为了你好，为了你们的婚姻好！"

他觉得妈妈已经到了不可理喻的地步，也不想再跟她分辩什么，只能像只泄了气的皮球，一下子瘫软了。他什么也不想说了，关于这件事儿，他背负了太多的委屈，可怕的是，这委屈只能自己默默承受，他不知道，自己到底能熬到哪一天，也不敢保证，自己这么憋下去，会不出什么问题。

眼下这情况，陈曦肯定走不开了，托夏晴去给自己办理出院手续。夏晴只能拿着他的东西,来到了骨科医院。

在病房里,恰巧遇见拎着吃的来看陈曦的杨早。杨早看见夏晴,先是惊讶,回过神来开始追问陈曦的下落。

"陈曦是不是出事儿了?"

昨晚一夜没怎么睡,白天又在赶稿子,实在没心思跟这个女人解释太多,只是默默地给他收拾东西,压着嗓子敷衍了一句:"他家里有事儿,让我来帮他办出院手续。"

"什么事儿啊?是不是出了什么要紧的事儿?他怎么不让我来帮他办而是让你呢?你给我说实话,你俩是不是有事儿?"

夏晴觉得这个女人不单不可理喻,还有点厚颜无耻。抬头白了她一眼数落道:"我没心思听你胡说八道!请你不要瞎猜疑,我和他什么关系都没有!"

杨早气得嘴巴都歪掉了,掏出手机开始拨陈曦的手机,夏晴提醒了她一句:"你这阵儿最好别去烦他,我估计他也不会接你的电话!"

果真,陈曦看见是杨早的电话,直接就给挂断了,这节骨眼儿上,他实在没有心情跟这个神经病花前月下。

杨早要气疯了,哪儿受得了这样的屈辱,一把抢过了夏晴手里的塑料袋,气急败坏地吼道:"你快告诉我啊!"

夏晴见她这样不讲理,抱着肩膀冷笑开了。

"你笑什么?"

"你觉得我笑什么,我就是笑什么啊!"

"你说,你到底和他什么关系!你俩在搞什么鬼把戏?"

既然这样,夏晴只能任她怎么想,哼着小曲儿气她说:"你还有事儿吗?没事儿我就走了啊,对了,你的保温瓶在桌子上放着呢,记得带走……"

她拎着一袋子东西,优雅地转身,扭着腰肢走了。

杨早咬着牙，浑身哆嗦着："这个陈曦，混蛋！"

夏晴去医院看看陈妈妈，手里拎着便当。

陈曦已经一天一宿没合眼了，坐在那里，不动也不说话。陈恩德看见夏晴，像是看见了救星，拽着她在暗处唠叨了两句："闺女，现在也就你能撬开我儿子的嘴巴了，你让他好歹吃点儿，毕竟他还带着伤呢。"

"你放心，叔叔。我会的！"

果真，看见夏晴，一天没张口的陈曦，终于说了今天的第一句话："下次别带吃的了，我爸和弟弟都在医院的食堂里吃。"

她叹气，摇摇头："你呢？是不是又没吃？"

"我吃不下……"

夏晴坐下，打开塑料袋，将杯粥递到他手边："好歹给我点儿面子，我记得，你最爱喝燕麦粥了。"

陈曦点点头，接过她手里的杯粥，扎上吸管，嘬了一口。

"别太担心了，吉人自有天相。"

他点点头，突然想起了什么："对了，你小姑的事儿，是不是快开庭了？"

"别管这些了。她爱怎样怎样吧。这兄妹俩，都是自作自受。"

"别，虽说陈晨对于这个案子来说，不是特别重要。但是他要是能出面说两句话，肯定会对她有帮助。"

"算了吧。阿姨现在这个情况……"

"不用，你放心。一会儿我找我弟弟谈谈。我弟弟这个人我了解，虽然有点不务正业，但是人心不坏，是个好孩子。"

"毕竟是她骗了人家。"

"我还是那句话，不知者无罪。你小姑也不知道这是违法的勾当。交给我吧。"

夏晴点点头。

从医院出来，她就开始自责，也开始重新审视自己和陈曦之间关系的微妙变化。她不是傻子，自然知道他的心意，她是写字的女人，写爱情、写婚姻、写各种人的生活常态，可她唯独没写过自己，没写过她失败的爱情，更没写过世界上有个男人肯对她这么好。

她发现从今天开始，她为陈曦办出院手续、来医院看陈妈妈，居然有点在他面前献殷勤的成分，她不能骗自己，她其实早就对陈曦有好感了，似重温旧梦一般的温暖。

"什么？你让我出面给那个坏女人作证！？你疯了吗？咱妈可还在里面躺着呢，还不知道醒不醒得过来，而且，要是没这档子事儿，咱们家能出这事儿吗？"

陈曦呷巴着嘴，闭着眼睛说："你丢不丢人啊？还有脸把事情往别人身上赖？一切都是因为你的贪婪！没学会走呢就想跑！这事儿和人家姑娘有什么关系？你出面说两句能怎么地？就让你实话实说，没让你作伪证！当然，你愿意向着她说，就更好了。"

"我、不、同、意！"

"你这个臭小子！"

陈恩德一直在旁边听着，皱着眉头，见小儿子态度这么坚决，思前想后，终于开口说话了："你该去！"

陈晨愣了，看着爸爸说："您说什么？"

陈恩德不慌不忙地说："你该去，你该去给人家姑娘说句话。这两天我想了，之所以家里出了这事儿，全赖我。不怪你，也不怪人家姑娘骗了你。怪就怪我太盼着你出息！作为老人，我没能帮着你判断这件事情的可靠性，还添油加醋，没听你妈的话，惹出了这档子事儿。赖我！"

哥俩都沉默了，老陈追着说了一句："去吧，就当给你妈积德。是真的假不了。要是那姑娘真不知情，咱们也怪不着人家。"

……

事情调查清楚了，最后陈晨的供词也没能派上什么用场，警方又顺藤摸瓜，找到了好几个江珊这样的信息中介，都表示自己曾经帮助他招过这种工人，并且还有好多招聘成功的。

在多方证据下，江珊那上线终于承认，自己蒙骗了江珊，并没有告诉她，自己往日本输送劳动力是违法行为。

因为江珊不知情，也属于被骗，所以她的行为，并不构成犯罪。

事情捋顺之后，江珊很快就出来了。

江源也在楼下给妹妹准备了个火盆儿，江珊这几天精神已经几近崩溃了，目光都变得有点呆滞。

江源用小棍儿敲了敲那火盆儿，提醒着妹妹："跨过去！驱驱晦气。"

江珊看着那火盆儿，非常沮丧。想着自己一个大龄女青年，没谈过恋爱就先进了局子溜达了一圈儿，真背时。这传出去，她以后还怎么混？

她从火盆儿上跨了过去，蹲在地上啜泣了起来。江源看着妹妹，心疼，拍着妹妹的后背安慰道："别哭了。这不叫事儿，不是还咱清白了？！"

"可我憋屈啊！我这中介所刚开了这么几天，就出了这档子事儿，以后还怎么干？谁还来我这儿找工作啊！？"

江源看了一眼他们身后的门面，皱着眉头："也是啊！我看这也不是什么能糊口的买卖，不行，关了吧。"

"那可不行！我和房主签了长约，不租够年限，就是违约。再说，我不干这个，我干吗去啊？你这个大学老师，能给我解决工作问题吗？"

"我还给你解决呢？我都不知道找谁解决去。我现在还处在学校对我的考察期，课都排得少了，也是混吃等死的日子。"

"哥，真不是我说你。你说自从你弄出那破事儿来，你就一直在倒霉。夏晴虽说不是贤妻良母型吧，但好歹也算是过日子的人。你看看你现在这个狼狈样儿，房子归人家了，自己连个草窝都没，一个大学老师。混到现在在外面租房子住……"

江源听得有点不耐烦了，气得把火盆儿都掀了："啥时候轮到你教训我了？你以为我愿意这样吗？可是你嫂子，她不肯原谅我了！"

江珊也不好再说什么，站起来，开了中介所的门，决定挂牌营业。至于今后的事儿，她真不敢多想。

夏晴四周的障碍，似乎都已经扫除了。只是放心不下陈妈妈，毕竟人家事出有因，再怎么说，跟自己多少有点儿关联。没事儿的时候，她就往医院跑跑，给陈曦送送饭，顺便提醒他吃药。

陈妈妈似乎很固执，六天过去了，眼睛还是没有睁开。离医生说的一周时间，就还差一天了。大家都很焦虑，陈曦更是一宿一宿地睡不着觉。

陈恩德做好了要照顾植物人的思想准备，这个包袱是他自己给自己加的，他必须得扛。他这六天，把这辈子的前前后后都想明白了，妻子跟着自己不容易，老了老了，还落了这么个下场。几天时间，他冷静了，心里也平静了。

小儿子一直在哭，落得陈曦越发看不起他："哭什么哭？能不能像个爷们儿!?"

医生从监护室里出来，刚给陈妈妈做了系列的检查。

陈曦和夏晴跑过去，希望能听到好消息。医生失望地摇摇头说："目前来看，还是没有苏醒的希望。"

他绝望了，蹲在地上，心如针扎那么疼。夏晴追着问了句："一点希望也没有了吗？"

"哦！那倒不是，我是说暂时没有苏醒的希望。但是老人的各项体征都非常平稳，不能说没有治愈的希望的。只是需要时间，今天就可以从ICU转到普通病房了。"

"我是说，什么时候能醒过来？"

"这你可真难为我了，这个得看病人和你们家属照顾的情况来定了。"

他站起来，握着医生的手说："谢谢您了，我知道了……"

"还有件事得跟你们说，病人要是在第十天还没有苏醒的迹象的话，你们就可以办理出院了，回家去照顾，也许比在医院的效果要好。"

陈曦无奈地点点头，一只手捂住了含着泪的眼睛。

坐在一边的老陈咳嗽了一声，又叹了一口气。叹息中带着些许绝望，觉得老伴儿，就要这么一觉睡下去了。

CHAPTER 8
第 八 章

姜文一直还在纳闷儿，最近夏晴怎么那么安静？莫非是知道了自己来黑木这里工作，生自己的气了？或者是黑木又去夏晴那里，跟她透露了什么？

她决定去探听探听，别人家在生自己的气呢，自己还蒙在鼓里。要是她知道了，也没什么。她总要工作，至于老板是谁，自己也左右不了。

姜文端着茶杯进了黑木的办公室，他正闲得在电脑上斗地主。她将茶杯放到黑木的手边："黑总，水！"

"哦哦……"

姜文站在那里不走，认真玩游戏的黑木，抬头看着她说："还有事吗？"

"没、没什么大事。"

"那就是有小事呗？小姜啊，有话你就直说。"

"没有，我就是问问，您最近去夏晴那里了吗？"

"去了啊！"

"啊？去了啊！都说什么了？"

"嘿嘿……我去了,但是她没在家。我也没找着她。你是担心,我告诉她你在我这儿上班吧?你放心,我不会说的!其实她知道了,又有什么?你总要工作吧?你可是个事业型女性!"

姜文撇撇嘴,心想,还事业型呢,自己完全就是来混日子的。看在他这边工作相对轻松,自己又不愿意整天闷在家里生气的份儿上,她才跑这么远的路来上班的。

"黑总,您是个好人。您知道夏晴比较敏感,而您又在追她,我怕……"

黑木的脸顿时沉下来了,不爱听这套说辞。

"好了!你要搞清楚,咱们之间,是雇佣关系!你要是觉得在我这儿上班,是丢人的事儿的话,你可以不干啊?我也不是给夏晴面子才来让你上班的,恰巧是我这缺人,你又需要工作,而且你工作能力也还可以,这事儿才成的。"

姜文见人家急了,细琢磨自己刚刚那话,的确不对。想要解释:"黑总!我不是那个意思!"

黑木摆摆手说:"小姜,我看你是过不了你自己这关吧?我在热烈地追求夏晴,是不假。可碍着你什么事儿了?我看你,还是先把你的工作态度放正比较好。你还是跟夏晴把这事儿说了吧,也许人家根本不在乎,你在给谁打工。行了,你出去吧,顺便把昨天客户的订单给我拿来,我要看看。"

姜文敲着脑袋骂自己:"你就这点儿小聪明了!觉得人家黑总是傻吗?人家这叫大智若愚!"

她摆弄着自己手里的订单,想着黑木刚刚那话好像很有道理……

十天的时间到了,陈妈妈还没有半点要醒的意思。医院催他们去办理出院手续,人已经这样了,老在这儿耗着也是徒劳。

陈曦去医院办手续，结账的时候，老陈追了出来。大概是想起了自己和老伴儿存的那十万块钱，拽着儿子的手说："陈曦，你结了多少钱，给我报个账！"

"怎么了爸？"

"我和你妈有点存项的，不能老是花你的钱，虽说我们存的钱，也是你的。但是你这么大的农场，哪儿都需要用钱，能省点儿是点儿。我回去找找我那卡，你妈放着呢！找到之后，我就把你妈住院花的钱给你。"

陈曦想起来了，自己在出事前，还没把这十万块钱给妈妈补上呢。本来是想着，等他出了院之后，再去给他们另开一张卡的，显然这事儿，老爷子不知道，事到如今，也只能瞒下去。为了陈晨也得瞒着。要不然老爷子再气出个好歹来，这家的日子，也就别过了。

他抖了个机灵："爸，我妈那钱，在我这儿呢！"

"在你这儿？怎么可能呢？你妈跟我说，她放起来了啊！"

"是啊，是放起来了。不就是放我这儿了吗？陈晨不是差点儿把钱糟践了，妈当天把卡收回来之后，就让陈晨给我送过去了！她觉得放在谁那儿，都不如放在我这儿放心！让我先拿着投到农场里去。"

"哎！还是你妈有远见，她做得对。"

"行了爸，我妈妈这病也花不了多少钱，不是还有医保吗？钱的事儿，您别担心。就是出院以后，恐怕您得多费心伺候我妈了，这样吧，我出去之后，就给你们找个保姆。"

"找什么保姆啊？这就够拖累你的了。我和陈晨都没事儿，就我们爷儿俩来照顾你妈就行了！"

"这事儿您还是别跟我争了，陈晨这么大的小伙子了，不能天天在家伺候我妈吧？总得让他出去找个工作，就算您能伺候，可您毕竟是个男人，能有那么细心？回头再把您累病了，更要了我的命了！"

老陈绝望还带着哭腔地说："那我不成了废物点心了？"

"哎哟，我的爹呀！这阵儿咱们能不能别矫情了？我找个保姆来伺候我妈。您就料理家里的事儿就够了！"

老陈点点头，默认了儿子的提议，默默地回病房去看妻子了。老陈坐在妻子的病床前，抓着妻子的手，老泪纵横："老伴儿啊，你怎么就醒不了了呢？醒醒、醒醒……你都睡了十多天啦！你不是最怕儿子花钱吗？你再不醒的话，儿子又要给咱们请保姆了，又得花好多钱，你快醒醒行不？行不……"

这一幕，正被打饭回来的陈晨看到，他站在门口上沉默了好久，心里无比拧巴。陈曦办完手续回来，拍着弟弟的肩膀安慰着："别难受了，难受也没用。"

他将保温瓶塞到哥哥手里："哥！你嘱咐咱爸吃饭啊！我出去有点事儿！"

说着，转身就走了。陈曦朝着他喊了一嗓子："别惹事儿啊！"

"放心吧！我能惹什么事儿！"

……

陈晨决心要追回那十万块钱。先去了警察局，警察局的人，只拿已经立案调查来敷衍他，至于什么时候能侦破成功，谁又能说准呢？

"那我这十万块钱，就打了水漂了？"

"您别着急，我们已经很努力地在查了，因为这个案子的证据太少了，想要侦破不是那么简单。"

从警察局出来，他的情绪非常低落，难道这事儿就这么不了了之了？那可是十万块钱呢！爸妈存了一辈子，积攒这么点儿钱不容易，不能就被自己这么糟践了。

他决心去找那家宾馆算账，钱毕竟是在他们那里没的，他们得负主要责任！

他来到宾馆门口，想着自己要是这么进去闹事，肯定会被保安扔出来。得想个办法，让他们自己认栽，也许他们怕毁了名声，自己就把这十万块钱掏了还给自己了。

他找了块板子，弄了个马扎，小黑板上写着——此处有小偷，勿进，还我十万血汗钱！

就这么坐在宾馆前的路边，来个客人，他就将手里的小黑板举过头顶，好让大家看见黑板上的字。

宾馆长相油腻的经理，见他这么闹，龇着牙笑呵呵地去跟他交涉："您这么闹不合适吧？警方已经立案了。要是我们的责任，我们肯定会给您一个交代的！"

"我不管！钱是在你们这儿没的，责任就得你们负！"

"事情还没调查清楚不是？你这么闹下去，我就报警了！"

陈晨使出一副臭无赖的嘴脸："报去！老子不怕！我已经这么倒霉了，你去报吧！光脚的不怕穿鞋的！"

经理见他软硬不吃，犯了难。再怎么说，他们也是个四星级宾馆，进进出出的客流很大，那天警察来办案，影响已经很不好了，要是再把警察招来一次，肯定更加影响宾馆的声誉。

这经理也不是吃素的，叫了几个保安，把陈晨拉到暗处，噼里啪啦揍了一顿，并且警告他，以后最好少生事，只要警方把案子破了，他们宾馆不会推卸责任，也不会怕他来敲诈。假如他再来敲诈的话，那么就别怪他们不客气！他来一次，他们就打一次。

陈晨抹了抹嘴角的血，大骂着他们："臭流氓！我不会罢休的！我还会再来的！你们这帮孙子给我等着！"

陈晨瘸着腿转身，眼前站着一个消瘦的女孩儿，二十来岁的样子，穿着一身宾馆里的工作服，工作服有点肥，装着她小小的身躯，让他觉得她真是个小可怜儿。

她正用一双愤恨的眼神盯着他。

这个女孩儿，不就是那个让自己心动的夏夏？陈晨这下子不知所措起来，像个傻小子一样挠着后脑勺冲着人家嘿嘿傻笑。

夏夏走到他面前，递给他一张纸巾，说话铿锵有力："让你弄得我们都要被辞退了！你以后还是少来闹了吧！我们真给老板辞了，对你有什么好处!?"

陈晨接过那纸巾，擦了擦嘴角的血，气焰居然被这小丫头吓没了。他不敢正眼瞧人家，就用余光扫人家两眼。心想，这女孩儿真好看，清清秀秀的，像个小仙女。

夏夏说完了这些话，转身往宾馆的方向走。还时不时地回头瞪他一眼，走出去十几米的时候，她又转身提醒了他一次："别再来了，他们不会给你好果子吃的！你就等警方的结果吧！"

傻小子，居然看着人家姑娘那婀娜的背影看傻了眼。

陈妈妈出院了，夏晴帮着送到了家。

陈家哥俩儿将妈妈搬到了床上，给妈妈盖好了被子。回来的路上，夏晴就闻着老人身上有股怪味儿，于是提议要给陈妈妈擦洗擦洗身子。

这倒让陈曦很意外，看她的眼神里，多了几分爱慕的情愫。

"这怎么好意思呢，一会儿让我爸来擦吧！"

夏晴转头，看见陈爸，坐在沙发上睡着了，还打起了鼾。

"算了吧，叔叔这几天累坏了。让他睡吧，我来！"

她开始撸起袖子，准备帮陈妈擦洗。走进洗手间，在热水器里接热水。他跟着她，看她把这一套活儿干下来，心里又暖又痒。

"哪个是阿姨的毛巾？"

陈曦指着墙上挂着的毛巾说："黄色的。"

她随手扯了黄色毛巾丢进盆里，端着热水一头扎进了陈妈的房间，转过身来关上了门。

陈曦看在眼里，暖在心里，觉得这个女人真是好，要是能娶进门来，他肯定会幸福死的，现在就有种掉进了蜜罐儿的感觉了。就是不知道这夏晴心里是怎么想的，到底愿不愿意跟自己重温这旧梦。

她干活很利落，一会儿工夫，就帮陈妈妈擦洗干净了。

陈爸迷瞪了一会儿，打了个大鼾，把自己吓醒了。一睁眼，就看见夏晴端着一盆脏水出来，端着进了洗手间。

"夏晴，别忙活了。歇歇吧！"

"没事儿，我把毛巾洗出来。"

陈爸见这状，凑到儿子耳边念叨着："姑娘不错，加油啊！"

陈曦居然红了脸："什么呀，八字还没一撇呢。现在咱家又是这情况，人家能愿意跟着我？"

"你这话就不对了，你妈不用你们来操劳，有我呢。我们不会给你造成什么负担的。这个可比那个神经病强多了。"

"您说杨早啊？"

"啊！"

老爷子这话，倒提醒他了，自己不声不响地出院了，也没通知人家一声，这事儿办得不太地道。人家辛辛苦苦照顾了自己这么多天，于情于理都得跟人家报个平安。

夏晴撸下袖子，涂了点护手霜说："那我就先回去了，叔叔，你好好歇着啊，别太累了。阿姨会醒过来的。放心。"

"好，好姑娘，谢谢你啊。陈曦，送送人家姑娘。"

"哎！"

"不用了！我自己打车挺方便的。"

"不！让陈曦送你！"

老陈最后这句说得异常坚定，让她没法拒绝，陈曦拿上车钥匙，抚着夏晴的背："走吧，我送你。"

"你行吗？"

她看了看他胸口的位置，担心他开车会疼。

"没事！已经不疼了！"

……

一路上夏晴的话很多，都是安慰他的话。

"不要太着急了，阿姨肯定会醒过来的，还有叔叔，你们得劝着他想开点，你不是说要找保姆吗？赶紧去找，要把对方的底细摸清楚了，看看对方是不是细心，这种特护保姆，费用好像要高点……"

他一直在点头，觉得这是世界上最好听的唠叨。他故意把车子开得很慢，希望多点跟她独处的时间。

"对了，你的伤，到底是怎么回事儿？"

他怔了怔，还是没跟她说实话。

"就是，出了点儿意外。对了，江珊出来了吗？"

"哎哟，你不提醒我，我都忘了她这段儿了。应该出来了。回头我给她打个电话！"

二十分钟的车程，愣是让他走了三十五分钟，车子缓缓地开进夏晴家小区，远远地就看见一个熟悉的人站在夏晴家楼下。

陈曦将玻璃摇下来，姜文探进脑袋去八卦："哟？什么情况呀？"

"什么什么情况？你这个大嘴巴。"

他腼腆地笑笑："顺路而已。"

"是吗……"

夏晴麻利儿地从车上下来，拽着她就往楼上走。陈曦看着她们进了楼道，才掉头走人。

"你俩旧情复燃啦？"

姜文几乎把一张大脸贴在了她的脸上。

"他送我就是复燃了？想太多了吧你？"

夏晴开始收拾自己，跑到衣帽间换衣服，闻了闻自己身上的衣服，总觉得有什么味儿似的。

"你今儿不上班吗？"

"啊？啊……我请了半天假。来看看你，单位也不忙！"

"哟？你啥时候变得这么有良心了？专门请假来看我？话说回来了，你们这单位也够可以的，随便请假啊？到底是什么单位啊？"

夏晴端着杯咖啡，一屁股坐在了她身边，两眼死死盯着她，等她的答案。姜文支吾着，嘿嘿傻笑。

"说起工作来了，你说巧不巧？我找工作，你知道的啊，后来我就到处面试，结果你猜我面到谁那儿了？"

"谁啊？"

"黑木！就是疯狂追求你的那个！"

夏晴一口咖啡差点儿没喷到她脸上，呛得半天没法说话。她指着她的鼻子数落开:"你丫绝对不是偶然的!"

"我对天发誓,绝对是偶然!"

"发誓谁不会啊!我也发誓!我发誓我不会弄死你!你信吗!"

说着夏晴朝她扑了过去,将她压在了身子底下,疯了一样拨弄着她那一头秀发。

姜文半天才挣脱出来,推开她,喘着粗气:"你这个疯娘们儿!"

"你这个……"

她居然没想出词儿来形容她。姜文挺着胸,笑着,一副理所当然的模样:"我什么呀?都跟你说了,是偶然!爱信不信!"

"你背信弃义……你见钱眼开!不是,他给你开多少钱啊?能让你这个大美女去给他鞍前马后?"

"四千!"

"什么?才四千?"

"四千,不少了。关键是,他那儿轻松。我跟你说,别看那个黑木看着不像个好人,但是他的确是个好人。"

"咋地?这就给老板说上好话了?"

"切!我这是有感而发,反正他这个人,公是公私是私,对员工也特别的好!"

"行行行,你喜欢就好。我管你呢,不过你给我记住啊,你可不能跟他攀关系!"

姜文咂巴着嘴:"你和人家有关系呀?"

"屁!没关系!"

"那不就得了!"

夏晴点开文档,看着电脑屏幕感慨着:"女人真是见利忘义的东西,这么点儿甜头就把你收编了?"

"切,你不是女人啊?你再这么说,我就走了啊!"

说着,她拎起包,装着样子要走。

"走走走,赶紧走,看见你我就心烦……"

她太了解她了,就知道她是做做样子,根本不搭理她这层。姜文泄气,将包包又扔到床上,躺在她身后念叨:"晴儿,你不觉得,你该找个男人了吗?"

"得!你下句是不是该劝我接受那个姓黑的土鳖了?"

"重点不是找谁,而是你得找啊!"

"还真是,我最近怎么跟养殖户杠上了?你看我像个农妇吗?"

"拉倒吧!想致富就种树,现在发财的都是搞农产品的。"

"那倒是。不过,我暂时还没那心思。对了,我告诉你啊,没事儿少跟那个土鳖提我,你可小心,别让他利用了你!"

"放心,姐妹儿又不傻,我就是去他那混日子的。别的地儿也不要我呀,我可不想憋在家里。"

"你现在找工作那么难了吗?非得去他那儿混日子?"

"不是难,是非常难。你能别总是用歧视性的语言来攻击我吗?"

夏晴看着惨兮兮的剧本发愁,马上就要交最后一稿了,对方说,假如这一版再改不好的话,他们就放弃这个项目。她这会儿心里烦得很,什么黑木红木柏木……她才没心思去考虑那些,她盯着电脑上的文档看走了神儿,姜文那滔滔延绵不绝似神经病一样的唠叨,她一句都没听进去。

她搡了她一下:"喂!你怎么了?"

她白了她一眼,又接着盯着电脑发呆:"我要死了……"

陈曦也休息了一段时间了,虽说还没好利索,可也得动起来了。他休息了

初恋进行时 / CHAPTER 8

这些天，家里就出了这么大的乱子，妈妈还在昏迷中，可能再也醒不过来了。好在陈曦还算坚强，能撑得起这个家，顶得住压力。

陈曦有私心，妈妈辛劳一辈子，到老却被爸爸和弟弟气成了植物人，他嘴上不说，心里却埋怨。所以他一再强调要给妈妈找个保姆，老陈就心知肚明了："孩子，我知道你心里难受，这是你对你妈的孝。我不管了……"

陈曦蹲在爸爸面前，攥着老爷子的手安慰着："爸，您能理解儿的心。我妈辛苦了一辈子，老了老了还没享几天的福，就遭了这难。我要是不找个人把她伺候得舒舒服服的，那我也太不孝了！"

"我知道，我知道……儿啊，这事儿，让你弟弟去办吧！"

老陈眼巴巴地看着他，眼神里流出一股可怜。他点点头语调里全是信任："成！就让他去！"

安排好了一切，陈曦就出门了。老陈走到老伴儿那屋门口，把正在给老伴儿做按摩的小儿子叫出来，准备跟他好好谈谈。

"儿啊，你也老大不小了。"

"爸，我知道你想说什么。等我妈稳定些了，我就出去找个工作，再也不让你们为我费心了。"

"好孩子！爸相信你！你明天一早起来，去劳务市场，给你妈找个保姆，要全职的，手脚利索的，最好是照顾过这类病人的！"

"嗯！成！"

"一定要把这事儿办好了啊！你得看好人，人做事要负责。不能咱们看着她，她就对你妈上心，万一咱们有个看不到，她也得对你妈照顾得好才行。最好是找个上点儿年纪的。"

"爸，我懂。"

……

- 141

陈曦驱车赶往农场，车还没停稳，老美就愁眉苦脸地朝他走过来。

"怎么了？"

"你来啦？你住院我一直也不敢跟你说……"

"到底咋地了？说！"

"你住院的这段时间，那帮无赖一直来闹，把办公室里的东西，都砸了。还有……"

"还有什么？"

"唉！"

老美狠狠地抽了自己一个嘴巴，蹲在地上哭了起来："他们半夜里翻墙溜进来，把枣树都喷了药，枣树枯死了一大半……"

"什么？"

陈曦疯了一样冲进了枣树林，从东头跑到西头，很大一部分的枣树，都已经枯死了，摸一下树叶都哗哗地往下掉，弄了他一身。他在枣树林子里使劲儿跑，跑得上气不接下气。实在是看不下去了，扑通一下跪在了林子里，冲着天空哀号了一声："为什么啊！为什么要害我的树！啊……"

这一声，喊得他嗓子都哑了，躺在枣树林子里，半天没缓上劲来。

林子里突然冲进来一个身影，杨早踉踉跄跄地跑到了他身边，跪在地上，抱起了陈曦的头："你没事儿吧？"

陈曦看见她，居然哭了出来，扎进了她的怀里。

约好的交稿日到了，夏晴只能拿着一个连自己都瞧不过眼去的本子，来到了影视公司。

依旧是霍霍接待的夏晴，他拿着那本子仔细看了一会儿，夏晴捂着脑门儿，不忍直视他那无奈的表情。

霍霍气得把本子往桌子上一拍,推了推眼镜框,跷着兰花指说:"太不像话了!你怎么这么对待自己的机会呢?就拿这个来浪费我们的时间呀?"

"对不住了,我这几天确实很忙,所以……"

"得了吧你!现在除了写本子是最重要的事儿,其他的都是浮云!"

"亲爱的!我错了!真的错了,你一会儿能不能给我递句好话?再容我几天时间?"

霍霍翻着白眼儿,抱着肩膀,手指不停地拨弄着:"那你说我美不美?"

夏晴瞪着大眼睛,猛地点点头:"美极了!又美又魅!"

霍霍扑哧一乐,扭捏着自己那比女人还柔软的小腰,指着剧本上的一处说:"这儿!这儿!还有这儿!你抓住这几点,一会儿你跟我们总监说,你还没修改完善,看看他能不能给你宽限几天。我们总监,喜欢能发现自身缺点的编剧。只要你知道哪里写得不好,他就觉得你可以用。"

夏晴盯着自己写的东西仔细地看了看,发现这个小娘娘腔的确有点才华,居然能直指重点。

"行啊你!那你告诉我,这些地儿该怎么改才好啊?"

他把手一甩,呸了她一下:"别不知道好歹啊!这是你的本子!我救得了你一时,救不了你一世啊!你还是想想,怎么过了我们总监那一关吧!"

夏晴顿时泄气了,噘着嘴,在心里算计着一会儿的台词。

他看看表,对她使了个眼色:"到点了儿,我带你去见总监。记住我跟你说的那几点啊!别辜负了我对你的期望!"

"哦……"

夏晴临近总监办公室门的时候,霍霍拍着她的肩膀又鼓励她:"加油!"才转身离开。

"没想到这个小娘娘腔,还挺有人情味儿的!"

夏晴看了看总监办公室的门，鼓起勇气敲了敲。
……

霍霍透过总监办公室的玻璃窗户，一直观察着里面的动态，看着夏晴被批得狗血淋头。过了好半天，夏晴才有机会开口说话，指着本子上的几个点，跟总监解释着。

最后总监总算勉强点点头，夏晴给他鞠了一大躬，拿着自己的本子哈着腰退了出来。

夏晴终于舒了口气，冲着远处看着书的霍霍，做了个鬼脸。霍霍冷哼一声，白了她一眼，继续看自己的书。

"你怎么来了呀？"

"我担心你啊！你倒是说走就走了，怕你出什么事儿。"

陈曦点点头，眼里还含着泪，双眼都充了血。他趴在办公桌上，眼泪忍不住地掉下来，像个受了大委屈的孩子。

杨早也不好说什么，就坐在他面前的沙发上，陪着他。中午的时候，老美进来提醒他吃口饭，可他还是趴着不动，杨早朝老美使了个眼色，老美会心地点了点头，转身走掉了。

他就这么趴了一天，杨早就这么陪着他，一句话也不敢说。直到傍晚，陈曦的手机响了，夏晴打电话问他陈妈的情况，他敷衍了两句，就把电话挂了。看看表已经六点了，杨早已经躺在沙发上睡着了。

他走到杨早身边，拍拍她的肩膀："醒醒！"

她醒了过来，揉了揉眼睛，冲他笑了笑。

"你怎么还没走啊？"

"我担心你。"

"走吧,去吃点东西。"

"嗯……"

涮羊肉馆里,陈曦依旧打愣,一口东西也不肯吃。杨早抓着他的手安慰着:"事情已经这样了,你更得打起精神来,看看有没有办法,把那些枣树救回来?"

他无奈地摇摇头:"完了,全枯死了。"

"这事儿是谁干的,你知道吗?"

"知道又能怎么样?算了……"

"算了!这么大的枣园,都被他们糟践了,就这么算了?"

"不算了还能怎么着?去和那帮地痞流氓斗?让警察来抓他们?然后更多的人来给他们报仇?"

杨早恍然大悟,他一语点破,才知道他是得罪了一群无赖。

"谢谢你啊,陪了我一天。"

"没事儿。"

"对不起啊!"

"刚才谢,这又道歉,你这是怎么了?"

"我出院,没告诉你一声。"

"哦……对了,你怎么这么着急就出院了?我听那个夏晴说,你们家出事儿了?"

"是……我妈突发心脏病,住院了。"

"啊!怪不得!阿姨现在没事儿了?"

他闭着眼睛摇摇头,简直不敢想这些堆在一起的倒霉事儿:"没有,还在重度昏迷。说是昏迷,其实就是植物人。"

杨早咬着筷子,一只拳头攥得紧紧的,眼睛里居然含着泪水。

"你怎么了?"

她简直就是天生的演员,这一会儿,眼泪已经啪嗒啪嗒地掉下来了。

"你不真心待我!"

"什,什么意思?"

"你家出了这么大的事儿,你不告诉我,你不把我当朋友。"

"没有……我这人最怕麻烦人了,你知道的。"

"那你为什么去麻烦夏晴?她跟你,比你跟我近?"

"这完全是巧合。好了杨早,我现在没心情谈论儿女情长。"

杨早低着头,倒吸了一口气,抹了抹眼泪,又笑了。她给他夹了一筷子羊肉,又夹了一筷子白菜:"吃!吃饱了,才有底气去处理那些棘手的事情。"

他夹着烟的手指,递到嘴边,深深地吸了一口,眉头的川字纹显得特别深:"吃不下。你吃吧,吃饱了,我送你回家。"

"你不吃,我也不吃。咱们这顿饭,吃得还有什么意义?放心,一切会好起来的。"

陈曦觉得真正的男人不能让女人凉气攻心,他敷衍地夹了一筷子肉。

她见他终于吃了,开心地点点头,笑得像个天真的孩子。

陈曦回到家已经很晚了,一进门就扎进了妈妈的房间。

他抓着妈妈的手,看着她睡着的样子,那么慈祥,好像在跟他说:"儿子,受委屈了,别怕,有妈在。"

以前自己出了什么事儿,妈妈都是这么安慰自己。他将头抵在妈妈的胸前,轻轻地呼唤着:"妈、妈……儿子知道,大晚上的,不该喊你。可是儿子受委屈了,想要妈安慰安慰,你要不醒醒?醒了给儿子做碗热汤面,儿子想吃……"

他居然控制不住自己的情绪，趴在妈妈身上哭了起来，泪水顺着眼角滴在了妈妈的手上，妈妈的手细微地动了一下，他没注意到。

哭声吵醒了正在熟睡的老陈，毕竟是个男人，竟然揉着眼睛抱怨了一通："儿子啊！爸知道你难过，可是这大半夜的，你这么鬼哭狼嚎的，你妈也醒不过来不是？"

"爸，对不住啊！我没控制住。"

老陈深深地叹了一口气："哎！睡去吧！你也累了……"

"哎！"

他退着走到了房间门口，恨不能看见妈妈能坐起来喊他一句。奇迹没有发生，他闭了门，慢慢走回自己的卧室。

陈曦一夜都没合眼，想妈妈，想农场。他下一步该怎么走？那么多年的心血，就被那几个混蛋给糟践没了，如今已经不是栽种的季节，这几十万的产值打了水漂，还有几十万块钱的枣树，里里外外亏了一百多万。

他越想越头疼，一百多万，他怎么来补这个空？场里的工人不能辞退，第一，辞退了就不好找了，第二，那些工人大都是四外乡里来的，都指望着自己的工资养着一家老小，现在让他们走，他们也没地儿去找工作，等于坑了人家，可这白白开出去的工资，就又是二十来万。

他掐指算着亏空，想死的心都有了。

陈晨一大早帮爸和哥买好了早点，放在桌上就出门了。

去劳动力市场，要经过江珊的店。巧的是，他走到她店那块儿的时候，远远地就看见江珊悠闲自得地坐在门口上嗑瓜子。

他心里这个气啊，觉得自己五脏六腑都拧巴在了一起："这个臭女人！还好意思这么悠闲！"

他绝对不能让她这么心安理得地过一辈子，自己的十万块钱没了，妈妈因为这事儿都成植物人了，她哪里还能过得这么安心。

他决定去找她理论理论，气冲冲地走了过去，江珊有点近视眼儿，打老远看见一个愣头青愤怒地朝自己走过来，虚着眼看了半天才辨出模样。一看是他，吓得屁滚尿流地收起了凳子往屋里跑。

陈晨追了两步，跑到她门口上，她已经把大门关上了。他使劲推，她使劲顶。这江珊劲儿可真不小，硬是没让个老爷们儿挤进来。

"你那事儿都过去了！你怎么还来找我！"

"不找你，我都对不起我妈！"

"可我也不知情啊！你也没损失什么啊，大哥，其实我也是受害者！"

"你还受害者！你知道我们家因为这件事儿出了多大的乱子吗？我妈因为这事儿已经成了植物人了！这都是你害的！"

江珊奋力顶着："你这话可不着边了！你妈成植物人是我害的啊？我不也没把你怎么着？你不是也没去成日本？你这屎盆子扣得，太不说理了吧！"

僵持了一会儿，他有点累了，放松了身子骂着难听的话："死娘们儿劲儿还挺大！成！今儿我有事儿，就不跟你浪费时间了，等我有了时间，再来跟你理论！"

"你神经病啊你！赶紧滚！"

直到他走远了，江珊还没敢放手，一直顶着门，生怕他再杀回来给自己好看。过了老半天，她才放松了警惕，吓得瘫在了地上，蜷缩成一团，伤心得哭了起来。

一个还没结婚的女人，就在局子里有了案底，不管别人知不知，都不算什么好事儿。这坑蒙拐骗的帽子就这么不明不白地给扣上了，可惜自己长这么大，还没谈过恋爱。估计以后想谈恋爱也难了，生活有了黑印的女人，有几个不介意?

江珊自念:"真命苦!没爹没娘没人疼,要是有个长辈教训着,也不至于落了这名声!我这个哥哥,更是个渣渣,自己还顾全不上,我还能指望上他什么?亏了是个大学老师呢……"

江珊也许不知道,她已经成为了街道的扶植对象。对曾经的"犯错人员"情节不是特别严重的,予以一定的精神支持,尤其是她这种没结婚的大龄女青年,更需要来自党和人民警察的关怀,为了将她"引上正路",李晓将她的资料,报给了管理这片的居委会大妈,大妈觉得这姑娘面善又是不知情的"初犯",决定跟派出所联合对她进行"教育改造",以便她树立正确的人生观,在今后的道路可以走得更顺畅……

这不,李晓已经带着居委会尹大妈来她的店里,对她进行慰问了。见她正坐在地上哭,完全不知情的李晓和尹大妈,脸色都变得紧张起来。

李晓推开门进了她的店,将她搀扶起来,关切地问:"怎么了江珊?"

江珊委屈得不行,一头扎进了李晓的怀里:"李警官!我委屈……"

站在一边的尹大妈瞅着天花板,面露尴尬,咳嗽了两声。他一把推开了在怀中哭得跟李三娘似的江珊:"委屈什么呀?这不,尹大妈来帮你了……"

……

吃了上次的教训,陈晨这次小心多了,即便这次他是雇主,是来找保姆的。一进劳务市场,一些本地口音、外地口音的中年妇女、年长大妈都朝他围了上来。这个:小伙子,是找保姆不?那个:我做饭可好吃了,还有伺候病号的经验。居然还有个略显娘娘腔的男人挤到他面前:爷们儿,找个男保姆,能扛重物,能做家务,多上算!

……

- 149

他都被这一群人弄得反胃了，如今这找工作还真是不容易，看看这些高不成低不就的保姆就知道了。

他想，尽量给妈妈找个干活麻利的，手脚干净的，长得还过得去的，最起码不能太粗糙，妈妈虽然是个农村出来的女人，可却干净利索，万事讲个细致，要是弄双粗糙的大手，来整天给她擦洗、翻身，自己心里都觉得过意不去。

他拨开一群跟自己自荐的大妈，希望能找到一个跟自己心里期望值相近的人选。

他的眼神落在了坐在角落里一个清瘦的女孩儿身上，她瘦瘦小小的身躯，散发着一股倔强的气质。

"那不是那个宾馆的服务生夏夏吗？"

他好奇地走过去，在她面前站定，用匪夷所思的眼神盯着她看。夏夏正在愣神儿，看着他的一双大脚，猛地抬头，发现居然是自己讨厌的人，立马就转身走掉了。

他抬起胳膊拍了下她的肩膀："喂！你怎么在这儿！？"

她倔强地转过身子，翻着白眼儿说："被宾馆开了！找工作呗！"

"啊？真把你开了啊？"

"你以为呢！这还不得谢谢你！你有事儿吗？没事儿别妨碍我找工作！"

"巧了，我今儿就是来找保姆的！保姆愿意干吗？"

他大脑都没转弯儿就问了人家姑娘，也不想想，合适不合适。这话说出来，他又有点后悔，毕竟人家是个年轻的姑娘，长得也不丑，何必去伺候一个植物人呢？就算当保姆，也得找个相对清闲点儿的。

陈晨觉得自己自讨了没趣儿，撇着嘴不好意思地走开了。

"等等！"

那夏夏喊了他一声,他停住脚步,她追过来,腼腆地问:"什么条件?"

"你不合适。"他开始拒绝她,却让她觉得他是在嘲笑自己干不了。

"有啥合适不合适的!? 是伺候人的活儿不? 是人干的活,就合适!"

他看她这么倔强,居然有点心疼,决定试探着问问:"伺候我妈,植物人。你干得了吗?"

"干是干了!你能给我开多少钱?"

"你搬得动她吗?你这么瘦……"

"别废话!我敢应就一定能搬得动,你能给我多少钱?"

他露出惊讶的笑容,像只哈巴狗一样,就差流哈喇子了:"钱好说!你开个价!"

"管吃,一个月四千!"

"四千啊……"

陈晨听这数有点怵头了,心想,这小丫头真敢要。夏夏见他有点犹豫,就又降低了点标准:"三千八!我洗衣服做饭收拾屋子都做了,值!"

"你等等,我打个电话商量一下!"

他给爸爸打了个电话,谈了谈这姑娘要的价钱。陈爸倒慷慨,称只要活儿上勤快,就能接受。

挂了电话,陈晨笑得跟朵向日葵似的:"得!三千八就三千八!咱们走吧!"

陈晨带走了夏夏,遭了身后一大帮人的白眼儿,大家你一言我一语的,觉得这小子,其实就是个大色狼,找保姆的目的实在不纯。

CHAPTER 9
第九章

夏晴拿到了这个再次翻牌的机会，怎敢懈怠？

于是将自己关在屋子里闭关，饿了就吃方便面，渴了就喝矿泉水，把自己变成了一个彻头彻尾的宅神。

黑木整天琢磨着怎么跟姜文开口，让她帮自己追夏晴。这个夏晴，实在让他心里痒痒，他还没见过一个这样的女人，不拜金，对自己爱搭不理的，别说自己有一千万的资产，就算是有一亿，她也肯定不会为之所动。自己成了暴发户之后，见的各种莺莺燕燕太多了，多漂亮的都有，身材好的也多得是，可是她们都是冲着自己的钱来的，现在的女孩儿有多现实，他算是见识到了，一张嘴就要房子要车，吓得黑木直往后抽抽。

用他自己的话说，他不缺钱，缺的是对女人的信任。所以，他好不容易找到一个值得信任的女子，绝对不能放过。

可他都说了，自己接纳姜文进来，绝对不是让她来帮自己追夏晴的。若是现在去人家那里套取她的消息，岂不是抽了自己的嘴巴？他这么大的老板，绝对不能干这事儿。黑木看着姜文在理顺材料,在办公室里来回打转。

想想夏晴,想想夏晴对自己那股冷漠劲儿,他还是忍不住喊了姜文一声。

"那个谁啊!小姜!进来一下!"

他故作冷静地坐在办公桌上,拿出一副老板的威严。

姜文拿着已经整理好的一叠客户订单表,放到他的手边,姿势恭敬地站在他面前,一只手叠着另一只:"黑总,这些都是整理好的!请问,您还有什么吩咐吗?"

她这套把式耍下来,愣是让他浑身不自在开了,眨巴着眼问她:"你怎么了?"

"没有啊,黑总!您喊我有什么事儿?"

"哦……我饿了!你能给我叫点外卖吗?"

"可是,咱们这是郊区啊!哪家外卖愿意送这么远呢?"

"哦……"他假装恍然大悟的样子:"对啊!你说得有道理!那什么,那你告诉我,你们平时都爱吃谁家的东西呀?等回了市里,我去尝尝!"

"我们?您是指我和夏晴吗?"

黑木没想到她会用这招先发制人,低着头吹着口哨假装淡定:"不是,你。"

"根据我的判断,您是想知道夏晴爱在哪吃吧?"

"啊?啊……你可以这么理解!"

"您直接问不就得了,夏晴爱吃……夏晴平时不爱吃乱七八糟的东西,也不爱下饭馆,我还真说不上来!"

黑木略显尴尬地说:"哦……你出去吧!"

"唉!好嘞!黑总,您还有什么吩咐吗?"

"没有啦,出去吧!"

姜文退出了他的办公室,捂着嘴笑了起来,她既然跟夏晴保证了,绝对不会帮助老黑去追她,她就只能以静制动,不能透露她的半点信息。也不想让她看扁了自己,以为她是靠她这关系,才能上了班。

老黑捂着脑袋,心里恨呀,要是姜文这根线索不顶用,他招她的价值就大大地降低了。他也不傻,还不能看出人家是来自己这儿混日子的?

没办法,他只能自己另寻办法去了解一下夏晴的信息了。而最直截了当的办法,就是去找人家。

陈曦一点要回农场的心思都没有,守在家里,又怕爸爸和弟弟多疑,心烦地开车在街上乱转,胸口的伤还是没好利索,偶尔会犯一阵疼。

他心里乱得很,想找个人说说话。思来想去,还是去夏晴那坐坐吧。要不然平时忙得叽里咕噜的,也没时间去追求她。

他开车来到了夏晴家的楼下,黑木也开着车来了。两人停车的位置居然紧挨着。

黑木先看到陈曦,按了下车喇叭,摇下玻璃来问:"又碰见你啦!"

"是啊!真巧!你干吗去啊?"

"我来见个朋友!你呢?"

"我也是!你说还真是挺巧的。你的朋友也在这楼上住啊?"

老黑手里拎了两盒冬虫夏草,还抱着一束玫瑰花。陈曦走到他身边,看着他手里的东西,笑着问:"还没追上哪?"

"没有!咱们一起走吧!"

两个男人居然还说说笑笑地一起进了电梯,他俩几乎同时说:"我十三楼!"

两个人对视了一下,都有点儿蒙。最后还是陈曦按下了电梯,电梯嗖嗖地往上走着,黑木还是按捺不住了,最先问了句:"你上十三楼,找谁呀?"

"你找谁呀?"

"我找夏晴啊!"

"哦!巧了,我也找她。"

陈曦顿时提高了警惕,瞬间明白了事情的来龙去脉。两人没话了,可就在这时候,电梯里突然黑了,停在了十楼,吓得他俩抱做了一团!关键时刻还是陈曦冷静,推开了怀里的黑木,赶紧把电梯的按钮都按了一遍。可是电梯,却还是没有丝毫的反应。

黑木掏出手机,借着微弱的光来数落他一点儿常识都没有:"这显然是紧急停电!"

"你咋知道呢?"

"我认为!你还是赶紧按报警器吧!"

陈曦手哆嗦着,按下了报警器,可能是这突发状况根本没发生过,这报警器,简直就是形同虚设,按了半天也没人来救。

这下可急坏了俩大老爷们儿,黑木更是夸张,居然抱着他哭上了。

陈曦被他抱得喘不过气来,拍着他的肩膀让他快躲开:"你这干吗呀?瞧你那点儿出息!"

"我我我……我有那个密室幽闭症。我害怕!"

"嘿?瞧你那点儿出息!"

他被他抱得喘不上气来,胸口疼得直冒汗:"哎,哎!把你手机拿出来,看看有信号不?"

老黑继续抱着他,就是不松手,把手机递给他:"你自己看!"

他看了看地形,判断这电梯门外面,有可能透进点空气来,估计是停在了九、十楼的中间。他无奈地问老黑:"想不想出去了还?"

"废话吗，不是！"

"那赶紧，咱俩把门扒开点缝隙！"

"啊？咱俩？"

"是啊！快点儿吧！你个大男人家的，真成！"

老黑壮着胆子，和陈曦合力把电梯门扒开了一条缝儿，陈曦判断得没错，门外面透进了一丝空气。他拿着手机在门口晃了晃："有信号了！有信号了！有门儿，你等着，我打个电话啊……"

夏晴刚挂了物业的报修电话，还没来得及开口骂，陈曦的电话就打进来了。她接起电话，陈曦焦急地告诉她："赶紧地，赶紧给你们物业报修，告诉他们电梯里困住人了！"

"啊？"

……

停电的原因，是因为一家住户家的电路出了问题。导致整栋楼都受了牵连。两个大老爷们儿，一前一后从半截缝隙中钻了出来，这场面，简直让夏晴大跌眼镜了。老黑这种有幽闭症的人，再次重获光明后，居然激动得哭了起来。

陈曦看着他咧着嘴："还真没见过这么没出息的大老爷们儿呢！你入戏太深了吧？"

"去！一边去！你懂什么呀？这叫重见光明后的激动！"

"那你以后别坐电梯了呀!？坐电梯保不齐就还会被困在里面！"

夏晴捂着脑门儿，一时还摸不清眼前这情况。眼前的俩男人，大概猜到了彼此和夏晴之间的关系，已经在明掐暗斗了。

"嘿、嘿！我说你俩！这什么情况呀？"

老黑突然想起自己给她带的东西还在电梯里，使劲儿往里面扒拉："我的花儿，还有我的草儿！"

"算了吧！你的花儿恐怕都被踩烂了！瞧你刚刚那样儿，还搂着我哭呢！"

老黑挺了挺胸，就是对这话不服："你也没好到哪儿去！"

本来还一肚子气的夏晴，看见他俩这滑稽样儿，居然给逗乐了，捂着嘴巴笑着说："回家吧！别在这儿傻站着啦！这下倒好，你明天就成了我们这小区的轰炸性新闻了。"

跟着夏晴往家走的时候，黑木还不忘提醒物业的人："一会儿东西弄出来，记得给我们打电话啊！没了，我可去告你们！"

夏晴沏了茶，给他俩一人倒了一杯。

"喝口水压压惊吧！你俩点儿也够正的啦！怎么偏偏就困住你俩了呢？"

"谁说不是呀！"

陈曦喝了一口水，拍着老黑的肩膀问："你今年怎么样？销路不错吧？"

一提自己的买卖，老黑的腰板儿就硬了起来，好像比别人高几截似的，居然还操着电影里的港腔："马马虎虎啦！几百万是没问题的啦！"

陈曦刚喝了一口水，就这么卡在了嗓子眼儿，难受得不行。

这时候，夏晴家有人来敲门，是物业的人，将黑木带给夏晴的礼物送了回来，并且跟他们表示歉意。

夏晴拎着两个被他踩扁了的盒子，怀里抱着已经没有几片花瓣儿的花，一脸嫌弃地看着他："这是什么呀？"

陈曦偷着捂着嘴笑，老黑一脸的尴尬："这本来是我要送给你的礼物……怎么成这样了？"

陈曦替他打圆场："夏晴，这的确是黑哥家的冬虫夏草，还有他给你买的玫瑰花。刚才在楼下的时候，还好好的呢，大概是刚才在电梯里的时候，黑哥太紧张，一通乱踩给踩坏了……"

她咧着嘴，看着手里的花，觉得要是当场就扔了，似乎有点不太礼貌，只能敷衍地笑了笑："谢谢啊！"

"客气啥，倒是我，真丢人。"

"对了，你俩认识啊？"

陈曦喝了口茶："认识！我的农场和他的养殖基地在一条路上。"

"哦……"

夏晴恍然大悟，将东西放下，对陈妈妈嘘寒问暖了几句："陈妈妈有好转吗？"

"嗯……没有……我让陈晨去找保姆了，全职伺候她。"

"那也好，我这两天忙，所以也没去看陈妈妈……"

"你太客气了，夏晴。"

黑木咧着嘴，翘着二郎腿看着他俩聊得这个暖心，心里很不服气。偏偏这时候，来电了。夏晴立即开启了疯子模式，一下蹿到了电脑前，打开电脑，检查一下文件丢没丢。好在文件没丢，她深深地吸了口气，坐下，全然不顾在一旁坐着的俩傻老爷们儿，噼里啪啦地打起字来。

黑木听说了陈曦农场的事情，闲着没事儿找话说："听说你农场招贼了？有这事儿吗？"

"啊？啊……有这么回事儿。"

陈曦怕夏晴追问，敷衍地回答着。没想到这老黑还继续八卦着："听说你得罪了不该惹的人？是吗？这帮孙子可够狠的，你那树都被他们祸害了吧？"

"嗯……"

坐在电脑前的夏晴，已经完全进入了工作状态和剧本情节中，根本没在意他们说了什么。陈曦怕他这么追问下去，让夏晴生了疑，回头再问自己到底是可他又不想给老黑留接近夏晴的机会,见着她这阵子专心写东西,他拽着老黑的胳膊说:"黑哥,你看人家夏晴挺忙的,不如咱俩别打扰了。咱们哥俩儿出去喝一杯?"

老黑三番五次来访,还是第一次因祸得福,进了夏晴的家门儿,哪能就这么随随便便走了?如今他连话都没跟她说上一句。

"我戒酒了!你自己去喝吧!"

"啊?"

陈曦扑哧一下笑了:"我自己喝什么劲啊?不行,你就得跟我喝。"

他生拉硬拽地将老黑从沙发上拽了起来,跟夏晴打了句招呼:"那什么!夏晴,你忙吧,我们走了啊!就不打扰你了!"

夏晴看着电脑屏幕,专心地写稿子,随口应了句:"啊?走?这就走了啊?"

"走了走了……"

夏晴抬头看了看,他俩已经没影儿了,只留给她一声闷闷的关门声。

"这俩人……"

说着,继续敲字。

……

陈曦硬将他拉了出来,按下电梯门,老黑抱怨着:"我不想喝酒,都说我戒了呢!"

"得了吧你,你能戒?你那酒量,我可是知道的啊!"

电梯门开来,老黑却不敢上,怯懦地说:"我不上了!要不,咱们走楼梯吧?"

"嘿？真行！得，我跟你走楼梯去！"

……

俩人找了个清真馆子，要了几个小菜，一瓶小酒，喝了起来。

老黑坐在一边，一直摆弄着手机，不屑理他，心里气他干吗把自己整出来？陈曦知道他生气了，拧开酒瓶，给他倒了一小杯白酒。

"哎哟我的哥，你怎么连句话都没有啊？怎么？看不起兄弟？"

"不是……我说你干吗要把我拉出来呀！你也看出来了，我在追她。这好不容易进了门儿，又让你给搅和了。"

"你没看见人家忙吗？夏晴是个作家，需要一个安静的写作环境。再说，她对咱爱搭不理的，有啥意思？"

"那你还去找人家？不是陈曦，你不会也在追她吧？"

"我？我没有……我俩就是好朋友，我要是追她，不早就追了？我们很早就认识了！"

"是吗！"

老黑一听这个，精神抖擞了，想着自己整天打听夏晴的事情，这不，现成的线索，自己找上门来啦？

"那你和她之间？就是单纯的朋友？"

"废话嘛不是！你看不出来啊？就是普通的朋友。"

"哦……我懂了！那你跟我说说呗！说说她的事儿！比如，她喜欢吃什么，喜欢什么娱乐？"

"哦，你是想在我这儿知道点儿她的情况啊？"

"是啊！我就是这个意思！哎……要说我是真喜欢她，追了好些日子啦，她就是瞧不上我。你说我要钱有钱，要模样有模样的，她怎么就是不喜欢我呢？"

"人家心气儿高呗。人家是干什么的？文人。咱们就是个农民。"

"你可不能自我贬低啊！再说，我跟你不一样，你是单纯的农副产品，我种的玩意儿，好歹高端一点儿吧？有药用价值！"

"对对！哥，你高端！"

老黑抿了一口酒，夹了一口菜，冲着他眉飞色舞地套近乎："老弟！你哥哥我平时对你不错吧？"

他把他问愣了，把脑袋里的经络都捋了一遍，也没回忆起他"平时"的好，喝酒，好像是第二次吧？上次是因为农业会搞的一次农副产品联盟，郊区的几个大型养殖业老板碰了个头，互相沟通了下感情。可他既然这么说了，他总不能驳人家面子，敷衍地回应着："好！好！哥哥对我自然是好的呀！"

"那你跟我说说，这个夏晴，是个怎样的女人啊？"

陈曦一边喝酒，一边回忆自己跟她在一起的时光，脸上泛着红，心里懊恼得不行。

"夏晴，倔强、有点小脾气，但是大气，识大体，知道疼人，就是嘴不好……"

"那她有啥爱好没？"

"爱好？爱好……我得想想。她有什么爱好，我真不知道。你说她，闲着没事儿就把自己关在家里写字。要说爱好，应该爱看书吧？"

黑木居然拿出了小本本，一本正经地记录起来："有道理！文人嘛！肯定爱看书！我记一下！还有呢？"

"还有……"

陈曦开始在心里打起了小九九，难道自己还真得帮着他追心爱的女人不成？他绞尽脑汁，使劲儿想夏晴最讨厌什么，想了半天，终于想起了火龙果。夏晴有密集恐惧症，看见密密麻麻的东西就害怕，以前自己给她买的火龙果，

- 161

别说吃了,她连看都不看一眼。

"她爱吃火龙果!还爱吃榴莲……还喜欢男人穿得西装革履的……"

陈曦眨巴着眼,昧着良心说了一堆,黑木就在那里特别认真地记。最后,他编不下去了,只能推托:"先告诉你这些!我回去再帮你想想!"

黑木拿着那个小本在胸口上捂了一下:"太好了!有了这些,我就能事半功倍了!"

陈曦不屑地撇撇嘴,心想,真傻。

陈晨带着夏夏回了家,一进门儿就被背着小手的陈爸数落了一顿。

"这姑娘,就是你找的保姆?这小胳膊小腿儿的那么细,能抬动你妈吗?长得倒是怪水灵的!我说你这臭小子怎么回事儿?我是让你去找个有经验的老保姆!不是让你去找对象的!"

夏夏脾气倔强得很,听老爷子这么说,心里气不过,直接走到了陈妈的房间,看了看老人的情况:"哟?这就是阿姨吧?"

说着走了过去,揭开被子,看了一眼:"怎么给阿姨穿成人尿垫呢?多难受啊!"

说着,就脱鞋子上床,一把挪动了老人的身子,将尿垫解了下来。力气甚是大。看得陈家父子都愣了。

"家里有不穿的秋衣裤吗?拿那个给阿姨垫着,那个舒服。尿了就是一把水的事儿!阿姨身上有点儿味儿了,我去弄水,给她擦洗下身子,大哥、叔叔,你们去找不穿的秋衣裤吧!剩下的事儿,我来!"

陈晨推了一下打愣的爸爸,老陈回过神来:"啊!哎!我去找!姑娘,没想到你这么瘦小,力气还挺大的……"

"叔!您说想找有经验的,我经验是不多,但是我干活实诚,会对我阿姨好的。"

"哎！那就行！那就，先试几天吧！"

陈晨朝着她竖了竖大拇指，她冲他会心地笑了笑，开始给陈妈妈按摩。

陈曦和老黑喝得七扭八歪的，搭着肩膀开始称兄道弟。

"兄弟，你黑哥我这些年一直不娶，你知道为啥不？"

陈曦点点头，表示理解。

"像你，像我，咱们不是找不到，只是那些女人，他们图咱们个啥？不就是钱吗？你说我好不容易遇着个不贪财、长得还好，还是个大作家的女人，我不抓住，是不是天理不容？"

"这夏晴啊，心气儿高，人家是大视野。别怪兄弟我没提醒你，像你我这样的，跟人家不是一路人。"

"我就不信！我觉得，想要追上她，咱们就得提升自己的品位！得上一个档次。"

老黑推着手比划着。

"那我可就不懂了！要不，你试试呗？"

"我试试！"

……

陈曦和老黑都喝多了，开不了车，俩人搭着肩膀站在车子前面发愁，黑木拍着自己的宝马说："开不了！咋办？"

陈曦掏出手机，给弟弟打电话，让他来接自己，顺便把车开回去："陈晨啊！我是哥！我在德顺楼呢，是、是、喝多了……你来啊！我等你……"

挂了电话，他冲他嘿嘿傻笑："我找着人啦……"

黑木歪着嘴巴，不服气地说："我也能找到人！你不信，你等着！"

说着，他也掏出了手机，找着夏晴的手机号，按了下去。很快，电话就拨通了，夏晴最终还是接了。

"喂？"

"嘿嘿……夏晴啊？我是黑黑呀，我是黑木，黑黑！"

站在一边的陈曦干着急，拽着他的领子训斥着："嘿？你给她打电话干吗呀……"

"一边去！我和夏晴说话呢！夏晴，对，对！我和陈曦在一起喝多了，开不了车了，要不，你来帮我开行吗？"

夏晴拿着手机，托着脑门儿，真后悔接了他的电话。但毕竟人家求到自己，还送了自己礼物，要是驳了人家这面子，未免有点儿过不去。

"行！不过，就这一次啊！真行你俩，喝多了给我打电话干吗呀……"

挂了黑木的电话，夏晴拨通了姜文的手机，电话通了："姜秘书！你带个人来我家，我知道你上班呢，你开车带个人来，会开车的啊！你们黑总，喝多了，车开不回去了！快点儿啊……"

夏晴打到车，给黑木打电话，问了地点，赶往那个饭店。此时，陈晨也赶到了，看见哥哥和一个不认识的人喝得醉醺醺的坐在马路牙子上。

夏晴和陈晨几乎同时下的车，陈晨看见夏晴，心里还蛮不痛快的，毕竟那个害了自己的人，就是她的前小姑，她还帮着她来劝说自己，让他自此对她没啥好印象。

夏晴看见陈晨，主动打了个招呼："陈晨也来了。"

他不耐烦地嗯了声，喊了句："夏晴姐。"

"哟？你瞧他俩喝的。你负责弄你哥回去啊！"

"那个呢？"

"这个，我弄走！"

陈曦看见夏晴，嘿嘿傻笑了下，居然耍起了小孩子脾气，抱着她的包撒娇："不行！我要你送！"

黑木一把推开了他，抱着夏晴的大腿说："这是我喊来的救兵……"

夏晴捂着脑门儿，皱着眉头，愁得都说不出话来了。她把黑木扶起来，低声训斥着："你说说你，丢不丢人！还大老板呢！真是农村暴发户，你车钥匙呢！给我！"

黑木从口袋里掏出了车钥匙递给她。

虽然一身酒劲儿，陈曦心里明白，不能让夏晴送这孙子，凭什么呀？这岂不是让姓黑的钻了空子？他决定，借着酒劲儿甩开面子撒酒疯，于是摇摇晃晃地站起来，索性趴在了老黑的宝马上唱起了歌："你是我心中最美的云彩……让我用心把你留下来，嘿，留下来！"

夏晴搀扶着老黑，看着他冒傻气都气笑了，冲着陈晨使着眼色："赶紧把你哥弄开，带他回家！"

陈晨上前拉着哥哥的胳膊，悉心劝导着："哥，哥！别闹了啊，咱们回家啦，旁边那个才是咱的车！"

"这就是我的车！就是我的车！"

老黑是真喝多了，看见陈曦趴在自己的车上唱歌，觉得这游戏真好玩儿，决定加入他的队伍，拽起陈曦的胳膊也跟着唱了起来……

场面一下子就不可控制了，两个站在宝马车前冒傻气的醉酒男人，引来了无数路人好奇猎奇的目光。大家像看动物园里的大猩猩一样笑着对他俩评头论足，陈晨力气再大也拽不住俩老爷们儿这么折腾，累得气喘吁吁地说："夏晴姐怎么办啊？"

夏晴气冲冲地走过去，上去拽起陈曦，啪啪就是两巴掌，这两巴掌打下去，彻底把他打醒了："闹什么闹！？丢不丢人！起开！"

- 165

一边的老黑看见他挨了嘴巴,笑得拍起手来:"哈哈哈……真好玩儿,老陈,你挨打了呀……"

陈曦捂着脸,认怂了,乖乖地躲开了他的宝马车。夏晴指着老黑的鼻子说:"你!给我坐车里去!"

怪了,这俩平时在商场上叱咤风云的养殖户,都被眼前这个女人镇住了,这乖得,像两只小猫一样。

俩人都乖乖地钻进了自己的车,站在一边的陈晨也是看醉了,算是见识了什么才叫厉害的女人,嘴里自顾嘟哝着:"真开眼了……"

夏晴先发动了车子,摇下玻璃窗来跟陈晨打了个招呼:"我先走了啊!回去给你哥弄点醒酒的东西,陈阿姨身体不好,别让他跟着再添乱了!"

"好嘞,那你慢点夏晴姐。"

她呜地就把车开走了,一溜烟儿就没影了。陈曦看着那远去的车屁股,心里难过得不行:"这个臭小子!不会对她怎么着吧?"

……

夏晴可是个狠角色,连门都不让黑木进,把车停在楼下,为了不让他憋死,她放下车子的窗子,下车锁好车门,等姜文带着人来解救自己。

黑木已经困得在车里睡着了。等了一刻钟,姜文终于带着人来了,看见夏晴倚着他的车站着,一肚子的疑问。

"晴儿,什么情况啊这是!?"

姜文看着喝得酩酊大醉的老板,再看看闺密。

"喝多了,开不了车了,给我打电话。你赶紧把这货弄走!看见他我就堵心!"

姜文招呼带来的司机说:"你来开黑总的车……我在后面跟着。"

看见她把他弄走了,夏晴总算舒了口气。

赵斌又在办公室里熬药，别说，老同学的药还真有点成效。赵斌最近精神不错，起码，他觉得还是很有"起色"的。

男人一开心，就会想老婆。赵斌觉得最近自己的态度的确不太好，想着给姜文打个电话，晚上约个会，看场电影，算是对她的弥补吧。

姜文和同事小张，一边一个搀扶着，总算是把分量不轻的黑木，弄到了他的休息室。黑木躺在休息室的单人床上，满嘴胡言地胡说八道了起来："夏晴，我喜欢你！我是真喜欢你……"

姜文端着胳膊，咂巴着嘴："瞧瞧这臭男人，还真是不要脸……"

怎么说，她也是个秘书的角色，只能硬着头皮，捂着鼻子脱了他的臭鞋，再去抽屉里找他的醒酒药。

姜文的手机响了起来，她一看，是老公打来的，就有点懒得接。最近和赵斌的关系弄得挺紧张的，她觉得错不在自己，所以当他像个疯狗一样到处乱咬时，她也没必要搭理他。就当看马戏团表演吧，反正她现在也不是为了他活着，她要为自己，为自己活得漂亮。

她拿着醒酒药，走到床边，掰开他的嘴扔到了他嘴巴里。赵斌打了一次电话姜文没接，他断定她还在生自己的气，就接着打，打到她接为止。

她的手机一直在响，酒醉人的耳朵尖，这下她算是见识了，黑木居然一下从床上坐了起来，指着姜文的鼻子骂："你这秘书怎么当的？来电话了知道不？还不快接！"

姜文安慰着老板："这是我的手机，不是办公室的。黑总，您躺下睡啊，我去外面接！"

"不行！你少拿这套糊弄我！你必须得当着我的面接！"

"黑总，这真是我老公打来的电话！不信你看！"

黑木一把抄过了她手里的电话，让她一点防备都没有，在手机屏幕上划拉了一下，接起了赵斌打来的电话。

"喂！你好！"

赵斌听对面说话的是个男人，头发丝儿都竖起来了。姜文急了，抢过他手里的电话："喂！是我！"

赵斌急扯白脸地冲着电话吼了一顿："不是，刚才那孙子是谁啊？"

"是我们老总，刚才我不在办公室，他就帮我接了！"

黑木又倒在了床上，开始胡说八道起来："我是真的喜欢你啊！我真羡慕你们这些夫妻恩爱的……你就不能给我个机会吗……"

姜文喘着大气，翻着白眼儿从他的休息室逃了出来。刚刚他说的那些话，早已经被老公尽收耳底，气得他肺都要炸了！

姜文想跟他解释解释，却发现手机里已是忙音。再打过去，他怎么也不肯接了。

赵斌气疯了，在办公室里乱吼乱砸，把熬药的中药罐子都砸了。

"我还治什么治！她这什么意思？示威？"

姜文见他不接电话，最后索性关机，心里害怕了。赶紧开车回家，跟他当面解释清楚。姜文车开得很快，虽然郊区的路不堵，但她毕竟是个新手，心里一着急，眼前一发黑，居然追到了一辆现代车的车屁股上，因为惯性，姜文的头磕在了车子的方向盘上，弄得头破血流……

很快120急救车来了，交警队的人也赶到了，好在对方的人没事儿，就姜文撞了个大破脑袋。这事儿她肯定要负全责，姜文给保险公司的人打了电话，就上了120急救车，只觉得自己的脑袋晕晕的。

……

医院让她留院观察，怀疑她有轻微脑震荡，病房外面被撞的现代车主，一个劲儿地骂着，说她不负责任，撞了人就不管了。

自己的车明明是全险，有保险公司处理就可以，但遇见这难缠的人，她也是心烦得很。她这股倔强劲儿上来了，想想都委屈，明明是他先对自己不好的，自己却还会因为怕他误会跑回去跟他解释，结果在路上出了这事。

医生劝她还是给家里人打个电话，可她不想让爸妈担心，也不想在他面前装可怜，这电话，只能给婆婆打了。

程丽接着电话，赶紧跑到了媳妇儿待的医院，脸都吓白了。

姜文看见婆婆，委屈地钻进婆婆的臂弯哭了起来。婆婆也心疼她，紧紧地抱住了媳妇儿："哎哟，瞧瞧这撞得，怎么这么不小心呢……"

"妈妈……吓死我了……"

程丽托住她的下巴，仔细端量着她的脑袋："没事儿没事儿，好好养养，不会落下疤的！"

保险公司的人来找她，询问了一些她的情况，让他们出个人，来处理一下后续的事情。程丽掏出手机给儿子打电话，却被媳妇儿拦住了："妈，别叫他！"

"那怎么办呀？事情总要处理吧，我一个老婆子又不懂这些事儿！"

她执意拨通了儿子办公室的电话，很快赵斌就赶到了。

……

"你开车也太不小心了吧？往人家车屁股上撞？"

姜文不说话，转过身子去不理他。

"不会是玩儿得太嗨了闹的吧？那个真心喜欢你的人，没在你车上呢？你出了事儿，他怎么躲了？对了，那人是谁啊？姓啥叫啥？"

她就是不说话，委屈地抹着眼泪。程丽听得一头雾水，瞪着儿子问："斌斌你说什么呢？什么意思呀？"

"没什么妈，就是小文儿最近交了个朋友，我问问她那朋友怎么没在她车上！"

赵斌这阴阳怪气的话，说得太难听了。她再也听不下去了，背着身子喊了声："滚！"

这一声可把这娘儿俩喊蒙了，程丽是受不得媳妇儿这么无礼，也开始阴阳怪气起来："哟？文儿，你以前可没这么没礼貌过，怎么还滚上了，你是让我滚，还是让斌斌滚呢？"

她已经气得开始哆嗦了，越委屈越哭，坐起来，拿起手机，给娘家打电话："妈，我想回家住几天……"

♥ CHAPTER 10
第 十 章

  姜文回娘家了，连医院都不住了。

  自从姜文嫁到他们家之后，姜家父母就很放心，总觉得程丽中年丧夫，自己带个孩子过了半生，宁愿委屈着自己，也不再嫁，是个耿直的人，绝对不会委屈了自己的孩子。

  可是如今，姑娘在他家过得不顺心，他们再老实，心里也不免难受，姜家夫妻觉得他们家这是在逼着哑巴说话，硬来。

  姜妈妈刘莹一辈子老实巴交，就生了这么一个宝贝疙瘩，虽说老姜家不是大富大贵的人家，可也算是书香门第，姜文临嫁的时候，他们一再叮嘱，到了婆家要做到相夫教子，尊重婆婆。

  也怪姜文和赵斌结婚这几年，实在没拌过嘴，他们也非常放心，为了赵家的安定团结，从不让姜文在娘家过夜。谁会想到，这一向和睦的家庭，这矛盾会像井喷一样一下子爆发了出来。没出半年，姜文已经是第二次因为吵架出事儿了，这一出事儿，还就都是要命的大事儿。

刘莹将一杯热茶递给坐在床上的女儿，给她掖了掖被角："总得事出有因吧？你跟我们说说，到底又是为了什么生气？"

"妈，不为什么……"

姜爸爸坐在一边，拍了下桌子，冲她吼了起来："什么事儿能没有个缘由？"

娘儿俩吓得一个激灵，姜文噘着嘴委屈地说："他误会我了！"

"误会你什么了？"

"就是我们老板喝醉了，他打来电话，我们老板接的，说了一些乱七八糟不着边儿的话！"

"什么？那还不是你的错？"

姜梁军这就要把房顶子掀起来了，吓得姜文直往妈妈怀里钻。

……

程丽心里别扭，怎么也想不透，自己对儿子媳妇儿做的这一切，却还不能换来他们的安定，这到底是为什么？难道自己做错了吗？

她约了老姐妹儿刘春香，在茶馆里坐坐，跟她倾诉一下自己心里的别扭。

刘春香误打误撞地进了城，迷迷糊糊地就成了富婆，她和程丽以前在一个老年大学学习书法，因为都是中年早早没了丈夫，同样的境遇，让她俩成了无话不谈的好姐妹儿。

春香今儿好像也不太开心，噘着嘴唉声叹气。

"哟？你也不开心啊？"

程丽托着腮帮子，嘬了口瓷杯里的茶。

"没有，我能有什么不开心的？有吃有穿有房有娱乐……你呢？是不是又因为儿子媳妇儿啊？"

"可不是？这不，媳妇儿回娘家了，他俩结婚好几年，这是第一次回娘家住。暴风雨就要来啦！"

"你也别这么悲观嘛，媳妇儿使性子回娘家住，不也很正常吗？"

"在别人家兴许正常，可在我们家就不正常！你知道我们家文儿的，平时在斌斌面前都是娇滴滴的，从来不回娘家住！这是头一次！"

"丽丽，你是不是还没把斌斌的事儿跟小文儿说呢？"

"我不能说呀！我一说，他俩的婚姻就完啦！再说，我儿子是个男人呀！要是被老婆知道了，他不行！你让他以后怎么做人？"

春香搡了下老姐妹儿的头："你呀！这是典型爱儿子爱疯了型！你说，人家小文儿好歹也是个知识分子，家里也是书香门第，爸妈又通情达理的，你有什么顾虑啊？一对相亲相爱的夫妻，不能同甘苦共患难，那算什么？"

"你这话我不爱听啊！我都说了，我不是怕她离开斌斌，而是怕她嫌弃他，瞧不起他！姜家可就这么一个女儿，要是他们知道女儿这一辈子都可能当不上娘了，他父母会怎么想？"

春香转了转眼球，点了点头说："你说的好像有道理！"

"什么叫好像！就是这么个理儿。我说这话，你别多疑啊。就拿你说吧，你活了这半辈子了，也没能生个自己的孩子，遗憾不？"

"别说，我还真是很遗憾。不过我有超超，那孩子孝顺，也能干。我也知足。你们家，不会也去收养一个啊！？"

"哎……那是下下策！我还是希望，儿子这病能治好。"

程丽越想越烦，茶水一杯接着一杯地喝了起来。

"说说你吧，你怎么了？我看你脸色不对呀？是不是有想法了？你呀，你现在啥都不缺，就缺个老伴儿！上次我给你搭桥的那个老干部，不合适？"

春香捂着嘴笑，羞于出口的样子，居然还像个小姑娘。程丽咂巴着嘴，笑

- 173

她扭捏："哟哟，看来，有门儿？"

"你说那个老干部啊？我和他不合适！"

"那就是遇见合适的啦？"

春香憋不住了，还是把事情说出来了："我最近不是参加了一个城南的广场舞队伍？你猜我在那碰见谁了？"

"谁呀！"

"陈恩德！"

"啊？就是你说的那个，乡下的那个！你的初恋！？"

春香点点头。

"他现在可不是乡下人了。居然也在这儿落根了！他儿子挺能干的！自己在郊区承包了一块地，搞起了农场。种什么来着？对了，冬枣！"

"那他还有老伴儿吗？"

"废话！有！人家过得好着呢！"

程丽笑她，阴阳怪气地跟她开玩笑："你老了老了，可别当第三者啊！"

"你这人！真是的。你看我刘春香，像那种不正经的女人吗？真会开玩笑。这个老陈啊，跟我跳了几天的舞，这不，突然就不来了。我是担心，他是不是病了？毕竟都这把年纪了，什么事儿都有可能发生……"

"哦！我说你怎么闷闷不乐的呢？原来是担心初恋情人儿呀？"

"行了！别开玩笑了。老陈人不错，我担心他，纯属就是对朋友的关心。都那么大岁数了，还初恋情人儿呢！"

"那你去看看他呀？不知道他在哪住啊？或者，有没有留个联系电话什么的？"

"我倒是想了，觉得毕竟也不方便不是？而且，他老婆得怎么想？"

"那你打个电话啊！打个电话不为过！都这么大岁数了，谁还没几个朋

初恋进行时 / CHAPTER 10

友?"

刘春香还在犹豫:"合适吗?"

程丽立场坚定:"合适!"

程丽这么一怂恿,春香就把电话打过去了。

当时,陈曦正刚迷迷糊糊地起床,老陈出去买菜了,家里就有一个不认识的小保姆来来回回地忙活着。

陈曦看着夏夏,眼带疑惑地接起了电话。

"喂,哪位?"

"哟?我找你父亲,陈恩德……"

"哦……我爸出去买菜了,阿姨,您是?"

"我是……我是他的一个老朋友,跳广场舞的,我就是问问他,他这几天怎么没来跳舞呀?是不是身体不好?队上的队友,都惦记着他呢!"

"您留个姓名吧,回来我让他给您回电话!"

"我叫,刘春香!"

"好,阿姨,等我爸回来,我让他给你回电话啊,好。好,再见。"

夏夏端着一盆尿布从陈曦的身边走过去,冲着他浅笑了一下。陈曦叫住她:"这姑娘……你是陈晨找的保姆?"

"是!大哥!你以后叫我夏夏就行!"

"哦……夏夏,对了夏夏,我看你这么年轻,怎么会……"

陈曦朝妈妈的卧室瞥了一眼,不知道该怎么问出口。夏夏这姑娘机灵,一下子就知道他要问的话。

"哦……大哥你放心,既然我愿意伺候阿姨,就肯定能干好!"

陈曦点点头,倒是有点意外:"那就好,我呢,平时不在家里住。以后

- 175

你有什么问题就跟我爸说，陈晨那小子爱犯浑，你可别跟他一般见识！"

夏夏笑容非常灿烂，像朵向日葵："哎！陈晨哥哥对我也挺好的！你放心吧！那我去忙了……"

"去吧……"

陈爸爸拎着一篮子菜回来，一进门就感叹老婆的不容易："这买菜呀，真是个技术活儿，什么都得想着，什么都得备着点，这家庭妇女，也不是好当的！"

陈曦接过爸手里的菜篮子："您回来啦！"

"醒了？以后少喝点儿，对身体不好。"

陈曦将一篮子菜放进厨房，想起了刚刚刘春香打来的电话。

"爸，有个叫刘春香的阿姨给你打电话，问你怎么没出去玩儿，说你们队上的队友，都担心你的身体生病了！回头你给人家回个电话吧。"

老陈怔住了，嗯了一下。

夏夏给他热了杯牛奶，递到他的手里："大哥，喝点吧，餐桌上还有早晨我带过来的包子，我给你蒸热了。"

"哟，谢谢你啊！"

夏夏摇着头笑了下，继续去忙活了。

陈曦喝了口牛奶，走到客厅，看着一脸闲适看报纸的爸爸说："爸，我妈最近这两天有没有动？"

"没动……"

"哦……我看你也别整天闷在家里了，这样容易压抑。没事儿的时候，多出去走走，缓解缓解心情。我看小夏这孩子挺好。"

老陈放下手里的报纸，唉声叹气地说："我不能出去，我不放心！要不是因为我，你妈不会出这样的事儿。"

陈曦最大的优点就是分得清是非黑白，孜孜不倦地劝导起来："爸，人不能活在痛苦里，得学会面对现实。你看我妈这样了，您不能再打不起精神来了。你现在合理安排好你的时间，该出去娱乐就出去娱乐，也不是说让你整天都在外面玩儿。你看我，不能也因为我妈出了事儿，就不工作了吧？还有陈晨，等过了这几天，也让他出去找个工作吧。"

老陈感受到了儿子的良苦用心，泪花直在眼睛里打转："你弟弟……你就不能收容他吗？你那么大的产业，就不能给他安排过去给你当帮手？"

陈曦十指交叉，愁容不展地摇头："爸，我不能。不能让他去我那儿，那样他就废了。我让他出去找工作，完全是为了他好。让他更有出息！"

"可你看看他那吊儿郎当的样儿，你觉得哪里肯收容他？"

"越是这样，就越得让他去碰碰壁，要不然他永远不可能成为一个真正的男人。这件事，我不会同意的。除非他真长了出息。"

老陈老泪纵横，泪水足以说明他对陈曦的埋怨。他什么都不说了，说多了，也是给自己找气受，他这辈子最疼爱的就是这个小儿子，而陈妈却偏袒大的，老陈觉得，陈曦是在埋怨他弟弟，用放弃的方式。

陈曦一点儿也不愿意回农场，树已经被糟践了一大半了，剩下的那些枣树，估计也产不了多少枣，开销天天都是负数，让他心乱不堪。自己忙活了这么多年，倒也有个借口歇着了，倒不如趁着这空闲，多去夏晴那儿沟通沟通感情。

他来到夏晴家门口，辗转了半天，才下定决心敲门。夏晴正在努力冥思苦想一个故事情节，脑袋里刚有点路数，却被这突如其来的敲门声把思路打断了。

"谁啊？"

陈曦居然还有心思开玩笑："物业收水费的！"

夏晴一听这声音，就辨出了是他。懒散地伸伸腰，走过去给他开门。

"白当这么大的老板，现在谁还上门收水费啊？"

得，自讨了没趣，陈曦略显尴尬。

"忙什么呢，最近？"他回身，帮她带好了门。

"我能忙什么呀？影视公司给我的最后期限马上就要到了，要是这次还不能调整好，那么之前的努力，就都白费了。"

他自觉不该惊扰人家："哟，我不该来，我还是走吧！"

夏晴笑着叫住他，冲着他的背影说："真想走啊？那走吧……"

"那坐会儿？"

"行了，别装了你。想走你就不该来！"

夏晴扔到他怀里一罐啤酒，陈曦拿着看了看："你天天还自己喝？"

"酒精能激发灵感。你不懂！"

"这女作家，活得一点儿也不讲究。女孩儿不都是怕喝啤酒长肚子的吗？"

"我也不胖呀，我不怕……"

"那倒是。"

"你怎么没去农场呢？这阵子不忙吗？"

"啊……不忙……老太太那边刚稳定下来，我还需要调整一下。"

"你呢？你好了吗？还疼吗？"

"我的伤，不碍事儿。"

"哦……"

陈曦看着夏晴，穿着宽宽大大的睡衣，脸蛋上点缀着几颗小雀斑，样子很是乖巧可爱。他居然看入了迷，夏晴脸红了，搡了下他的肩膀："看吗呀？"

"没吗……你不拒绝我的眼神，是不是开始接受我啦？"

"神经病！"

毕竟俩人好过，独处的时候，难免会想起以前的种种甜蜜。陈曦盯着她看，她紧张得不行，想赶紧坐在电脑桌前去，脚下不知道被什么绊了一下，陈曦为了扶她，跟她滚成了一团……

此时，江源已经到了他们家门口了，江源最近非常安分，这都让夏晴有点诧异。其实他只是在调整自己，希望能打起精神，回到从前的状态，站在夏晴面前时，能堂堂正正的，像个男人。

最近他调整得不错，在学校表现得也很好，校长对他的态度有了些许的转变。他办起了一个外教班，帮助一些高中生补课，以他的资质，教这些高中生简直绰绰有余了。虽然学生不多，但总算是赚到了点钱。

江源居然摸到了夏晴门框上的钥匙，打开门，就看到了俩人在地上打滚儿的一幕，眼珠子都要掉在地上了。

"你俩在干吗！"

他居然操起了一副捉奸的架势，大步流星地走到他俩身边，拽起了陈曦的领子就是一拳，一点防备都没有的陈曦，嘴角被打出了血，夏晴睁着一双大眼睛，惊悚地看着他："江源！你干吗！可别忘了人家帮过你！"

"帮我就是为了接近你冒犯你吗？下流坯子！"

陈曦这拳头实在挨得憋屈，心想，要不是为了帮他，自己也不会倒这么大的霉，这气就不打一处来，挽起袖子，绝地反击，上去也是一拳，打得江源满地找牙。

俩男人很快就扭打做一团，看得夏晴目瞪口呆，她将手里的啤酒一饮而尽，大吼一声："停！"

俩人的气势就都下去了。她使劲儿推着他俩，嘴里说着难听的话："你俩啊，我一个也瞧不上，要打，滚出去打！"

初恋进行时 / FIRST LOVE

俩人被她赶出了家门，晾在了门口。门开了，飞出了陈曦的一只鞋还有江源的书包，夏晴用屁股顶着门喊："都给我滚！以后别来啦！"

陈曦白了江源一眼，悻悻离去。

这心里还没平静下来，夏晴的手机又响了，又是那个黑木。

她拒接，一会儿，老妈的电话又打来了。

"晴儿啊！"

"妈，怎么了？"

"你怎么不接黑木的电话呢？黑木刚给我们送了好几盒冬虫夏草来。你告诉他，先别给我们送了，上次给的还没用完……"

夏晴这就要疯了，越乱还越跟这些臭男人扯不清关系了。她冲着电话嘶吼了起来："不是说了吗？别老是要人家的东西！你们缺这点儿东西吗？"

"不缺。可人家黑木是好心啊，我们总不能把人家关在门外吧？"

"行了行了行了！下次记住啊！你再收他的礼，你就嫁给他！"

她没好气地挂了电话，又开始像个疯子一样拨弄自己的头发，一头扎进了被子里。她心想，不能再让黑木这么献殷勤了，要想掐断他对自己的念想，她嘴上功夫就得硬起来。她拿起手机，拨通了他的电话。

黑木翘着二郎腿坐在老板椅上，悠闲地接了她的电话："喂！晴儿啊！"

"黑总，不，黑木，黑先生！我没工夫跟你扯没用的，我很忙，很烦。希望你以后少给我制造点儿麻烦，以后也少给我爸妈送东西献殷勤！咱俩不是一路人，在一起更是天方夜谭！你还是省着力气，去追别人吧！"

他知道夏晴有个性，故意岔开话题："我就是问问，小姜好了没？"

"什么？"

"小姜出车祸了，你不知道啊？都请假好几天了！"

"啊……这真是越乱越出事儿……"

"她到底好了没啊?"

夏晴冲着手机吼了一嗓子:"没有!"

啪地挂了电话,弄得黑木一头雾水。

她拨打姜文的手机,得知她已经回了娘家,安慰了她一会儿,跟她约好晚点儿去看她,挂了电话,她一头栽在床上,再也没有写东西的心情。

老陈决定听取儿子的劝导,出去走走之前,先给春香回个电话。

春香的手机接通了,老陈跟她道了句平安,说一会儿在小花园的长凳上见。

阳光,难得这么温暖,照在老陈的身上,却一点儿也不能让他提起精神来。春香看见老陈来了,扭着腰从队伍里撤了下来,笑嘻嘻地拿他打趣:"跳不动啦?这些老姐们儿都念叨你呢!说你,没毅力!"

老陈抬头看了她一眼,叹气,低头。

春香觉得他情绪不对,表情瞬间凝固了,坐在他身边关切地问:"怎么了?出什么事儿了?"

"老伴儿,老伴儿……"

老陈哽咽着,半晌说不出一句话来。春香这才意识到问题的严重性……

老陈娓娓道来,话里话外都是在埋怨自己对不住老伴儿。春香沉默着,叹息着,拍着老陈的大腿安慰着:"别伤心,这都是命。你带我去看看她吧?"

老陈看着她,抹着泪点了点头。

他带着春香到了自家,陈晨正坐在沙发上目不转睛地盯着夏夏看,老陈骂他:"臭小子看什么呢!?家里来客人了!"

他回过神来,看着春香礼貌地喊了句:"阿姨!您好!"

"这是你春香阿姨,是我的老乡。"

"哦……"

老陈走到卧室,打开门:"她在这屋呢。"

春香轻手轻脚地走进去,看见床上躺着一个宛如睡着了一样的老妇人,头发花白,眼角也干涩。

她在她身边坐下,捏着她的手说:"老姐姐,放心,吉人自有天相,你会醒过来的!老姐姐,要不,你醒醒,你醒了,我拉着你去跳广场舞,再也不待这屋子里憋屈着了……"

陈晨这两天成了跟屁虫,夏夏走到哪儿,他的眼神就跟到哪儿,也不出去混了,烟抽没了,都舍不得下楼去买,就是为了多看这姑娘几眼。

夏夏的确好看,生得小巧娇媚,乌黑的头发随便一束都显得那么有灵气。城市里这样单纯的姑娘少了,难得的好女孩儿,让陈晨碰见了,他觉得自己不能错过她。

夏夏在厨房给陈妈熬汤,准备晾凉了用导管喂给她吃。

陈晨坐在餐桌前,就这么默默地看着她,看得都要入迷了。略带猥琐的眼神,让夏夏浑身不自在,夏夏提醒了他句:"你再这么看着我,我就把这工作辞了!"

"别价啊!我不看你,不看你行了吧!"

"嗯……"

夏夏转过身去继续熬汤,他没趣地走出餐厅,发现哥哥回来了,正在门口换鞋。陈曦听见妈妈房间有陌生人的声音,问了弟弟一句:"谁来了?"

"哦……爸爸的老乡。哥,你农场里不忙吗?最近两天,怎么老有时间回来?"

陈曦揣着手想想,觉得弟弟也应该为自己分担点儿什么了。

初恋进行时 / CHAPTER 10

"一会儿我跟你说,我先去看看咱妈。"

陈晨钻进自己的房间,他一点儿也不想他跟自己说什么,因为每次都是说教,让他喘不过气来。

陈曦站在门口,礼貌地问:"哟?这是春香阿姨吧?"

春香回头,指着陈曦问:"这是大儿子?"

"啊,这是大儿子陈曦!陈曦,这是你春香阿姨!"

"我知道了,上次打电话来,就是我接的。劳您还惦记着我母亲,跑这么远来看她。"

春香觉得这陈曦真是好,长得好,也懂礼貌,打心眼儿里喜欢上了,拽着他的手说:"好孩子,阿姨离这儿也不远。你今年,多大啦?"

"三十四了,怎么了,阿姨?"

"三十四还没结婚?是不是眼光太高?想找个什么样儿的?"

"哟?阿姨还爱干这牵线搭桥的事儿啊?我现在啊,还没心思考虑个人问题。等我妈醒了吧,要娶媳妇儿,也得让我妈妈看着。"

"真是好孩子……"

春香看了一眼老陈,又走到老姐姐面前,拽着她的手道别:"老姐姐,我走啦!有时间,我再来看你!"

她临出门的时候,冲着陈曦会心一笑,笑里满是对他的喜欢。

春香回家的一路上,都在想陈曦,她觉得这孩子真是好,要是能和超超结成一对,那她的这产业,也算没落了外人手,这样也能补了当年欠下初恋恩德的情了。

夏晴去到姜文娘家探望她。

一进姜家门,就觉得这气氛实在是凝重,姜叔叔一脸严肃地坐在客厅里看

- 183

电视，阿姨来给她开门，眼圈儿还是红的。

"夏晴来啦……"

"哟？您这是刚哭过啊？怎么了这是？"

"还不是因为小文儿，这赵斌家母子太欺负人了，逮着我和你姜叔这几年一句错话都不说他们！你去看看小文儿，都得抑郁症了！"

夏晴皱着眉头，朝着她的房间走去，被阿姨拽住了，在她耳边窃窃私语了几句："你劝劝她吧，我看她有抑郁倾向。"

她拍拍阿姨的手安慰着："不会，这点事儿不值得。您放心。"

夏晴走进她的房间，她背对着自己，正躺着默默流泪。

她走过去，轻轻地拍了下她的肩膀，姜文回过身来，看见她，眼泪就止不住了，倒在闺密的怀里大哭了一场。

夏晴对她的招儿就是没招儿，任她哭，哭够了哭累了，这心里的苦水儿，自然就跟着倒出来了。

"我要跟他离婚！"

不开口就哭，一开口就要吓死人。潜伏在门口上的刘莹吓得心都哆嗦，推开门冲了进来，哭哭啼啼："你看看这孩子，又说傻话了不是？你可不能离婚，这小夫妻过日子，哪有上嘴唇不碰下嘴唇的啊……"

"行了妈！这件事儿，只有我自己说了算！"

坐在客厅的姜梁军拍着桌子："你放屁！这婚是那么容易离的吗？胡说八道！"

姜文又钻进夏晴的怀里哭了起来，夏晴安慰了姜母两句："阿姨，小文儿就是说气话，我来劝她。"夏晴朝她使了使眼色。

刘莹哭着退了出去，帮她关好了门。

"你瞧你，说一些不着边的话，让叔叔阿姨都跟你担惊受怕的！"

"我没觉得不着边,挺靠谱的。他的心现在已经不在我这儿了,而且他还怀疑我在外面有事儿,我都这样了,他还数落我的不是……"

"你在外面有事儿?怀疑你和谁啊?"

"这事儿也巧了,那天黑木喝醉了,硬接了赵斌的电话,说了一些不着边际的话。我抢了半天才抢过来。"

"啊?你是说你把他从我那儿弄走的那天!?"

"嗯……我赶着回家跟他解释,在路上就出了这事儿。"

她这话顿时将夏晴推入了万丈深渊,这么说,是她连累了她,让他们本就深处泥潭的婚姻又陷入了沼泽。

夏晴满嘴对自己的埋怨:"都怪我,都怪我!这事儿我去跟赵斌解释啊!你可千万不能跟他离婚!你要是跟赵斌离了婚,我就去死……"

"晴儿,这事儿不能怪你。这只是一个导火索,这足以说明我俩的婚姻里面已经有了雷区,一个火星儿就足以让我们粉身碎骨!"

"你们有雷区那是你们的事儿,就是不能搁我这根线上爆炸!那我不就成了千古罪人了?你等着啊,我去跟赵斌把话说清楚!顺便骂他一顿!"

"你别去!你听我跟你说!"

"别说了!我走了!"

姜文喊了半天,夏晴还是风是风火是火地去找赵斌了,临走的时候拍着胸脯跟姜妈妈说:"放心吧阿姨,这事儿,我来解决!"

姜妈目送了她一程,眼里充满了希望。

赵斌和程丽坐在客厅的沙发上商量对策,程丽拍着沙发把手,严厉地说道:"要是像你说的那样,这小文儿还真是不能再娇宠她了。都勾搭上男人了!?"

"也许事情并不像我们想象的那么严重。"

"那这也是个警讯！足以说明了一个女人对你的不满！你俩现在，夫妻生活还和谐吗？"

赵斌摇摇头，无奈地用手抹了一下脸。

"看来她是绷不住了。也难怪……"

赵斌顿时觉得事态严重了，妈妈的思想出现了龌龊的偏离，得赶紧打乱她这龌龊的想法："妈，小文儿不是那样的人！她肯定不会有事儿的！"

"事儿不一定有，但是脑袋里不一定没想！这事儿你得听我的，咱们不能再娇惯着她了，得押住咯！"

赵斌一副愁容，觉得事情已经到了不可收拾的地步。门铃响了起来，母子俩面面相视："这时候了，谁会来？"

"不知道，我去开门。"

赵斌开了门，看见夏晴正一脸怒容地看着自己。

"夏晴你怎么来了？"

她哪里知道赵妈妈也在，说话一向没顾忌的她，这次也不免心直口快："赵斌！你这个混蛋！你怎么能这么对小文儿？"

"你都知道了……"

这话传进了程丽的耳朵里，当娘的自然不爱听，这夏晴整天说话不着边，本来看着就不喜欢，现在居然又这么数落着自己的儿子。

程丽站起来，端着肩膀阴阳怪气地问了声："是夏晴来了吧？一听这话的口气，就知道是夏晴了，别人哪有这霸气，上来就数落得人灰头土脸的？快进来夏晴，我这儿刚泡好了铁观音。"

夏晴朝他身后瞥了一眼，半天没说出话来。推了下赵斌的胳膊耳语道："你妈在这儿，你怎么不告诉我呢？"

"你容得我说话了吗……"

夏晴挺了挺胸,进门、换鞋,立马换了口气:"阿姨在这儿呢?您今儿怎么有时间呢?我不知道您在……"

"你这话说的,我这一个孤老婆子,不守着儿子,能去哪呀。这儿媳妇没在旁边陪他,我更得来陪着他了。我怕他,亏心。"

夏晴笑呵呵地在程丽身边坐了下来,程丽给她倒茶,送到她胸前:"快喝茶!"

"哟,阿姨,您别这么客气。谢谢……"

"我看你风是风火是火的,一进门儿就数落我们斌斌。这架势,是来说和的吧!?也就是你这个丫头,敢这么数落斌斌,这个孩子啊,就欠让这厉害的女人数落。以后你还得多数落数落他,要不然,他都不知道自己姓什么了!"

夏晴一听这话,心想,这是指桑骂槐呀,看来这个程丽还真不是什么好对付的角色,难为那个傻呵呵的姜文,怎么能斗得过这个老人精?这话愣是噎得自己不知道该说什么,真是个厉害角色。

赵斌坐在一边,用手按了下妈妈的肩膀,示意她少说一些飞毛扎刺儿的话。

"阿姨,这事儿里面有误会。"

"哟,我就知道肯定有误会,你赶紧跟我说说,有什么误会呀?"

"那个接电话的男的我认识。"

赵斌瞪着大眼睛,用一双不可思议的眼神看着她:"夏晴,你说什么呢?"

"我说,那个男的,我知道是谁!黑木,夏晴他们老板。"

"哟,你知道得可还不少呢!"程丽斜着眼说。

"可这个人喜欢的不是姜文,是我。"

程丽觉得更可笑了,越看这个夏晴越不像什么正经人了,一个好女人,怎么会把自己的闺蜜拉进一个这么复杂的人际圈里？还喜欢的是她不是她？这可真够乱的，下一秒，会不会说她俩是在争风吃醋？

"夏晴，你这话可太可笑了。你不必为了帮小文儿，往你自己身上揽！"

"赵斌，这话我可不爱听！我有病啊，我往我自己身上揽什么了。那个黑木，一直在追我，那天喝多了开不了车了，我就把他弄我家去了，是我，通知的小文儿让她来接他们老板回去！那人喝多了，所以才抢了她的电话胡说八道了一通……你自己的老婆，是个什么样的人，你不知道吗？"

程丽哈哈笑得前仰后合的，"哎哟夏晴，真看出你们姐妹感情好了，真是有福同享啊！？这么说，姜文这工作，是你帮着安排的？不错呀，真是好姐妹！"

"阿姨，您又误会了，这工作是人家姜文堂堂正正地应聘招过去的！不是您想的那样！"

"既然这样，斌斌，你有时间还是多和姜文去沟通一下吧！"

"就是啊，赵斌！你以后可不能这么冲动，小文儿对你多好呀，多爱你呀。你这么伤她？"

赵斌无语了，托着腮帮子不知道在想啥。

"行，夏晴。这事儿啊，我和斌斌都知道了，小两口没有上嘴唇不碰下嘴唇的，有些事儿说开就得，你告诉她，让她回来吧。我们也不会再追究她那些乱七八糟的事儿了！"

赵斌看了老妈一眼，怎么也不会想到，她会这么说。夏晴哭笑不得，手足无措地问："合着我这话是白说了？让她自己回来？阿姨，您也不想想，这事儿可能吗？"

"可能，我那媳妇儿我了解，她爱斌斌，这事儿我们不追究就是了。"

"阿姨您要这么说，我也就没什么好说的了。这也挺晚的了，我就不打扰你们休息了。话呢,我也给你们说清楚了,至于你们信不信,那是你们的事儿。"

夏晴背起包,往门口走去。赵斌紧贴在她后面,窃窃私语着:"别跟我妈一般见识。"

"哦。对了。顺便告诉你,小文儿可说了,受不了你这么数落她,叫嚣着要跟你离婚呢!这是我硬拦着,不让她说这话。毕竟事儿是我引起来的,我是绝对不会让你们走到那一步的!"

程丽一听这个,害怕了。屁股也坐不住了,赶紧过去拉住了夏晴的胳膊:"晴儿!这话怎么说的?这千万不能让她说这话啊,这话多伤感情啊!"

"是啊!我也是说她了,做人啊,还是别把话说得太满了,不好。"

夏晴这刀子嘴,话里有话,程丽能听不出来?赶紧换了方式:"你说得对,我也是一直说斌斌,不能这么任性,我一开始就说,让人家姜文儿自己回来这事儿行不通。可是我这儿子,就是好点面子。这小两口吵架,都想着互相抻对方,抻来抻去的,把感情都抻淡了,你放心,我会劝他的,赶明儿我就让他去给我儿媳妇赔罪!"

"那我走了阿姨,你们早点歇着吧!"

夏晴雷厉风行地换鞋走人,连头都没回一下。赵斌像条被扎了的轮胎,再也无法正常工作了。

程丽拍了拍他的胳膊安慰着:"明天去你丈母娘家登门道个歉,男子汉大丈夫,没什么的。"

"妈,早点睡吧。我累了……"

……

初恋进行时 / FIRST LOVE

CHAPTER 11
第 十 一 章

赵斌想了一夜，觉得不如就坡下驴，反正自己也不想连累姜文。他爱她，可她想要的东西，自己给不了，这是一件多么令人痛苦的事儿。

程丽也是一夜未眠，想着自己为了儿子守了半辈子，却连他的婚姻都保护不好，实在是个罪人。她早早地起床，做了早餐，收拾干净了屋子，就敲儿子的门。

"斌斌，赶紧起来吃饭了，吃完了，我带着你亲自去文文家登门道歉。"

赵斌顶着俩碗底儿那么大的黑眼圈出来了，一副没精打采的样子说："妈，我不去！"

"嘿？你还臭来劲啦？这事儿是误会，人家夏晴不是给你解释了!?"

"那我也不去！"

"儿子，你要是这样，让妈以后怎么面对文文？你是个男人，你得有男人的气度！"程丽挺直了腰板，非常严肃地说。

"她不是想离婚吗？那就离好了！我没了她还不能活了？我还娶不到媳妇

儿了?"

这是赵斌设计了一晚的台词,他是想用这激将法,让老妈站在自己这边支持自己。程丽一听这个,头顶上的火都蹿了一尺高。

"不能!没了姜文儿你还真找不到这样的媳妇儿了!姜文多爱你,你不知道吗?她说离婚,那也只是一时的气话!不能当真!我告诉你赵斌,想离婚行,除非等你妈死了!你是不是想让我死?"

他无语了,知道自己的老妈难缠,最终还是妥协,"行了,惹不了你!我换衣服去!"

"这就对了!"

设计了一晚上的台词,就这么被老妈的以死要挟给废了,他开着车,想着怎么弄出个对策来继续施行自己的计划。如今都要快到丈母娘家了,回去,肯定不可能了,要不然向老妈也交代不了,看来只有这最后一招了。

程丽装了一后备箱的礼物,四只手都拿得满满当当的。

"妈,不至于带这么多东西吧!"

"怎么不至于,咱们是来道歉的,就得让亲家看到我们的诚意。"

他唠叨了两句,乖乖地跟在妈妈的身后上楼。

程丽心里也怵头,这还是头一次来亲家这儿道歉,面子上不免有点过不去。她躲在赵斌的身后。

"儿子!按门铃!"

他撇撇嘴,按下了门铃。

丈母娘来开门,看见姑爷,嘴角忍不住地露出一丝笑意,让她强忍回去了。

"妈……"

程丽从儿子身后英勇地站出来,提了提手里的东西跟亲家说:"亲家母,

- 191 -

我来看你们了……"

"哟，稀客！亲家，你今儿怎么这么有时间呢？还拎着这么大一堆东西，有事儿啊？"

姜妈妈装着不知道她的来意的样子。

"你这话说的。要不，咱们进去说？"

姜妈妈躲开，让他们进了屋。

姜爸坐在客厅里看着报纸，赵斌走过去，跟岳父打了个招呼。

"爸……"

姜爸抬头看见亲家母和女婿，居然一惊。

"哟，亲家母来了？我这看得太投入了，都没听见。赶紧坐赶紧坐……赵斌，来接文儿啦？"

他交叉着十指，点头。

"好……这两口子打架本来就是床头打床尾和。一个巴掌拍不响，这事儿啊，不怨你……"

姜爸爸一向对孩子管教得严格，那天听说小文儿的事儿，更是觉得这无风不起浪，也怪不得赵斌误会。男人误会了，说明他在乎这女人，是好事儿。

"哟，亲家的确通情达理，这真让我臊得慌。你看看，小文儿来住了几天了，我这才拎着东西来道歉，是我的不对……"

姜妈搀扶着姜文儿从卧室里出来，在床上躺了几天，姜文浑身都没劲儿，脑袋还疼得很厉害。

赵斌看见妻子这模样，心疼得说不出话来。可他还是没表现得多激动，而是淡定地坐在那儿，屁股像灌了铅那么沉。

姜文见他这不理睬的样子，气就不打一处来。自然也就不懂礼数了，看见婆婆也没言语，坐在一边，喝妈妈给自己炖的鸡汤。

程丽见媳妇儿连句妈也不喊,心里自然也不痛快,可还是强颜欢笑地过去给她道歉。

"哟,文文,来,妈看看,瘦了……"

姜文冲她笑了笑,继续享受鸡汤。

"这怎么说的,孩子,你还在怨斌斌和妈妈吗?"

"妈,您这话言重了,我谁也不怨,怨就怨我自己。"

"怨你自己干吗!这事儿是斌斌不对,夏晴已经跟我们都解释清楚了,都怪斌斌没搞清楚事情的来龙去脉……"

"您都说是去跟您解释了,那我也没什么好说的了。我觉得没必要再跟你们解释一遍,我身正不怕影子斜,没做对不起人的事儿。"

坐在一边的姜妈妈再也不能装淡定了,姜文这话说得太生硬,这么不给她婆婆面子,难道真是往离婚那条道上奔?

"亲家母,我这闺女从小被我惯坏了,她说话生硬,你别在意。"

"瞧您说的,我能嫌我儿媳妇说话生硬呀?这是自己的孩子,我疼她还疼不过来呢,还能怪她呀?这事儿,本来我们就理亏,我说不出别的来。文文,喝完了这碗汤,就收拾收拾跟妈回家,好吗?"

姜文看了一眼坐在一边像个没事儿人一样的赵斌,赌气回了句:"我不回去……"

赵斌一时语塞,站起来就往门口走去:"妈,既然小文儿不愿意回去,就让她在家住几天也好。咱们走吧……"

一时所有的人都愣了,就连一向通情达理的岳父,都气得鼻孔朝天,甩了手里的报纸,朝书房走去。

程丽见亲家急了,赶紧打圆场:"斌斌,你说什么呢?咱们既然来了,肯定要把文文接回去啊!?这孩子,脑袋短路了,说话总是不经过大脑的……"

姜妈尴尬地点头笑笑，姜文见他态度没有丝毫缓和的意思，仍然执拗地说："妈我不走，你们回去吧……"

姜妈妈也坐在那里不吭不响，这话也实在是接不上来了，怎么都得给女儿留个面子。程丽见再坚持下去，怕是也没什么意思，只能委屈地点头道别："那我们先回去，文文，等你什么时候想回去了，就给妈妈打电话。"

她继续喝汤，没搭腔。

姜妈妈客气地送走了亲家母，转过身来，跟女儿阴着脸数落开："你这孩子，哪根筋搭错了这是？还真想离婚哪？"

姜文闷声嗯了一下，钻进了自己的屋子。

给夏晴打电话，是下下策，可程丽也想不出什么办法了，希望她能去劝劝姜文，让她别使性子了。

约见的地点在一个咖啡厅，毕竟是长辈，夏晴提前一会儿来到了这里，提前点好了东西，等着她。程丽一进门就看见了坐在那里看书的夏晴，表情刚刚还很严肃，瞬间扬起了嘴角，怕她看出自己有多不屑来求她。

"夏晴！"

夏晴抬起头，笑着问候了句："阿姨来啦？车很堵吧？快坐！"

程丽从包里抻出一条叠得方方正正的丝巾，放到夏晴手边："这是送给你的！看看喜欢不？"

"哟，这我可不能收！我怎么能要您的东西呢！？"

"这不是我特意买的，上次我逛街的时候啊，看到这个牌子在打折，便宜又好看。只是买回来吧，我觉得这个花色太年轻了。文文又不喜欢戴丝巾！我觉得挺适合你的！你要是不要，就是嫌礼薄了？"

夏晴将那丝巾放进了自己的包里，笑呵呵地说："不嫌。我什么都行！"

"那就好！果然是个爽快孩子！那什么，今儿我找你出来呢，是想和你聊聊小文。"

"早就猜到了。您和赵斌去啦？"

"去啦！这不是，她态度还是很强硬，不跟我们回来。"

夏晴似乎明白了什么，点点头，抿了口咖啡说："不回来也有她的道理，毕竟这么大的误会，还因为这个出了车祸，轮到谁身上也委屈不是。"

"是是是……可是万事也得有个完不是？我亲自上门赔礼道歉了，她连个妈都没主动叫一声，还给了我们个下马威。也实在让我这个做老人的面子上过不去。"

"哦……"

夏晴不知道该说什么，胡乱翻了几下自己手里的书，就是不说小文一个不字儿。她不能在自己这儿，给小文砸软了根基。

程丽见她装傻，又换了语气："一日夫妻百日恩，你去帮我劝劝她，就当看在我这把老骨头面子上！你见着她跟她说，错，全是我们的。"

"阿姨，您这话言重了。夫妻过日子，本就没什么谁对谁错的，姜文是我最好的姐妹，赵斌也是我朋友，我也不能看着他们不好不是？可是这事儿啊，没轮到谁身上，谁不知道那其中的滋味，我尽量劝她回去。"

"果然是写书的女子，说话真有水平。就是这么个理儿！"

夏晴笑笑。

"那行，这事儿啊咱们就说定了！她眼下正在气头上，我也不便再去一次了，要不，你先劝劝，咱们娘儿俩再电话联系!？"

她点头："成……"

程丽站起来，说上个洗手间，顺便结了这桌的账。再回来的时候，夏晴留了张条子，已经走了，她看着空空如也的座位，想着媳妇这身边的"军师"还

初恋进行时 / FIRST LOVE

是有一套。

　　江源越想越气，决心找个人打听一下陈曦的底细，自己也清楚一下，前妻迷恋的到底是个什么样的人？

　　可他整天窝在学校里，面对的都是学生，也不认识那么多社会上的人。只能给江珊打电话求助，最近江珊门也不敢开了，这陈晨要是再找上来，这买卖也就做不成了。她成了街道上的"改造"对象，街道大妈也觉得她干这工作不安全，就出面跟房主协商了一下，退了她大半年的房费，然后给她找个手艺让她学学。

　　江珊觉得这事儿行，毕竟自己有了那么一次经历，生意长短不好做了，她在居委会大妈给自己推荐的几个手艺里面，选了"美甲"这一门，女孩子嘛，总爱弄个指甲啊什么的，学起来上手也快，又是热门，也用不了多大的本钱，将来再把店开起来，就算是彻底转型了！

　　江源打电话过去的时候，江珊正在甲片上涂涂画画，她不耐烦地接起电话："哥！干吗呀！"

　　"你在门市吗？我过去找你！"

　　"我不在！我把门市关了！"

　　江源一听这个，差点从地上蹦起来："你说什么!？十万块钱的投资，就这么关啦？"

　　"没有！我现在学美甲呢！回头我再把店开起来！"

　　"那钱呢！"

　　"就知道你得问钱！人家房东把房费都退给我了！店里的电脑桌子什么的也卖了个万把块钱！"

　　"哦……你说你学点真本事，弄那些妖里妖气涂涂画画的东西有什么用？"

"得得得！我这儿还忙着呢！我下了课，就过去找你啊！"

江珊挂了电话，继续涂着甲片上的颜色。江源冲着手机叹了口气感叹道："女大不由哥啊！"

陈曦觉得不能坐以待毙，自己不能就这么消沉下去。以后妈妈的治疗费用，需要一大笔钱，假如他不努力的话，一家老小还不得喝西北风去啊？

树肯定是救不回来了，他早就想过利用这地方转型，只是资金不太充足，又舍不得自己精心栽培的枣树，就也没实施。

如今这些坏蛋，倒是给了他信心，他围着农场转了一圈儿，坏掉的枣树，恰巧都在农场的东边，那也是他原早想开垦的地方，东边靠道，可以开个门，挨着大道弄个农家乐餐厅，院子里面盖上一些西式的小木屋，弄个集餐饮、采摘、娱乐于一体的绿色生态园。再联系一些旅行社，搞个一日游什么的，肯定能火起来。

早在几年前，就有人建议他快点干，这次终于有机会了。

他看着眼前坏掉的一片枣树，幻想着自己农场转型后那一片欣欣向荣的景象，居然笑得都合不拢嘴了。

没眼力价的老美，说话实在不入耳，一句话又将他打入了十八层地狱："想法不错，这投资得不少钱吧？你有那么多钱吗？"

他脸色一下子就变得铁青，转过头埋怨他："你真是我的心腹，什么好听说什么……"

说干就干，反正树都死了，他让老美安排农场里的人先拔掉坏掉的树。自己开始盘算手里的钱，能干多少事儿。

他拿着纸、笔、计算器，在办公桌前算了一个下午，自己手里的这钱，打了酱油就不够打醋，实在是不够支撑自己这个大美梦。

初恋进行时 / FIRST LOVE

他愁得趴在桌子上嘟嘟嘴，自言自语着："妈呀……这事儿非得去拉赞助了！"

江珊下了课，遇见在美甲班门口上等自己的李晓。见着自己的"男神"江珊就变得语无伦次，其实人家就是路过，觉得大概到了下课的时间，探探班看看她有没有辜负自己的一片苦心。也算是正常的职业病。

江珊跑到他面前，傻笑红了脸，居然一句话也说不出来。

李晓挠了挠头，毕竟是相当的年龄，一个大龄女青年在他面前这么傻笑，还挺让他不好意思的。

"课上得怎么样呀？"

"挺好的。师傅说，我挺有这方面的天分的！"

"那就好，我就是来看看你学得怎么样，你可不能辜负了我和居委会大妈的一片苦心。你可是我们的重点栽培对象，别给我丢人啊！"

毕竟是个姑娘，江珊觉得这话不中听，好像她是进去待了几年出来的惯犯一样，被警察和居委会爱表现的大妈罩着，寻求一丝在社会上生存的希望。

江珊这脸变得老快："李警官，你也挺忙的，忙去吧啊！"

说罢，转身就走。李晓都觉出了迎面吹来的阴气。他知道她是生气了，自己刚刚那话说得未免也太官方，人家是个女孩儿，总要点儿面子。他想着怎么跟她道个歉，骑着自己的哈雷摩托车慢慢地跟在她的身后："小妞儿，去哪儿？我送你怎么样？"

"不用了！你去忙吧！"

"怎么？生气啦？怨我了行不行？美女，就给次机会，让我送送你呗？"

江珊灿笑着，脸颊又忍不住红了，倒也是火烈脾气，一偏腿，坐上了他拉风的摩托车……

198

初恋进行时 / CHAPTER 11

　　江源正站在窗台前发呆,看见楼下有一辆扎眼的摩托车停了下来,后座上下来一个女孩儿,正是自己那疯疯癫癫的妹妹。

　　江珊摘了头盔,递到李晓的手上:"谢谢你啊,李警官!那我上去了!"

　　李晓突然喊住了她,笑着对她说:"叫我李晓就行了!警官警官的,叫得我怪别扭的!"

　　江珊点点头,进了楼道。直到听见他摩托车发动走远的声音,她心里那小兔子,还在乱撞着。

　　江源以为妹子又搭上了什么不三不四的人,一本正经地坐在那里,故意摆了个威严的造型,准备下一分钟的批斗会台词。

　　江珊一进门,就去冰箱里面掏吃的,像个饿死鬼投生似的。

　　"你说说你,还有没有个女孩儿的样子?"

　　她拿着一个面包,坐在哥哥身边撒娇说:"哥,要不,你回家去住吧。咱们那房子空着也是空着,你自己在外面租房住,多凄凉啊!"

　　"你知道什么呀,你都这么大的姑娘了,我又是个离了婚的单身汉,咱们俩住在一起,不方便。再说人言可畏。"

　　"畏什么呀,我都不怕人笑话,你怕啥?"

　　"行了行了,搬回去的事儿,咱们以后再说。哥跟你说个事儿呗。"

　　"什么事儿?"

　　"你朋友多,你能不能帮我打听一下那个叫陈曦的?"

　　她想都没想就说:"没问题!"

　　"哟?这么痛快就答应了?你有认识的人?"

　　"我现在不是在学美甲吗?这事儿是那个李警官帮我办的。李警官和陈曦的弟弟挺好。"

- 199

"那你俩不是死对头吗!?"

"是啊，我又不是直接去问他，侧面上打听打听，还是没问题的吧?"

"哦……那你这美甲好好学，可别再吊儿郎当了。还有，剩了多少钱啊?"

江珊一听她哥要钱，把剩下的面包全都塞进了嘴里，提起脚来就跑掉了。在她这儿，要什么都行，就是别想要钱。

江源见她这迅雷不及掩耳之势打愣说："我就是问问，没别的意思……"

陈曦到处拉赞助，招商引资，印了很多彩页，发给自己熟悉的老板们看。还亲自开着车去周边搞养殖的基地拉赞助。

大家都挺同情他的，但是投资动辄就是上百万，有几个感兴趣的，大家想想也是很谨慎。只说会考虑考虑，其实就是婉拒。

农场周边，只剩下老黑一家没去了，他车子停在老黑的养殖基地门口，内心无比纠结，到底要不要进去，进去又该怎么说?

老黑是自己的情敌，他肯定不会慷慨解囊了，倒不如别去碰这个钉子，免得自己难堪。

他开着车在街上兜兜转转，决心再找找市里的几个老板，下意识地居然把车开到了夏晴家的楼下。

他朝楼上看了一眼，心中犹豫不决。到底要不要上去呢?

夏晴刚去超市买了东西回来，老远就看见陈曦的车停在那里，便拎着两大包东西走了过去，拍了拍他的车门，陈曦探出头来，脸烧得通红了。

"怎么? 来了不上去呢?"

"不是怕你再把我骂出来吗?"

"亏你还有点自知之明，上来吧。"

夏晴上了楼，陈曦赶紧停好了车，小跑了两步跟着她。

最近夏晴的状态不佳，从她家里的脏乱程度就能看出来。平时一向收拾得干净整洁的她，居然也鞋子衣服到处乱扔了。

"你那剧本怎么样了？"

"还在改，不知道能不能通过！？"

"一定能的！你这么努力！不通过都天理不容！"

陈曦的口袋里掉出了一张彩页，被眼尖的夏晴看到捡了起来："哟，这是什么？怎么？你的农场要改造？"

"种了那么多年的树了，我也想弄点高端的！"

"你这么大的老板，连这点资金都没有啊？还用拉赞助？"

"姑奶奶，这可是好几百万的投资呢！我手里哪有那么多钱啊！？"

夏晴将一堆水果扔进洗菜盆里，这时候，门铃响了。陈曦吓得直冒冷汗："夏晴，你等会儿！我先找个地儿藏起来！？"

"你藏什么啊？"

"我怕是你前夫，省得我俩再起了冲突！"

"拉倒吧！这时候他正在上课呢！再说，咱俩也没干什么见不得人的事儿，你藏什么啊？"

夏晴啃着苹果去开门，顿时被眼前这个打扮得如同喜剧小丑一样的黑木逗笑了。他居然穿了一身拼接色的西装，衬衣上还卡着一个波点图案的领结，脑袋上还戴着一个黑礼帽……他手捧着一束鲜花，深情款款地对她说了声："中午好，亲爱的女士！"

她嘴里的苹果喷了一地，笑得前仰后合。

陈曦从她身后钻出来，看见老黑这模样，也笑得岔了气儿："黑哥，你这是刚拍完了戏回来啊？都市情景喜剧？"

老黑端正了一下站姿，又从身后变出了一个塑料袋："看！这是惊喜！"

夏晴捂着鼻子，怕他再变出什么稀奇古怪的东西来："这是什么呀？"

"你最爱吃的！"

"什么？"

陈曦揣着手，悠闲地吹起了口哨，等着看老黑的笑话。

"火龙果呀！你不是最爱吃这个了吗？"

夏晴接过他手里的塑料袋，笑呵呵地说："你怎么知道我爱吃火龙果呀！？进来吧，谢谢啊！"

这倒是让陈曦始料未及，他明明记得，她有密集恐惧症，不爱吃火龙果的！

老黑走进她们家，冲着陈曦使了使眼色，在他耳边窃窃私语："谢谢你啊，兄弟！看来你的情报很准确！"

陈曦故作轻松地继续吹口哨。慢慢地蹭到了夏晴的身边："你不是最恨火龙果了吗？怎么现在又爱吃了呢？"

"对啊！我以前是恨这东西，长得那么恶心。所以也一直没有跨过去吃它的这道鸿沟。后来我无意中尝了尝，发现挺符合我的口味。它还治好了我的便秘，所以我现在不讨厌它了。这人啊，就是矛盾体，当一个人从心底爱上一个东西的时候，就算它不是自己喜欢的样子，也无所谓了……"

"哦……说得太有道理了！"

夏晴把四个火龙果都切了，他帮忙端到了客厅，坐在沙发上自顾吃了起来。黑木抢他手里的盘子："这是我给夏晴买的！"

他一躲，用牙签扎了一块放进嘴里："别这么小气嘛！我也爱吃！"

夏晴笑着白了他一眼，坐到电脑前说："黑总，别这么小气。陈曦爱吃就让他吃吧！陈曦！全吃了啊！"

"没问题！我就爱吃火龙果，恰巧我最近还便秘！"

老黑看到桌上那张有点皱的彩页，好奇地拿着看了看："哟？老弟你要改行啊？"

"嗯……有兴趣投资吗？"

夏晴用眼角的余光，瞥了他俩一眼。

"我倒是有点富余钱，可是你这个项目保险吗？"

"是投资就有风险，我还真不敢给你保。"

"那我可不敢盲目投资！"

他吃着盘子里的火龙果，这功夫下去了一半儿。夏晴端着一杯茶走到黑木身边，扯过他手里的彩页不屑地说："你就是个土财主，你懂什么呀？人家陈曦这是大方向！"

"你说什么？"

"你看，陈曦那环境好，搞餐饮旅游采摘的话，肯定火呀！天然大氧吧，约上三五好友或者一家人去度假一天，又不用走太远，各方面也挺方便的，消费还不会太高，肯定是主流消费呀！"

黑木毕竟是做买卖的，觉得夏晴这分析得头头是道，万一是个赚钱的机会，错过也就可惜了。

他又拿着那彩页看了看，分析她说这话的用意。夏晴看他动了心思，乘胜追击："黑总，我觉得你不适合投资这种生意！"

"为什么？"

"你吧，干的是养殖业，说白了，就是传统行业传统模式，您对这洋气的朝阳行业没研究，让你做你也做不好！你养你的冬虫夏草挺好的，现在已经有了自己的产业链和销售渠道，还是老老实实地干老本行比较保险！"

"其实我也挺爱这新鲜事物的。"

说着，老黑将那张彩页叠好，放进了自己的手包里："回去我研究研究！"

陈曦知道夏晴用心良苦，可他也算是煞费苦心，居然把一整盘火龙果都吃完了……

最近春香有事没事儿地往老陈家跑。其实醉翁之意不在酒，却总是碰不见陈曦的人。

老陈以为她是冲着自己来的，话里话外地还在点她："春香啊，我心里麻烦啊！你看看你多好，整天没烦恼。我们家那口子，还不知道什么时候才能醒过来呢，她要是醒过来了还好，要是醒不过来，我就伺候到她死了。"

她看了看躺在屋里的老姐姐，冲着他吐了三口唾沫："呸呸呸！老姐姐一定能醒过来的！对了，老陈，我看你们家二儿子倒是总是在家，怎么也不见你大儿子呢!？"

"他那么大的事业，多忙呀！他是这个家里的顶梁柱，不能歇着的！"

"哦……你说陈曦这么大了，还不找个媳妇儿，也难怪，这么年轻就有这么好的成绩，眼光高也是正常的！"

"他身边倒是有个姑娘一直惦记着他呢，我看着那姑娘挺好，叫杨早。可能他不喜欢吧，要不早就成了！"

"哦……那他是心里有别人吧？"

"大概是忘不掉那个叫夏晴的吧!？ 不清楚，我从来也不过问他这些，以前都是他妈催他，可如今我们家四口人，只剩下三张男人嘴了，都是大老爷们儿，我老伴儿又是这么个情况，怕是我儿子也难找。"

"不难找不难找！陈曦这么好的条件……"

"好什么呀！这叫什么来着？大龄男青年！虽说有俩钱，可也是靠天吃饭！"

陈晨端着一盆水从他们身边走过去，老陈一向更钟爱小儿子，这倒是让他想起了托付她给陈晨找个对象。

"春香,你看我们陈晨,岁数也不大,长得也挺不错的,有合适的给他介绍介绍!"

春香尴尬一笑:"别怪我说话直啊!你们小儿子长得是不错,可就是没有个正经营生。现在的姑娘可现实了,都爱找潜力股!"

"你这话我不爱听,你怎么就知道我儿子不是潜力股呢!"

"要我说你这当爹的偏心,你要是爱他,就该鞭策他,让他出去工作!还有,我看你们陈晨那眼神儿一直在人家那个小保姆身上转悠……"

老陈有点急了:"你这话我更不爱听了,你那意思是说,他色?"

"看看、看看!这倔脾气上来了吧?我可没那么说!算啦!我也不跟你抬杠了!我进屋看看老姐姐就走了。"

老陈咂巴着她这话,故意观察了陈晨一会儿,他好像是很爱盯着人家夏夏那姑娘看,一看还就看入了迷。他觉得,是该监督他出去找个工作了。

"什么?你要开除夏夏?"

陈晨一听老陈这话,差点儿跟他爹跳了脚。老陈一本正经,翘着二郎腿给他下达最后通牒:"你出去找个工作吧,夏夏这孩子虽然好,但是你也不能整天盯着人家看吧?你找对象爸不干涉,但总不能找个保姆吧?"

"爸!您说什么呢,这是?保姆怎么了?保姆能把我妈伺候好咯!"

"那行,你找什么样的人我不干涉,但是男人,想成家就得先立业。就算你看上人家夏夏姑娘了,但是你连个正经工作都没有,人家姑娘能看上你吗?"

他的气焰一下就没那么嚣张了:"你要是这么说,倒是有点道理!"

"夏夏我不辞,但是你得出去找个工作。我看出来了,你在家耗着,不是因为你妈,而是为了看人家姑娘,你要是真心疼你妈,心疼你哥,你就出去找个工作，帮着家里减轻一下负担！"

他无言以对，站也不是坐也不是，脸上挂不住，心里也盛不下。看着一向偏袒自己的爹，如今都对自己产生怀疑了，他觉得自己是不是真的该反思一下。

老陈去收拾老伴儿的尿布，夏夏已经下班了，晚上照顾老伴儿的任务，是老陈的。陈晨揣着一盒烟出了门，一根接着一根抽起来。

他琢磨着，自己找个什么样的工作好？不能总是被人看不起了，活到这么大，在家里人面前，就没堂堂正正地站直过，不是被这个数落就是被那个笑话，好不容易励志要去国外打拼一番，还上了当，被偷了十万块钱，到现在还没水落石出。

怕是这案子破不了了，自己也没脸再去闹，好在有夏夏这个意外收获，看夏夏整天那么细心地照顾着妈妈，他放心，也欢喜。

陈曦买了很多营养品回家看妈妈，陈晨一大早就出门找工作去了，老陈又去买菜了，家里只有夏夏一个人照顾着躺在床上的母亲。

许是他脚步轻，正在书房收拾的夏夏没有听见，她将陈曦的书都打扫了一遍，准备打扫完去给陈妈妈洗尿布。

她翻看着那些书，很入迷。

陈曦满屋没寻到夏夏的身影，打开书房的门，看见她正在翻书，低声咳嗽了一下。夏夏吓得浑身打了个激灵，书掉在了地上。

"大哥，你回来啦？"

"嗯！我买了只乌鸡，你拿到厨房炖炖。"

"哦……好！"

她战战兢兢地将书捡了起来，放回了书架。

他觉得她情绪不对，就安慰了两句："以后这些活儿别干了，把我妈妈伺候好就行了！还有，我书架上的书以后最好别弄，每本放到哪我都记得清楚，你给我弄混了，以后我用到的时候就找不到了！"

"知道了，大哥！我去炖鸡！"

他盯着她看了几眼，觉得这个女孩儿心思重得很。不过算了，只要能把妈妈照顾好就行。他缓慢走到妈妈的身边，像平时妈妈睡着了一样放慢脚步。他坐下来都笑了，拉起妈妈的手说："你看我多笨，还以为你是睡着了呢，怕吵醒你。可是妈呀，你不能再睡了，该醒醒啦！"

他抱着妈妈的手，趴了下来，跟她讲述自己的不幸。说着说着他就哭了："妈，你快醒醒吧，儿子好多苦处难处要跟你说……"

他的眼泪滴在了妈妈的手上，老太太的表情，有了些许的变化，眉头锁了起来，手指微微地动了一下。陈曦察觉到了她手指的动作，猛地抬起头，见妈妈居然有了痛苦的表情，很是兴奋。

他朝客厅呼喊着："夏夏！夏夏你过来！"

……

老陈买菜回来，恰巧碰见了来串门的春香，两个人就着伴上了楼，一进门就听见大儿子在老婆那屋叫着，两个人一前一后跑到卧室，看见躺在床上的老婆，居然微微地睁开了眼睛。

"老婆子！你醒啦!?"

站在一边的夏夏和春香都惊呆了，春香提醒夏夏："去倒点温水！拿个棉签来！"

"哦！"

夏夏倒来了水，拿着棉签小心地给她往唇边蘸着，陈家父子双眼放光，大儿子的眼里更是含着泪……

医生说陈妈妈这种苏醒在这样的病人中还是很常见的，主要是因为照顾得好，再加上她意志力坚强，不过醒来后的陈妈妈只有头可以转动，虽然能说话，但是口齿还是不清楚，想要达到理想的效果，还是一条非常漫长的路。

初恋进行时 / CHAPTER 12

♥ CHAPTER 12
第 十 二 章

好像一下子就陷入了焦头烂额之中，夏晴也实在没心思去管那么多，眼下能把手里的剧本签了才是正事，关了手机，藏起了门上的钥匙，最后两天与世隔绝。

杨早拎着一大堆东西去看陈妈妈，正碰见要开车出去的陈曦。两个人撞了个跟头，杨早才看见他。

"哟，你在家啊？"

"你怎么来了？"

"你这是要出去啊？我来看阿姨啊！你有事就去忙吧！我不用你招呼！"

"你来就来吧，还带东西干什么？"

"这又不是给你的，行了，你赶紧去忙吧！"

"我还真有点儿忙，你上去吧，我爸在呢！"

"走走走，赶紧走！"

杨早推着他胳膊，让他去忙自己的事儿，扭着屁股进了电梯。陈曦临走朝她的背影看了一眼,觉得这个杨早在自己面前,倒是越发不拿自己当外人了。

敲门前,杨早还特意理了理自己的衣服,为的就是给陈家人留下个好印象。

夏夏听见门铃来开门,和眼神犀利的杨早四目相对,杨早嘴巴张得像碗口那么大,瞅着眼前白白嫩嫩的女孩儿,心里那面小鼓又开始敲起来了。

夏夏有点躲避她的眼神,见她站那儿也不动,就问了句:"姐姐您找谁呀?"

她高傲又冷艳地问她:"你是谁啊?"

"我是这家的保姆!"

杨早没提防地笑了笑:"原来是保姆啊!?我是你们陈曦哥的女朋友!"

"啊,那您快进!"

陈恩德听见了女朋友这个词儿,从屋子里走出来,阴着脸质问她:"杨早啊,你怎么就成了陈曦的女朋友了呢?"

"哟,陈伯伯!您身体还好吗?"她羞红了脸,"我是说,我是陈曦的女性朋友!"

"哦……是我听错啦?"陈恩德费解地盯着夏夏问,人家一个保姆,怎能搅入他们家这复杂的人际关系中,她只是笑笑,点点头继续去做事儿了。

杨早像个自家人一样,换鞋脱衣服,将买来的东西拿到厨房。陈恩德倒是不讨厌这个杨早,觉得这姑娘除了脑袋神经,有点大条之外,品质倒也不错,这不,一进门,就将她买来的水果一样洗了一点,端到了自己面前。

"叔叔,这水果新鲜!你吃着,我去看看阿姨!"

陈恩德点点头,对着一堆水果自言自语:"来就来吧,还买东西。这孩子真是的……"

杨早在身后擦了擦自己湿答答的手,看着陈妈妈正瞪着大眼睛瞅着自己,陈妈妈说不出话来，眼睛却异常的亮，瞪得她心里发毛。

"阿姨！我是早儿啊！我来看你了！你认出我来了吗？"

陈妈妈眨巴了两下眼睛，心里还是明白的。杨早舒了口气，在她身边坐了下来，拽住了老人的手，眼泪在眼睛里打开了转："您说您这么好的人，怎么就遭了这种罪呢？阿姨，您别着急，也别伤心，以后我经常来陪你啊！"

陈妈妈眨巴了下眼睛。杨早擦擦眼泪，好像想起了什么，捏了捏陈妈妈的胳膊说："对了！我给您按摩吧！我最近新学了一种手法，很轻，做完了也很舒服！"

杨早掀起了陈妈妈的被子，开始细心地帮她按摩了起来，一边按还一边说："阿姨，您要是觉得不适啊，就冲我多眨几下眼睛，要是舒服呢，您就眨一下！"

陈妈妈，还真眨了一下眼睛。

又有人敲门，这回是春香。手里还拎着一个保温瓶。

老陈接过春香手里的保温瓶，不知道说什么是好："春香啊，你以后来就来，别再带东西了啊！"

"嗨！我一个老婆子整天在家没事儿干，给我老姐姐炖个汤也累不着。夏夏，赶紧拿个碗来。"

春香看见在给大姐按摩的杨早怔住了："哟，这姑娘是？"

杨早停下来，看着春香点头笑笑："阿姨，您好。我是陈曦的朋友！"

陈妈妈看见春香，眼睛突然使劲儿连贯地眨了起来，杨早看了看阿姨，以为她是哪儿不舒服，着急地问："姨，您哪儿不舒服吗？"

她用尽力气，摇了摇头，看了春香一眼。杨早大概是明白了她心里怎么想的，看了看春香，装作没事儿人一样地说："您这汤，是给我姨喝的吧？"

初恋进行时 / FIRST LOVE

"啊！对！"

杨早接过她手里的碗，客气了几句："还劳您送过来，您出去坐吧，我来喂我姨就行了！"

春香面露尴尬，点点头，走出卧室的时候，还总是回头张望里面的情况。无疑，杨早的突然出现，让她心里十分担忧，看这姑娘的打扮和做派，不是个善茬儿，和陈曦的关系肯定也不一般，自己费尽心思，不就是为了让陈曦做自己的女婿吗？

她觉得自己不能坐以待毙，省得到最后竹篮打水。

"哦！喜欢陈曦的！这孩子不错，进门儿就给她阿姨去按摩了！"

"是不错！可是我看这孩子这长相有点单薄。没福气！"

"你小点儿声！别让孩子听见。我们老陈家不信这个，只要陈曦喜欢就行。我们不参与！"

春香面不改色，淡定地揪了一颗葡萄吃。

闭了两天关，夏晴终于将稿子改到自己满意了。她怀着忐忑的心情，带着稿子去公司交差，不知道这次能不能过关？

恰巧今天有一拨剧组的人来跟公司谈本子，看到了两个二线明星，还有杨早！

杨早跟在那俩明星身后，跟另一个人谈笑风生的时候，夏晴正坐在休息室等霍霍。杨早笑嘻嘻地经过落地玻璃隔出的休息室时，两个女人的目光碰撞在了一起。杨早倒是很意外，夏晴也很惊奇，心想，简直就是冤家路窄，怎么在哪儿都能看见自己讨厌的人。

杨早显然一副春风得意的样子，理了理耳边的头发，冲她笑了笑，扭着屁股走掉了。

— 212 —

初恋进行时 / CHAPTER 12

夏晴白了她一眼，翘着二郎腿一副不服气的样子："能耐什么呀？跟着俩不怎么出名的明星后面，就以为自己是大腕儿了？"

霍霍拿着本子去让老总看了，这是最后裁定，假如这次老总还是不满意的话，那么就跟夏晴拜拜了，当然今后也不会再有合作的机会。假如这次他们觉得还行，就立即签约，马上启动项目。

杨早和几个人也进了办公室，夏晴看不明白，在休息室等了足足两个小时，这俩小时煎熬到让她心烦意乱。

她坐在椅子上，翘着二郎腿就差睡着了，霍霍抱着她的打印剧本，猛地打开休息室的门，夏晴吓醒了，端正了坐姿，紧张地盯着霍霍看。

"哟，你怎么睡着了？真行！"

他扭捏着在她面前坐下来，看他那冷漠的态度，她猜着这事儿十有八九黄了。谁知他将本子丢回她面前，不屑地说："谈谈条件吧！"

夏晴双眼放光，兴奋地从椅子上蹦了起来，笑得像个女疯子一样。霍霍扭着脑袋白了她一眼："至于吗……神经病吧！？"

杨早笑呵呵地和两个明星从休息室走过，夏晴这癫狂的样子，正被他们看到，其中一个明星笑着冲她点了点头，杨早捂着嘴忍俊不禁地差点儿笑出来。夏晴嘴角尴尬地微微上扬，从脸红到了脖子根。

从公司出来，夏晴突然想到，要找个人庆祝庆祝。又想着这段时间都没去看看陈妈妈，不如去看看。

她发现，现在她第一个，想到能和自己一起庆祝的，居然是陈曦。

她来到一家商店，帮陈妈妈精心挑选着可以吃的营养品，七七八八地挑了一大堆，拎上打车去了他们家。

她想，这会儿陈曦肯定不在家，自己上去看看陈妈妈，再给他打电话，约

- 213

他吃个饭。她拎着东西上楼，按门铃，看见清秀的夏夏："你肯定是陈曦请的小保姆吧？"

"您是？"

"我是来看伯母的。我是陈曦的朋友！"

夏夏躲开门口的位置，心想，陈曦怎么突然冒出这么多女朋友？夏晴进门，正看见陈曦拎着一块妈妈刚换下来的尿布从里屋出来。

陈曦看见她，眼神直打愣，她的突然到来，让他有点意外，"夏晴？你怎么来了？"

"我来看看阿姨。"

"哦！进来坐啊！"

突然，从阿姨的屋子传来了一个清脆女人的声音，"陈曦！你快点给我拿干尿布来呀！"

他回过神来，招呼夏晴："你坐！我先拿东西！"

夏晴好奇地朝着屋子里瞥了一眼，看见杨早正在给陈妈妈擦洗身子。杨早回头张望的时候，和夏晴的眼神碰撞在了一起。原本计划得好好的约会，今儿要被这个煞星给搅局了。夏晴努力克制住自己内心的不爽，淡定地转身要走，却一头撞上了刚买菜回来的陈恩德。

陈恩德看见夏晴要走的样子，赶紧将她拦下："干吗走啊闺女！快坐下，快坐下！"

"叔叔我突然想起我还有事儿！"

陈曦从卫生间冲出来，急忙解释着："夏晴，你别误会！"

"我误会什么呀！？我真是想起来，我有点事儿还需要处理。东西我放在客厅了，都是给阿姨买的营养品。"

"不行！你不能走！"

杨早走出来，一把拽过了陈曦手中的尿布，不屑地说："等着用呢！你倒磨蹭开了。"

夏晴见她这举动，更是哭笑不得。最后还是陈恩德，生拉硬拽，把夏晴拉到了客厅的沙发上坐了下来。

"你们这些年轻人的心思，真是让人捉摸不透！刚来了就要走！不是来看你阿姨了吗？"

说着他开始招呼卧室里面的杨早："杨早啊！来，坐下歇会儿！这孩子打进门，还没歇着呢！"

她这大方得没脸没皮，笑呵呵地从卧室走出来，坐在了沙发上。

"我不累，都是力所能及的。我多给阿姨按摩按摩，不也让她多点康复的希望。"

"对了！忘了给你们介绍了，这是……"

"夏晴！大才女！"

"哟，你们认识啊？"

杨早盯着夏晴说："能不认识啊！这么大的才女！"

夏晴坐在那儿，默不作声，对她眼皮都舍不得抬一下，浑身散发着一股高冷的气质，让老陈都觉得寒颤，也觉得这个夏晴，还真是目中无人。

陈曦在妈妈的卧室窝着，一点儿也不愿意走出来，他宁愿刚刚夏晴走掉了，顶多就是登门解释，现在的针锋相对，倒是让他难以收场。出去不知道该说什么，实在是尴尬，还不如在屋子里躲着。

陈曦盯着妈妈看，凑到她耳边小声地问："妈。夏晴和杨早，你喜欢哪个？"

陈妈妈心里明白，眼睛死死地盯着儿子，使劲眨巴了两下。

"两下？哦……杨早……可我不喜欢呀！"

- 215

气氛实在是尴尬，看着陈恩德跟杨早聊得热热乎乎的，陈曦又躲在屋里不出来，夏晴实在是坐不住了，站起来说："叔叔！我真有事儿！"

夏晴这样，实在让他看不过眼去，陈恩德这次没拦她，客气地说："你要是有事儿，就走吧！叔叔也不拦你了，有时间再来！"

"嗯！那我先走了叔叔！"

杨早站起来，非常客气地说："夏晴走啊？有时间过来玩儿。"这时陈曦才出来，眼神焦灼地看着她说："一会儿打电话！打电话说！"

"嗯……"夏晴点点头，走出了他们家的门。

江珊背着包，在街上飞速地走着，今天老师要讲很重要的内容，晚了怕是听不上了。最近江珊特别地勤奋，想着快把这门手艺学到手，好早点再把店开起来。

三路公交，等了半天也等不来，焦急中却等来了骑着摩托车去上班的李晓。

他捏紧了刹车停在了江珊面前，递给她一顶头盔："上来我送你！"

江珊梦寐以求的王子骑着哈雷摩托车去送自己上班，这也算是梦想成真了吧？她可不是什么矜持的女子，蹦蹦跶跶地就上了人家的摩托车。车子发动起来的时候，她甚至将自己的头偷偷地贴在了人家的背上。

这一幕，正被打车回家的夏晴看到，她转过头盯着那背影再三确认，这肯定是江珊。纠结了半天，她还是觉得那个骑摩托车的小子，可能不是什么好鸟，她要是因为自己进过局子，就破罐破摔了，那这辈子就毁了。

所以她要给江源打电话，对他做点提醒。

接到前妻的电话，江源很兴奋，没响两下就接了起来，第一句就是："宝贝儿想我啦？"

夏晴冷着脸，面无表情地说："你妹妹谈恋爱了，你这个当哥哥的知道吗？"

"什么意思？"

"我看见有个男的骑着摩托车拖着她，我没看清楚模样。我是想提醒你，江珊毕竟是个姑娘，你这个当哥的，得多上点心。"

"夏晴，看来你还是在乎我们的，你这个大嫂能这样对她，我领情。"

"我不用你领情，提醒你也完全是怕她再出事儿。"

"晴儿，就不能再给我次机会吗？你看我们兄妹俩过的，连个家都没有。你就当可怜我，给我次改过自新的机会！"

夏晴看着窗外，眼泪噙湿了眼眶，她想起陈曦和杨早，俨然一副夫妻的样子，她一直没接受江源，到底是为了什么？她说不清楚，但是她清楚，既然陈曦都能接受杨早，那自己为什么不能迈出一小步？毕竟，一日夫妻百日恩，再怎么说，自己和江源也是三年的夫妻。

"你晚上有空吗？"

"什、什么？"

"喊上江珊一起吃个饭吧⋯⋯"

江源喜出望外，连忙答应："好啊！好！"

"嗯⋯⋯那就这样，来我这儿，好久没在家里做饭了。"

"好、好！"

挂了电话，江源都要笑岔气儿了，他觉得自己的求和之路，已经步入了一个新的阶段。

路过家乐福，夏晴下车，准备晚上宴请的食材，自己在心里算算，到底多久没这样为了做一桌子菜来超市买东西了?

庆祝这种事情,自然不能少了姜文,她决定就这茬儿,将她和赵斌叫到一起吃个饭,磨合一下两个人的感情。

姜文计划再休整两天就去上班了,毕竟不能总是窝在娘家蹭吃蹭喝,要是自己决定离婚,更得想办法挣钱来养活自己。

夏晴给姜文打电话,让她晚点儿来自己的地盘吃饭,姜文还特意嘱咐:"别叫赵斌,要是那样我不去!"

"你想得美呢?我叫了江家兄妹!有开心的事儿,要跟你们分享!"

"哟,我这儿闹离婚,你难不成要复?这会儿你还来刺激我呀!"

"都说有开心的事儿了!一会儿早点来啊!"

"好啦好啦!挂了!"

姜文的心情,实在不怎么样,头一次没有八卦夏晴的私事儿。夏晴继续拨打了赵斌的手机……

夏晴家很久没有这么热闹过了,想想自己明天就要签约了,她就开心得要飞起来。厨房对于她来说,变得有点久违。她一边感叹,一边从橱子里翻出自己珍藏的红酒。

"今儿晚上必须喝点儿!"

江珊有点不情愿来,被哥哥硬拖着。她是觉得没脸,不想被那个苛刻的女人笑话。

江源拎着一大包给夏晴买的东西,其中一个袋子里,还有一件,他精心为她挑选的羊毛裙,花了他整整一个月的外教钱。

江珊埋怨他太过大方:"有这钱,省着给你自己买点什么不好?"

"她是你嫂子!"

"错!前嫂子!以后指不定是谁嫂子呢!"

"你这死丫头！你就不能念我点儿好吗!?"

都快到她家门口上，姜文和赵斌吵着从电梯里走了出来。

"她怎么还叫你了？要知道我就不来了！"

说着，她赌气要走，被赵斌拽住了："来都来了！别走了！"

"不是，这夏晴怎么回事儿啊？这是鸿门宴吗？"

"怎么？有我就是鸿门宴了？"赵斌揣着手，一副不屑的口吻。

……

夏晴隐约听见门口传来的争吵声，急忙关了炉子上的火去开门。

"哟，都来了？进来吧！"

江源在她耳边嘟哝着："你没说还有这两口子啊！"

夏晴使劲儿瞪了他一眼，他就不敢说话了。那两口子，是撕扯着进来的。

气氛有点尴尬，今儿来的这人，没有一个让姜文看着顺眼的，让她装腔作势地笑，她可做不到。她在心里把夏晴骂了一万遍，最终仍受不了这奇怪的气氛，拽着包起身要走，被赵斌一把拽住了。

"干吗去？人家夏晴做东，你好歹过去帮帮忙。"

姜文一扭身甩开他的手："你管我！?"

江源觉得这气氛真尴尬，赶忙打圆场："你们两口子别吵了，我和江珊去帮忙。咱们也好给彼此留点说话的空间。好像咱们几个也没什么好说的啊……"

"你们坐，我去帮她吧。"

姜文拦住了江源，气冲冲地钻进了厨房。夏晴正在炸鱼，一整条鲤鱼下锅，迸起许多油花。

"哟，你来帮我啦？递给我料酒！"

姜文在一堆调料中间，找到了料酒，递到她手里。

"你今儿这什么意思呀？成心恶心我是吧？怎么还叫了他啊？"

"别明知故问了你，你说我有何居心啊？你还真计划离啊？"

"我有计划，就得实施。我是行动派！"

"我呸！你这初恋小情人儿，舍得遗弃吗？你看看赵斌那副尿样儿，胡子拉碴的，差不多行了啊！"

姜文朝他瞥了一眼，发现，他瘦了。心里顿时又不是个滋味儿。

"亲爱的，你是我最好的朋友，我不能眼看着你往坑里走也不拽你一把。赵斌一没出轨二没家暴的，你干吗这么折磨人家。你能不能讲点人道主义！？"

"你怎么知道他没出？只是我没证据罢了。"

"你瞧瞧他那尿样儿，要是出了，他总得顾及点形象吧？就他那副穷倒了霉的样儿，有谁会喜欢？"

姜文没了话，陷入深思。

江珊兀地闯进来，结结巴巴地说："我来帮忙……"

……

几个女人在厨房忙活，两个男人在外面聊了起来。

"江老师，你这是要和夏晴复合吗？"赵斌皱着眉头，深深地吸了一口烟。

"我想啊，可夏晴她不愿意。我看你和文文好像……"

"嗯，吵架了。她正在跟我使性子呢。"

"两口子床头吵架床尾和，赵斌，我提醒你一句，千万别把你自己逼到我这份儿上。"

他看着他真诚的眼神，点点头，又深深地吸了口烟。

菜炒得差不多了，几个女人排着队端了出来，夏晴招呼着："洗手吃饭了大家，我一会儿有好消息宣布！"

几个人先后入座，像是参加什么重大的仪式那样，严肃又紧张。

夏晴完全是一副领导范儿，站在一边，起开那瓶珍藏的红酒，给大家逐个倒上。一桌子人，貌似只有她兴奋。

她咳了两声，故意制造出神秘感。

江源有点坐不住了，端着高脚杯站起来，逐个碰杯："不管今儿是个什么大喜的日子，我都开心，因为夏晴，终于对我敞开心扉了！"

她冲他伸手，示意他住嘴，她明明不是这个意思，只是恰巧她今儿心情好罢了。

"我的确有开心的事儿，这件事儿关乎着我今后要走的路！从今天开始。不，从明天开始，姐就正式成为一名编剧啦！"

只有她和江源兴奋，大家同时举起杯碰杯的样子，绝对是敷衍。

"哟，你们不为我高兴啊？"

"那你和我哥复婚吗？"江珊眨巴着眼睛盯着前任嫂子，咄咄逼人。

"江珊，你怎么还问这种无聊的问题？"

"那你今儿喊我们来的目的，不是因为你放下了内心对我哥的戒备吗？"

"你错！我对你哥没戒备。我为什么要戒备他？"

"那你不跟我哥复婚！"

"一码归一码。"

赵斌觉得夏晴用心良苦，还是站起来端着杯子祝贺，顺带拉了一下坐在一边的姜文，姜文拧巴了一下，没有动。

赵斌没理她，跟夏晴碰了碰杯："太棒了，我们的大作家，都成了大编剧了啊！"

夏晴朝姜文抬了抬下巴说："你们两口子一起来祝福我呗！"

"谁跟他两口子啊？"

"就是，她不肯就算了。夏晴，咱俩喝一个。"

夏晴和他碰了碰杯，杯子还没送到嘴边，姜文就又朝老公的胸口补了一刀："都说离婚了，你还不肯。现在跟这儿假惺惺的。"

"姜文，你说什么呢！"

赵斌迟疑了一会儿，将杯子里的酒一饮而尽。

"夏晴，有白酒吗？"

坐在一边闷闷不乐的江源也问："就是，整点儿白的。喝这个，没劲！"

夏晴见俩男的有这要求，也不好推辞。转身，进书房去拿自己私藏的存货。

江源拿着酒端详着："这不是我存的酒吗？哎，酒还在，人的心却不在了。"

"别那么多废话，喝不喝！"

"喝啊，老爷们儿就得整点儿白的。你们几个女的还喝红酒吧！"

"别啊，要喝都喝白的。"

姜文盯着夏晴，那眼神，分明是在寻求意见。夏晴看了看江珊，她拍着胸脯说："我没问题啊！"

"那就都喝白的。"

江源打开酒瓶，给大家都倒上，姜文举着杯子站起来，跟夏晴碰了碰杯："亲爱的！祝贺你！我真心替你高兴！"

说罢，一仰头将杯子里的酒全喝进了肚子里。

夏晴知道她心里苦闷，她这一杯下肚，看得赵斌心惊肉跳，他想劝她少喝点儿，自己内心深处的想法，又唆使他不要这么做，假如他真的爱她，就远离她。

江源绝对就是起哄，也端着杯子站起来，想了半天，也没说上什么来。因

初恋进行时 / CHAPTER 12

为他觉得貌似自己说什么，夏晴也不喜欢。既然不喜欢，那就喝吧，也一仰头灌了一杯下去。

"得！今儿这是给我自己设的鸿门宴，看来大家都有心事啊！"

桌上没有一点庆祝的气氛，反而笼罩着一层郁闷。江珊实在没什么要说的，喝一口小酒吃一口小菜，想着李晓骑摩托车的样子真帅。

夏晴看了她一眼，阴阳怪气地说："哪个少女都怀春，但是得分跟什么人。你也老大不小的了，学个能养活自己的本事，也该找个靠谱的男人嫁了。"

这倒给江源提了醒："对了，你是不是处对象了？"

她一脸茫然地看着哥哥回答："没有啊！谁说的？"

"你嫂子！"

夏晴气得捂着脑门儿，不敢看江珊，这个江源的智商，还真不适合当大学老师，自己只是好心，现在又要办坏事儿了。肯定又被这个疯疯癫癫的江珊，说自己是大嘴巴，多管闲事儿。

"我说嫂子，你怎么给我造谣呢？"

"没有，我没说！以后别管我喊嫂子，我不是！"

"那不就得了，夏晴，你干吗呀这是？我知道你瞧不起我，但你也不至于给我造谣吧！？"

"江珊，注意你的措辞！她是你嫂子！"江源大吼。

"我不是！"夏晴高喊着再次强调。

这头，赵斌在姜文耳边窃窃私语着："你最近怎么样啊？身体恢复了吗？"

姜文冷冷地回道："什么时候去办手续？"

"嘿，你这人，我问你身体怎么样？你跟我抬杠是吧？"

"我身体怎么样，轮得着你问吗？我问你咱俩什么时候去办手续，看见他俩了吧？他俩就是咱俩的后半生！"

- 223

"成！那你说个日子吧！"

……

好好的一桌庆功宴，硬是吃出了火药的味道，两个家庭两拨人各顾各地吵着。谁也没有想停下这场嘴架的意思。

幸亏，这时候门铃响了。

夏晴端着个酒杯去开门，红白酒两杯下肚，已经醉了，走路都开始摇晃。她打开门，没好气地喊着："谁呀？"

看见陈曦拎着一个蛋糕，站在门口，正用一种莫名其妙的眼神盯着自己。夏晴冷笑一下，身子倚在门框上说："你怎么来了？你那个神经病女朋友呢？"

陈曦拎着蛋糕往屋子里走，看见眼前这副热闹的景象，心里明白面子上尴尬。他把蛋糕放在了桌上，转身，轻轻地说了句："打扰了啊，我路过蛋糕店，给你买了个草莓蛋糕。你们这是在搞家庭聚会啊？"

她耸耸肩，挑挑眉毛："你不是看见了？"

"哦……那我走了啊！"

"不送……"

夏晴今儿看见杨早在他们家那反客为主的样子，心里就有一股恶心在胸口乱蹿着。看见他，自然也没好气。陈曦摆明是来解释的，可这次解释不成，却恰巧碰见人家两家人聚会，弄得自己灰头土脸的，真是没意思。

他慢慢地走着，进电梯之前，还在一遍遍问自己：陈曦，你是不是个男人？你喜不喜欢人家？吃一次饭，代表不了什么啊？你要是个男人的话，就去追啊！

他像打了鸡血一样，此刻如许文强上身，转身，又去敲夏晴的门。

夏晴再打开门，他先发制人来了句："我也还饿着呢，要不，在你这儿对付口得了！大家又都认识，没什么不好意思的。"

没等夏晴反应过来,他就已经破门而入,坐在了酒桌上。

夏晴借着身上一股无名火,借着酒劲儿爆发了出来:"你这人,没脸没皮的,我邀请你了吗?"

"没邀请啊,我这不是不请自来了吗?"

久坐在一边的江源,好不容易和劲敌狭路相逢,怎么也不能放过这次展示自己魅力的机会,到厨房拿了个空杯子,放到陈曦手边:"晴儿,别闹。来者是客,我早就想当面谢谢陈曦了,这不正是个机会!"

赵斌在一旁打圆场:"就是,你这作家说话真没水准!三个老爷们儿喝,正够劲儿!来,倒上,咱们边喝边聊!"

"倒上!"

……

男人喝嗨的速度,绝对比女人快,几个男人你一杯我一杯地,很快就进入了状态。江源端着杯子跟陈曦碰了碰,支支吾吾地说:"你不行,你就是个土包子,用现在的话说,就是土豪。我们夏晴喜欢有内涵的……"

"哼……你是挺有内涵的。我土吗?赵斌,你说我土吗?"

"你不土。我土!我不会哄女人开心,我做不到让媳妇儿满意,我,我还不是个男人……"

说到伤心处,赵斌居然还带了哭腔。

几个女人也自顾自地喝着,坐成一排,你碰我的杯我碰你的杯。姜文还忧伤地唱起了歌:"你是我的小呀小苹果,因为爱情,从不轻易悲伤……"

江珊也嗨了,站起来,挥动着胳膊给她伴舞。江源挤着眼睛盯着妹妹直夸:"好!我妹妹这舞姿,真优美……"

坐在一边的夏晴虽然喝了不少,手脚不听使唤,但是心里明白。把自己翻来覆去地骂了一万遍:夏晴啊夏晴,你办的这叫什么事儿,太丢人了……

她不单是喝醉了，更被这帮酒后忘形的人看醉了……

大家都喝多了，有趴在桌子上睡着的，还有躺在沙发上捻着头发碎碎念的。陈曦索性一头扎进了夏晴的被子，蒙头大睡。唯有她还算保持着内心的清醒，摇摇晃晃地一边收拾战场一边往外撵人。

"你们这帮人，你们吃我的喝我的就算了，还要霸占我的窝儿！你们走不走啊？赶紧走！"

江源趴在桌子上，打了个酒嗝说："我们都喝这样了，怎么走啊？你告诉我们，我们怎么走!？"

"也对啊……那成，你们别走了。"

夏晴开始在一堆衣服里面扒拉自己的衣服，找了一件不知道是什么的衣服穿上就往外走。

陈曦侧着脸看见她拎着包摇摇晃晃地出了门，费了好大的力气才站起来，他跟着她出了门，上了电梯，一路尾随着。进了电梯的门，他就一把将夏晴按到了角落，狠狠地吻了下去……

夏晴挣扎了一会儿，很快就被他的温柔融化了。电梯门开了，他们就再按下去……

初恋进行时 / CHAPTER 13

♥ CHAPTER 13
第 十 三 章

　　夏晴去公司签约，公司说计划把她这个改编成网络剧，一集一拍，要看上映的反映，反映好的话，会让她接着写，反映不好，这个项目还有可能流掉。还有一个要求，就是要让夏晴加一个联合编剧，并且是他们指定的人选。

　　夏晴不明白为什么自己的点子和创意，要让别人坐享其成？而且他们的条件如此苛刻，可是如果她答应了，就是给了自己一个机会。

　　为了钱和前途，夏晴只能忍，联合就联合。但是对方却说，那个人是杨早。夏晴一下子就火冒三丈了，甩了脸子，站起来大吼大叫着："你们爱签不签，我不签了。太过分了简直！"

　　霍霍见她真急了，赶紧安慰着："亲爱的，别着急呀！"

　　"有你们这么欺负人的吗？我告诉你们，你们签不签，我都不会答应了。我绝对不能忍受别人来享受我的劳动成果！而且，你们这给的什么条件啊？我凭什么要答应？"

　　霍霍拍拍她的肩膀安慰着："你等着，我再去请示请示。"

- 227

等了一会儿，霍霍从老总办公室出来了，嘬着嘴巴说："真服了你了，你个女人家，这么厉害干吗！算你能，联合的事儿，就算了。"

夏晴心里咯噔咯噔的，自己总算没白闹一场，还真有点儿怕他们不签了。霍霍将合同推到她的怀里："看看吧。"

夏晴故意掩饰住自己内心的兴奋，淡定地看着合同上的每一字每一句。看了几十分钟，她觉得没什么问题，运笔如飞地在上面签下了自己的名字。

这事儿，成了。夏晴拿着合同从公司出来，笑疯了。

跟夏晴比，陈曦就显得没那么轻松，转型计划面临着失败，没有人愿意注入大量的资金来投资他的生意。

眼看整天入不敷出，陈曦就愁得睡不着吃不好。

一切似乎都挺顺利，夏晴坐在电脑桌前，想起了和陈曦激吻的场景。心里生出一丝如蜜糖一般的甜蜜。

假如自己没记错的话，他现在正在危机期。这个危机，黑木可以帮他渡过。

她拿着手机，再三犹豫，还是决定约黑木出来谈谈。

黑木的确不太会打扮自己，穿得不伦不类地来赴约，惹得咖啡厅里一片人取笑的目光。

夏晴捂着脑袋，生怕被哪个熟人碰见，以为自己在跟一个疯子约会。

黑木在她身边坐了下来，夏晴刚要开口说话，他就说："晴！别说话，先让我给你变个小魔术行吗？"

"嗯……什么魔术？"

说着，他从怀里掏出了一朵红玫瑰，递到她的面前："才女配鲜花！"

她接过那花，敷衍地笑了笑："谢谢啊！我今儿喊你出来，有个事儿。"

"什么事儿,你尽管说。只要在我能力范围内的,我保准能帮你!是不是缺钱?缺多少?立马兑现!"

"黑总,您误会了。今儿我不是为我。"

"那你是?"

"我是为陈曦。他上次不是给你看了个投资项目吗?你看看,你们都认识,你对他又知根知底的,能不能帮帮他?"

他若有所思地想了想:"晴,你为什么这么帮他?你怎么知道,我会帮他呢?"

"我不知道你会不会帮他,我仔细研究了一下陈曦说的这个项目,觉得挺有发展前景。干往里面扔钱的事儿,我不会让您去做的。我觉得这事儿肯定能火起来,您可以仔细研究一下,我只是建议你们合作一下,不是强求您去为他投资。"

"你这话我就听不明白了。"

"您明白,您是个做大生意的,知道哪个钱好赚哪个钱不好赚。这么有发展前途的一个项目,你就舍得放弃吗?"

夏晴将陈曦的彩页推到他的手边,他看了一眼,将彩页放进了自己的公文包里:"我回去再研究研究。"

她笑靥如花地点点头,捋了捋耳边的头发,抿了口咖啡。黑木焦灼地看着手机,她还好奇地问他:"你是不是有事儿啊?有事儿就去忙吧!"

"我约了两个人,他们应该马上就到了。"

"哟?你还约了别人啊,那我走吧,别耽误你们聊正事儿。"

"别、别走!这俩人你也认识!"

"我也认识?"

就在夏晴纳闷的时候,爸妈走进了咖啡厅,并很快找到了他俩,笑呵呵地跑到夏晴面前:"闺女!"

"妈?你怎么来了?爸,你也来啦?你们这是干吗呀?"

"小黑给我们打电话,说你约了他喝咖啡,他是想就着这难得的机会,咱们一家人凑在一起聚聚。"

她咂舌地拿食指围着这几个人绕了一圈儿:"咱们,一家人!?"

"对啊!咱们一家人!"

"晴啊,小黑人不错。我和你妈把你交给他,放心!"站在一边的夏春江说。

夏晴盯着黑木要说法:"黑总,这到底是怎么回事儿?你怎么能在不经过我允许的情况下,就私自邀约我的父母呢?"

"我没别的意思呀!我是想带叔叔阿姨一起吃个饭。咱俩也要吃饭的嘛。"

"可我只说要和你喝咖啡。没说要吃饭啊!要吃啊,你们一起吃吧。我家里还一堆东西要写呢!"

夏晴最了解爸妈了,一辈子就爱和有钱有权的人打交道,虽然他们并没有成为真正的有钱人,但是他们却把自己的女儿当做筹码,希望她们能嫁给有钱人。好在妹妹幸运,找到了一个有钱自己又爱的人,当初她和江源的婚姻,完全是因为江源大学老师的名头说出去好听,爸妈才没有反对。这个土鳖黑木,她根本就瞧不上。不知道他俩跟这儿瞎搅和什么。

陈美美见女儿这么执拗,恨不得把房子都掀起来的节奏:"你这个死丫头,怎么这么不给人面子呢!?"

"妈,你知道我什么脾气的!我家里真的有活儿!"

"那你也得吃完了饭再回去写!"

夏晴瞪着俩大眼睛,郑重其事地跟他们说:"我现在要回去写字!谁敢拦我试试!?"

夏春江知道大女儿的脾气，天不怕地不怕，恨不得把天捅个窟窿的主儿，实在不敢惹毛了她。

"美美，既然女儿不愿意，那咱们还是回去吧。"

"别啊！叔叔阿姨！我今儿主要请的是你们，你们要是走了，显得我多失礼啊！这样吧，夏晴不是有事儿吗？让她去忙，咱们三个一起吃饭！"

她简直不能理解这个土鳖的逆向思维，看来他是觉得搞不定自己，搞定她的父母也可以，但是他完全低估了自己的功力，她夏晴瞧不上的东西，谁说都没用。既然他想折腾，那就折腾去吧。

她完全不顾爸妈的感受，将他们三个人甩在了咖啡馆里回家写稿子去了。夏家夫妻尴尬得不行，男人毕竟还是要点面子的。夏春江觉得女儿是真瞧不上这黑木，虽然他想女儿能嫁得好，但他也知道强扭的瓜不甜，要是她不愿意，天王老子愿意也不行。夏爸拒绝了黑木的一再要求，不想跟他们去吃饭，背着手黑着脸说："回家吃面条吧！"

夏妈妈却坚持要和黑木去吃饭，夏爸爸见她这么固执一下子火冒三丈了："你俩去吃吧！我回家吃面条！"说完，扭头走出了他们的视线。

黑木冲着夏妈妈嘿嘿笑着："您看这事儿弄得！"

"没事儿！他们都不去！我去！"

"啊？"

……

找了几天工作，陈晨还是被拒绝到内心伤痕累累。本来觉得自己一身本事的他，这次彻底被打击了。

他茫然地坐在马路牙子上反省着，也许家人没有错，一直错的，是他。可他就会电工和电脑维修，如今这不是缺工时期，想要找个工作，还真的挺难的。

　　他愁得点起了烟，一口接一口地抽着，他觉得自己不能再让爸妈失望了，家里出了这么大的事儿，还不全是拜他所赐。

　　趁着哥哥还没对他完全失望，他觉得自己该学门手艺创业。

　　这时候，在他面前走过两个年轻靓丽的姑娘，其中一个伸着手指头跟另一个显摆着："看我这指甲不难看吧？做这一套一百多块呢！"

　　"这么贵，你真舍得！"

　　……

　　这姑娘倒是给他提了醒，如今这形形色色的手艺这么多，只是能紧随潮流又赚钱的项目还都得是赚女人的，他觉得自己外形不错，风流倜傥，仅靠外貌，也能垄断一大批女顾客吧？

　　做一套花里胡哨的指甲就要一百多块。他觉得这无不是一个把妹发财的好手艺，想着整天能摸美女的手，他心里就乐开了花。

　　他在大街上寻寻觅觅，打听了半天，终于找到了一家招收学员的美甲店。他跟店里的老板咨询着，并且很快达成了一致，三千块的学费，包教包会。

　　老板提醒了他几句："我们这边男学员特别少，一般学这个的都是小姑娘，你得有耐性和耐心，半途而废的话，这学费我们可不退！"

　　"放心吧！我能学好！"

　　"那就好！明天你来吧，你得自己掏钱买一套美甲套装。这个我们是不包的！"

　　"成！"

　　陈晨心里正在为自己寻摸到了好的项目高兴，转过头去就撞见了背着包包来学习的江珊。俩人四目相望对视了一番，惊讶地看了彼此几秒，江珊才反应过来，他刚想开口说话，她像只撒了欢的兔子，转身就跑，他就跟在后面一直追。

跑了几百米出去，江珊实在是跑不动了，蹲在路边气喘吁吁，等待他对自己的爆发。陈晨追了上来，喘着粗气拍了下她的肩膀问："你跑什么呀？"

"我不跑，你又得问我要十万块钱。大哥，那事儿是我办得不对，但我也是受害者啊！您看在我现在也已经身败名裂的份儿上，放过我吧！"

江珊这几乎哀求的语气，倒是把他逗乐了。

"神经病吧你？谁说我要管你要钱了！？这事儿我早就想通了，不怪你。怪就怪我没常识呗！"

"啊？那你还追着我跑了这么远？你不会是想劫色吧？告诉你啊，劫色，也甭想！"

"你是花痴吧？我劫色劫你这样的啊？"

"我这样的怎么了？"

她不服气地昂着头叫嚣着。

"对了，你，也在那家学美甲呢？"

"是啊，干吗？"

他冷着脸笑了笑，觉得还真是不是冤家不聚头："以后咱们就是同学了！你是我学姐！握个手吧？"

他伸出手，首先表现友好。

江珊摸不着头脑，觉得这小子脑袋肯定有病，理都没理他就走了，她还时不时地回头张望一下，怕他再追上来。

"这女的有病吧？还挺拽的！"

陈晨冷笑，吹着口哨走掉了。

陈美美一路哼着小曲儿回到家，一进门就被老公质问："你这个势利眼儿，果真跟着人家小黑去了？"

陈美美把头一昂，撇着嘴角："你们都不去，我再不去的话，你让人家小黑怎么下得来台!？"

"你说你算个什么东西!？难道你看不出来，夏晴看不上他吗？强扭的瓜不甜，你硬把他俩往一块撮合，将来还不是得散？"

"可你知道这个黑木多有钱吗？今儿他不单请我吃了饭，还带着我去参观了他的养殖场。那么大的养殖基地，那么多工人……你说夏晴为什么离婚？"

"为什么你不知道啊，江源在外面搞下三滥的事！"

"所以啊！这个黑木，这么瞧得上咱们姑娘，你想想，他要是能把咱姑娘追到手，他还不得乐死？他还有心思出去下三滥啊？这黑木长得也让人放心，还有钱。你说，还有什么可挑剔的？"

"但是他俩之间没有爱！"

"她和江源有爱！还不是看不住他？"

夏春江其实在心里，还是希望女儿能找个有钱人，也不排斥这个黑木。但他知道夏晴这个倔脾气，又觉得老婆分析得也有道理，女人这一辈子不就图个生活安稳、丈夫听话吗？瞧瞧自己，一辈子都守在办公室里做小职员，挣着有数的工资，美美整天在他耳根子底下唠叨自己没本事。

想想他活得也窝囊，也的确羡慕那些有本事的男人，夏春江觉得男人的本事都是先天带来的，也经常羡慕那些有魄力的男人，可他，庸庸碌碌了一辈子，也没有被老婆毒舌逼出本事来。

"你说得有道理，但是夏晴不愿意，我有什么办法？"

"你没办法！我有办法有啊！我们就让她愿意不就得了！"

"你可别犯浑啊！"

"你就别管了。"

初恋进行时 / CHAPTER 13

她掐着腰神气地眨巴着眼笑了笑,夏春江真怕她做出什么过分的事儿来。

黑木翻来覆去,将陈曦的彩页看了好几遍,觉得他这项目可能真的有开发的价值。如今人们钱越赚越多,越来越注重自己闲适时的生活质量,要是搞这么一个生态旅游园的话,没准真的能获得收益。他越来越觉得,这是上天给了他一次机会,既能拿到好的投资项目,还能送夏晴一个顺水人情,何乐而不为?

他决定要去他的农场实地考察一番。

夏晴将自己关在家里赶剧本,霍霍在微信上轰炸她,让她快点儿将第一集交上来,要是可以的话,就要马上投拍。

她一面啃着饼干,一边骂骂咧咧地抱怨着:"妈的,我脑袋是被门挤了吗?这么苛刻的条件,居然真的签了!整天被一个娘炮催稿子,简直要疯了!"

自从那天酒后索吻之后,陈曦就上瘾了。一直想找个机会,问问她,他俩到底是什么关系?都说酒后吐真言,那他相信,酒后接吻,肯定也不是闹着玩儿的。

他在夏晴家门口徘徊了半天,犹豫着到底要不要去敲门,他知道她这阵忙,又是个火爆脾气,要是自己打扰到她,肯定又会找一顿不自在了吧?

不过他心里痒,今儿非得跟她要个说法,好不好,全听她一句话。

最终还是鼓足了勇气,去敲了她家的门。敲了半天,也没见有人来开门。他这次算是撞到枪口上了,不知道夏晴正被霍霍追本子追得就差跳楼了。

"肯定是有事出去了吧?"

他正碎碎念着,正准备走人,门兀地就开了。夏晴完全一副陷入窘境的落魄样子,顶着俩大黑眼圈儿,犀利地盯着他,让他汗毛都竖起来了。

- 235

"干吗?"

"没、没事儿,路过!"

她将门敞开:"进来!"

"啊?让我进去啊?"

"你不进来来干吗?"

陈曦红了脸,进门,轻轻把门带上。再转身,看见她一片狼藉的屋子,很是惊讶。

"哟?你这真如战场一样啊!?几天没收拾了?"

"自从你们走了之后。"

提起那天,接吻的画面就从他脑中闪现,恨不能再来几次才过瘾。可他又不敢贸然行动,怕她心里不痛快,误伤自己是小,彻底把他打入十八层地狱是大。他挽起袖子,拿了拖把和抹布,细心地帮她打扫起来。

"你写你的,我不打扰你,我干活动静小。"

"那你小点儿声啊!"

"嗯!"

家里闯进一个男人给自己打扫房间,夏晴看似平静地在写东西,可心里却翻起了惊涛骇浪,她时不时朝细心干活的陈曦瞥一眼,心里感觉甜甜的。这样的暖男,还真是让她心里小鹿乱撞。

她再也写不下去了,站起来,嗯嗯啊啊地跑到厨房冲了两杯茶,她知道陈曦爱喝茶,茶叶是上次她路过茶铺的时候,特意买了二两回来,这下,还真派上用场了。

她端着托盘走到客厅,将托盘放在茶几上。

"你今儿不忙啊?"

"啊,我还能有什么忙的。枣树都坏了,资金链短缺,没人肯投资。"

夏晴顺势坐在沙发上，喝了口茶水，转着眼珠说："也许，很快就有人给你投资吧？别灰心！不过，你就没有什么打算吗？"

"有啊！我反正拿不出那么多钱，实在不行，等暖和了就把枣树再栽起来。从头再来呗！"

陈曦觉得手机在震动，从口袋里掏了出来，看着手机屏幕瞥了夏晴一眼："黑木？"

"哦……接啊！"

"我不接，他是我的情敌！没准又要在我这儿套取你的信息呢！"

"也许是好事儿呢!？接！"

夏晴睁大眼睛瞪着他，逼着他把电话接了起来。没想到，的确是意外的惊喜。

"什么？你说要去我那实地考察一下？你想给我投资？哦……好，好，我马上就到……"

挂了电话，陈曦就纳闷儿了，开始他明明拒绝了自己的，怎么突然又找上门来投资？他想着黑木喜欢夏晴，觉得自己不该这么草率地答应他，这样在自己心爱的女人面前，也太栽面儿了。

他装作若无其事地继续给她拖地，夏晴也憋得住，知道他碍着面子，跟这儿装呢。她继续坐回电脑前写字，没过几分钟，他就绷不住了，追着问她："你说，这样好吗？"

"反正我又看不上他，你是对自己没信心，还是对我没信心？"

陈曦撂下手里的拖把，挥舞着胳膊说："我去趟吧，老黑这人不错！"

"去！"

他飞快走到门口，换鞋。夏晴挪动身子，送他。他走到门口还特意摸到了她门框上的钥匙，放到自己的口袋里。

夏晴不解地问："你拿我钥匙干吗？"

"防止江家人闯入。这样安全！"

"那我万一没带钥匙呢！"

"打电话！随叫随到！"

夏晴抿着嘴笑了笑："赶紧去！"

陈曦壮了壮胆，在她脸上亲了一口，傻呵呵地跑掉了。

陈曦驱车赶往农场的路上，一次次问自己，这是恋爱了吗？

夏晴在不该相信爱情的年纪被强吻了，好像回到了二十岁，只是多了一份理智。她开始分析陈曦，觉得他各方面好像也挺不错的，既然自己不想再和江源有什么纠缠，那他就是最好的选择，她想彻底摆脱一段孽缘，就要尽快进入恋爱的状态。

可是，她烦透了婚姻，多么美好的爱恋，一旦投入婚姻，都会变得不堪一击，光恋爱不结婚，不知道他能不能接受？

他看见园子里停着老黑的车，他正在坏掉的那片枣树林里转悠勘察地形。他决定躲在暗处观察一会儿。

老美带着他在园子里转悠着，跟他聊老板的设想，假如这一片成了旅游生态园，那钱可就赚大发了。

陈曦不能不夸老美嘴上那功夫，简直就是受到了自己的真传，愣是把老黑说得一愣一愣的。

他觉得是时候出场了，不紧不慢地喊着老黑的名字朝他走过去："黑哥！你早到了啊？你看我刚去找了几个老板谈投资的事儿，怠慢了你，不好意思啊！"

他紧紧地抓住了陈曦的手，显得非常激动："老弟这说的什么话？投资的事儿，谈得如何？"

"不怎么样，他们都还在犹豫，没眼光！不过有一个张老板，对我的项目很感兴趣，说明天来实地考察一下！"

"哪个张老板？"

"啊……这个人你不认识，跨领域、跨领域的！"

"哦……明白！我今儿来，不也是考察吗？要不，咱们哥俩屋里谈谈？"

"成……"

陈曦就农场转型的未来设想侃侃而谈，老黑听得很入迷，投资这个东西，只要他认定能赚钱，就肯定会想方设法地投入进去的。

老黑听得入了迷，陈曦讲完了，他愣是直了眼。

"黑哥，怎么样？"

"啊？"

"我说，你觉得我这个规划怎么样？"

"不错！还行吧！你前期需要多少资金啊？"

"我手里有些，但是运作起来的话，还得需要一百多万吧！还不算后期的投入！黑哥，你有想法吗？"

"这我得回去考虑一下，这样吧，你等我话！"

"行！"

春香又登门来打探"险情"，惹得躺在床上的那位一通白眼儿。

都说瘫子心如明镜，此刻，陈妈妈的心里就跟明镜似的，就是自己不能动弹，要是能起来，恨不得跟她理论理论，她到底和丈夫是什么关系？

春香却全然不知，她的入侵已经给这家的女主人带来了危机感。

杨早最近每天都要去陈家看阿姨，每次去还都带各种日用品和吃的，俨然一副将自己当成女主人的样子。

陈恩德在心里认定了这个儿媳妇，觉得这姑娘虽然絮絮叨叨，却勤奋能干，对自己儿子又好，应该是儿媳妇的第一人选。

这不，她又拎着一袋子水果和一袋卫生纸登门了，一进门就往卫生间奔："我昨天走的时候，看见家里没有卫生纸了，就顺便带了一提过来。"

春香和老陈交头接耳着："这姑娘，你看得上吗？都把自己当女主人了？这也太实在了吧？"

"我喜不喜欢没用，反正我觉得我儿子对她兴趣不大。我吧，倒是觉得不错，是过日子那一套！"

"我觉得不合适，你看她瘦的，能干什么力气活儿啊？"

"这叫精壮！这姑娘力气大着呢，我见识过，四十斤的面粉，拎着就往楼上走。"

"去，难不成你还真相中了？"

陈恩德觉得这事儿不对，她春香整天惦记着自己选儿媳妇的事儿干吗呢？

"不是，我说你，你整天跟我叨叨这个那个的，好像我们家陈曦说什么样的姑娘，你都觉得不合适？你想干吗呀!?"

"我不想干吗呀，就是给你点建议。"

"我觉得你不对劲儿，有什么话，你就直说。"

杨早帮着夏夏收拾好了陈妈妈用的一些东西，走到门口换鞋说："叔叔，我今儿还有点事儿。就不多留了！得去片场看看！"

"去，去吧！"

"那我先走了啊，等回头再来看你们！春香阿姨，你坐啊！"

春香尴尬地笑着点了点头。

陈恩德站起来送了她两步嘱咐着："再来千万别再买东西了！让陈曦知道

了,会埋怨我的!"

"叔叔,您别管了!进去吧!"

陈恩德觉得这杨早真不错,舍得在陈曦身上投入这么大的精力和心思,连卫生纸都帮着买,想必儿子和她发展得不错。心里自然也没拿她当外人,如今这陈家不比从前了,家里多了这么个病人,人家姑娘不嫌弃,已经是难能可贵。

杨早走了,他面带笑意地坐回沙发,春香绷着脸说:"这么跟你说吧,我相中了你们家陈曦了!"

他惊讶地长大了嘴巴问:"啥?你!?"

"嗨!我说让陈曦给我当女婿!我不是捡了个孩子嘛?叫超超!我想让陈曦跟我们超超谈谈!"

"可是……杨早再不济,也是个在剧组混的啊!"

"你那意思,我们配不上陈曦?这剧组的活儿,听着好听,其实就是打杂!开超市听着辛苦,但实际上是土豪。每天进出账那么多钱,哎,你还不知道我们家那超市的规模吧?"

"什么规模?"

"我那超市不小,而且有两家。实话跟你说吧,我就是看着陈曦这孩子品质好,而且又是你的孩子,我不想我这产业落到别人的手里。我这一辈子,也没留下个一男半女的,要是死了,钱真的就成了别人的了。但是陈曦不一样啊,陈曦虽然也有钱,但是如果娶了我们超超,不是更如虎添翼吗?将来两口子的钱放到一起,去干更大的事业去!"

陈恩德觉得春香这几句话糙理不糙,虽然嘴上不服,但是心里还是想见识见识她们家那超市的规模,春香就着将线抛了出来,"走啊?你跟我去看看我们家的超市!"

"现在?"

"啊,老姐姐有夏夏在呢,你还不放心?"

"不好吧?"

"你这个老古板,我又没让你现在就答应!再说,你答应了,陈曦不愿意也不行啊!走,跟我去看看!"

她强拉硬拽着老陈非让他跟自己去看看,老陈就半推半就地去了,临走的时候,看了躺在床上的老婆一眼,并嘱咐夏夏:"看好了你阿姨啊,我跟你春香姨出去下!"

夏夏端着一碗参汤,正准备去喂她,随口应了声:"哎!您去吧!"

陈妈妈躺在床上,急得直咬牙。看着陈恩德跟着那个打扮得花枝招展的老太婆走了,她说不出来,但却在心里告诉自己,一定要好起来,不能让别的女人钻了空子。她跟着老陈熬了一辈子,不能老了老了,落这么个下场。

夏夏端着一碗汤在她面前坐下来,"阿姨,喝吧。"

她使劲眨巴了两下眼睛,一口一口地把汤咽了下去。她在心里告诉自己,一定得赶快好起来。

春香带着老陈来到了自己家的大卖场,这个超市还真不小,各种商品一应俱全,很是气派。打老远,她就看见超超在那边嘱咐售货员赶紧调换不新鲜的货物。看见妈妈来了,还带着个老头,超超笑着小跑过来。

"妈!这位是?"

"这是你陈叔!"

"陈叔你好!"

陈恩德仔细打量这姑娘,清清秀秀,长了一双会说话的大眼睛,一身黑白西装,一点儿也不像个售货员。

"这、这是?"

"这就是我那女儿！这，就是我那超市！"

"哦……"

反正陈恩德是看呆了，他围着她们家的超市转了几圈儿，真是被惊到了。要是陈曦真能和这姑娘成了，真的像春香说的那样，就如虎添翼了。

陈曦觉得这投资的事儿，十拿八稳了，老黑的秉性他了解，是个钱狼子，什么钱都想赚。要是被他认定的事儿，他还就非得掺和一把。他回想刚才夏晴看自己接老黑那电话的态度，那副淡定和先知的样儿，好像知道老黑要来考察一样。

莫非是她从中撮合了？老黑喜欢夏晴，夏晴为了自己的事儿去求他，这也不是没可能。陈曦分析得头头是道，又兴奋又悲伤，但终是兴奋大于悲伤，他想，自己应该买上两个小菜儿，去夏晴那儿打探清楚。

他拎着两盒披萨和一袋炸鸡啤酒驱车赶往夏晴家，还没把车停稳，就看见江源手里也拎着东西上了楼，他将车停好，跟在他后面小心观察着。江源上了电梯，陈曦就走楼梯，为的就是不让他发现自己尾随，就此观察一下夏晴对他的态度。

爬上了楼，他就听见他们俩在交谈，夏晴接过了他手里的东西，不让他进门。

"你走吧，我这儿不方便。"

"怎么就不方便了？门框上的钥匙呢？"

"丢了！"

"是你故意藏起来了吧？"

江源质问着她，夏晴很是冷静，回道："可以这么说。江源，咱俩真的不可能了！"

"为什么？你有了开心的事儿，不是第一个还会想到跟我分享吗？"

"这是两码事儿，其实那天，那天……"

"那天你突然心血来潮，想耍我们兄妹？可怜我们没饭吃？"

"好吧，我跟你说实话。那天我心情不好，赌气。"

"跟谁？"

"你猜得到！"

"那个姓陈的？"

"嗯……"

"你俩到底什么关系？"

"目前还没关系！行了江源，别问了。就算我和陈曦不能在一起，那我和你，也不可能了。咱们之间不可能再有瓜葛了！以后你有什么需要我帮到你的，我还是很愿意帮你。只要在我能力范围之内。"

大概是夏晴的绝情，触到了江源的底线，江源捂着嘴，含着泪，绝望地点头说："行！夏晴，你给我等着，我一定会过好了，让你夏晴看！"

"那是你的事儿，作为朋友，我衷心希望你能好。江源，找个女朋友去吧，别在我这棵树上吊死。咱俩不合适。"

"会的！"

江源转身，按下电梯气冲冲地走了。夏晴拎着俩塑料袋进了门，陈曦躲在楼道里，笑弯了腰。

他掏出口袋里的钥匙，去开夏晴家的门，夏晴听见门处有动静，以为是招了贼，随手抄了把扫帚，准备贼进来就给他几下。

举着扫帚的胳膊，随着钥匙插进钥匙孔的声音抬了起来，陈曦拎着俩塑料袋进门，夏晴闭着眼就砸了下去，幸亏他身手还算矫健，一下躲过了她的扫帚头,害得她打了个趔趄,要不是他及时抱住,肯定就摔个狗啃屎了。

陈曦托着她的腰,此刻离她很近很近,夏晴脸上的惊讶还没褪去,他的嘴就按了下去……

亲了、啃了,也摸了。陈曦觉得这次夏晴肯定跑不掉了。

这么久没亲近男人了,夏晴还真有点不适应。挣扎了半天,才从人家怀里挣出来。她喘着粗气,钻进了洗手间,拧开水龙头用凉水洗了洗脸,心里,总算是平静点儿了。

她冲着镜子里的自己说:"瞧你那尿样儿!这就不行了?……"

她唠唠叨叨地把自己骂了一顿,听见陈曦在外面喊:"夏晴,出来吃披萨啦!"

她才敢从洗手间出来。

跟夏晴相比,他倒是显得异常淡定,将炸鸡放在了盘子里,就这空儿,还自己找到了蜡烛,弄了点小情调。

夏晴坐在桌子前,白了他一眼说:"大白天,点什么蜡烛!?"

"这不是为了烘托气氛吗!"

"烘托个屁,这是晚上点的,而且得吃西餐!你看看你买的什么!炸鸡!啤酒!演韩剧呢?不怕吃出胰腺炎啊!"

"少吃应该没事儿!我还买了披萨呢!"

他龇着牙冲着她笑了笑,她也忍不住笑了,拿了一块炸鸡啃了起来。

他走到她身后,给她按起了肩膀,像个丈夫关心妻子那样问道:"累了吧,以后少熬夜,你看看你的黑眼圈都重了!"

她差点儿吐了出来,这样的他,显然是不正常的。为了防止自己也变得不正常,她对他训斥起来:"你给我坐下!老爷们儿家的给女人捏什么肩膀!"

陈曦吓得脸都白了,乖乖地坐在了一边,目不转睛地盯着夏晴看她吃炸鸡。

"问你个事儿呗!"

"有话就说,有屁就放。"

"老黑那儿,怎么回事儿?"

"什么意思?"

"你是不是去求他了?"

"我有病啊?"

"说实话!"

"我至于为了你去求那个农村暴发户吗?"

他直勾勾地盯着她,看得她浑身不自在,只能软下来说:"我就递了句话……"

"那这证明了什么!?"

"什么?"

"证明你在乎我!还是特别特别的在乎!"

"吃炸鸡!"

"刚才,你燃烧起来了吗?"

"没有!"

"那就再试一次!"

陈曦朝她凑了过去,将她抱起来,扔在沙发上亲了起来……

♥ CHAPTER 14
第 十 四 章

  陈晨这次虽然选择了一条略显娘娘腔的路，可他觉得这门"技术"总算符合了自己对未来职业的各种幻想。

  一，能赚钱。

  二，可以摸美女的手。

  江珊真心觉得他变态，每次一起上课的时候，她就忍不住要偷瞄他几眼，怀疑他是不是在盯着自己看，也怕他是为了报复自己来的。

  可一切看似很正常，他学得比自己还认真，甚至很快就超越了她的技术。

  江珊赌气，又不能把上课的时间跟他岔开，只能忍气吞声使劲儿地练习。

  一来二去，他俩还成了学员中最勤奋的典型，被安排在一起给其他学员做示范，经常被点名表扬。江珊对陈晨的印象，也开始因为他的勤奋发生了些许的变化。

  李晓骑着摩托车来"视察"，江珊和陈晨正一前一后出来，李晓坐在摩托车上喊她："喂！"

— 247

初恋进行时 / FIRST LOVE

江珊看见帅气的李警官，倒也不矜持，一点儿也按捺不住自己的激动，像只欢快的小鸟一样朝他奔去，居然还摆着姿势跟人家卖萌。

这一幕恰巧被陈晨看见，惊到了他的眼球，只拿眼角的余光瞥他俩："这什么情况呀……"

不过他也实在不愿意跟李晓说什么，决定麻利儿溜。越怕什么来什么，他动作太快，居然被李晓看见，他很惊讶，陈晨怎么会从里面出来。居然忘了他和江珊中间这梁子，大声喊了他："喂！陈晨！干吗呢！"

喊完了，李晓才想起这事儿，尴尬地看了看江珊。江珊耸耸肩膀："他也在学美甲！"

"啊？"

陈晨不耐烦地朝他们走过来，在他俩面前站定，面无表情地说了句："啊！来了啊！我还有事儿去忙了！"然后转身离开。

李晓尴尬地笑了笑，回过头对江珊说："走啊，我请你喝杯咖啡！算是对你的鼓励！"

"真的啊！"

"真的！走，上车！"

江珊跨上李晓的车，这哈雷摩托嗖一下就蹿出去了，他追上陈晨，还特意问了他句："一起吧？"

陈晨翻着白眼儿："无聊。"

"那我们走了啊！"

摩托车嗖一下蹿走了。他只觉得身边一阵凉风呼啸而过。他迷茫地看着他俩的背影，觉得世界真神奇。

陈恩德最近一直在想春香说的话，看看躺在床上的老伴儿，他有种力不从心的感觉。如今他们都这么大岁数了，还瘫了一个，虽然陈曦是儿子，可这些年他们拖累了他太多，这辈子怕是也没本事去帮他了，不过倒是能帮他找个合适的人。

都说这女人是水，他看春香家那姑娘就够温柔如水的，既能干还有财力。这个杨早嘛，也不是不行，但是整天咋咋呼呼，神经的确有点问题。那个夏晴嘛……想都别想，都是个二手货了。

陈曦将车停在楼下，脸上洋溢着幸福的笑容。他有两件事儿要赶紧办，第一件事儿，就是跟家人宣布，他和夏晴正式在一起了。再有一件事儿，就是赶紧跟杨早说清楚，让她断了这念头。

可怜老陈，还不知道儿子喜欢的，居然是他直接否定的夏晴。

夏晴打扫着刚刚他俩激吻之后的战场，觉得这事儿简直太不靠谱了，怎么就亲了呢？还弄得这么热闹？

这让本就心烦意乱的夏晴，变得更加浮躁起来。她不想结婚，恋爱就更不合适了，这种游戏，已经不是她这种年纪和阅历的女人该玩儿的了。

她计划找个时间，跟陈曦谈谈，把话摊在明处比较靠谱。

可是陈曦因为太过激动，已经先跟家人摊牌了。他坐在沙发上，非常正式地跟老陈说："爸！我谈朋友了！"

老陈倒是有点意外，转念脸又阴沉下来，冷着脸问："谁啊！？"

"您认识！"

"杨早吧？哎……末了还是选了她。其实杨早这孩子也不错，伺候你妈伺候得比我还好呢……"

他赶紧忙着打断："爸！不是杨早！谁跟你说是她了！？"

"不是她？那还能是谁？"

"夏晴。以前我谈过的那个夏晴!"

老陈一听这,急了。蹦了老高,把房顶子都要掀起来了。

"她不行!绝对不行!?"

他显然没料到老爹听到夏晴这个名字,情绪会如此激动。他一直以为,夏晴留给他的印象还是不错的。可是,他搞不懂,为什么老爹的反应会这么激动?

"爸!为什么啊?"

"为什么你知道!她夏晴再好,也是个离过婚的女人!我们老陈家不能娶个二手货回家!"

陈曦呱巴着嘴,埋怨道:"您这话说得真难听啊!夏晴是有过一段婚姻,可她也没孩子。有什么不能接受的呢?再说,我就喜欢夏晴!"

"那杨早呢?那个杨早为什么老是找你,还对我们这么好?"

"她想和我复合!但是不可能呀,我爱的是夏晴!"

"这么说,杨早和夏晴,你更喜欢夏晴咯?那要是有比她条件更好的呢!?"

"什么意思?"

"我有更好的姑娘,要给你介绍!"

"您不会也去帮我参加什么相亲大会了吧?我都跟您说了多少次了!那里的姑娘,我不能找!没感情基础!"

"这话算说错了,我要给你介绍的这个,真不是婚介所相中的!这个姑娘不是外人,就是你春香阿姨家的姑娘!长得大方得体,而且还很爱笑。人家都说,爱笑的人,旺夫!"

陈曦很是诧异,不知道,从什么时候开始,老爹也开始关心自己的婚姻了。他龇牙咧嘴地笑了笑;"爸,你说的这事儿不行!我就喜欢夏晴。再说了,春香阿姨,那不是你的……"

"我的什么!?"陈恩德瞪着眼。

陈曦朝着妈妈的屋子看了一眼,凑到他的耳边小声地说:"不是您的初恋情人吗?您让我,娶你初恋情人的女儿?这也太奇怪了吧!"

老陈有点急了,吸了口气,在他的脑门儿使劲弹了一下:"你这个臭小子!怎么什么都知道!?"

"是您整天唠叨的,但是也因为我细心观察,总觉得这春香阿姨吧,看您那眼神儿不对!这事儿绝对不行啊爸!您不能因为你俩没成,就逼着我就范!"

陈恩德急了,拍着他的脑袋大骂:"你这臭小子!说什么呢!你妈可还在床上躺着呢!让她听见你就死定了!"

陈曦小心地朝妈妈的屋子瞥了一眼,冲着老头挤了挤眼儿。

老陈苦口婆心,是真的觉得这姑娘能帮上他,"你说你搞个事业多难啊,以后要是有了春香家这产业,你不就能做更大的事业了吗?他们家这超市,真的很大呢!而且还有两家!"

"爸,我工作上的事儿,您别管。我谈恋爱的事儿,您也别参与行吗?儿子的脾气你知道,只要认准的东西,就不会变!"

陈恩德不再说什么,将身子倒向沙发的一边,沉默。

陈曦知道老爹生气了,笑呵呵地去厨房帮爸爸沏了茶水,放在面前,之后就进屋去看妈妈了。

夏夏正在帮陈妈妈换尿布,每一步都小心翼翼。他觉得这姑娘,年纪轻轻干活就这么有良心,真是少见。所以她将尿布撤下来之后,陈曦赶紧搭把手接过来。

"大哥回来啦!告诉你个好消息!阿姨的手指和脚趾都能动了!"

"啊!?真的?"

"真的!早晨我换尿布的时候就发现了!能稍稍动一下了!"

- 251

"真是你的功劳啊！夏夏！好妹子！哥给你涨工资！"

夏夏拿过他手里的尿布，淡淡地笑了笑："大哥说话算数啊！"

"算数！算数！"

夏夏拿着尿布出去了，帮他们关好了门，这姑娘机灵，知道每次陈曦都要跟妈妈说悄悄话，悄悄话，肯定是不想被旁人听见的吧？

他掩饰不住内心激动的情绪，抓着妈妈的手鼓励道："妈，动一下给儿子看看！"

陈妈妈使尽了全身的力气，握了握他的手。陈曦看着妈妈的眼睛，伤心地哭了出来："妈！妈妈！你一定得好起来！"

陈妈妈也激动了，眼泪顺着脸颊落下，居然要张嘴说话，费了半天劲，终于挤出了一个"儿……"

他哭得更厉害了，心里说不出的酸楚。

陈妈妈的身体奇迹般地好转起来，这让老陈一家人都很兴奋。

姜文已经在娘家住了一个月了，每天除了上班、下班，就是把自己关在屋子里发呆。程丽碰了一次媳妇儿的钉子，再也不想上门自讨没趣了，就任凭她在娘家住下去。赵斌整天没精打采的，药也不喝了，除了上班吃饭睡觉，就剩下一副皮囊。程丽看着着急，也不敢回自己那儿了，整天跟在儿子屁股后面。

看着赵斌一天天消沉下去，程丽心里开始着急了，决定再一次放下自己的自尊，找姜文出来谈谈。

婆婆给媳妇儿打电话，声音中带着嘶哑的哀求。

"文文，能不能出来跟妈妈聊聊！算我求你了！"

她的表情很淡漠，只觉得浑身无力，也不想跟她讨论什么夫妻感情话题，于是就一口回绝了她："妈，我觉得没什么好说的了。无非就是劝我和赵斌和好。我想自己静静,然后决定到底要怎样。"

程丽一听这个,再也忍不住了,对着手机哭了起来,姜文觉得这哭声,还真不是装的,特别悲凉又绝望的哭声,惹得她心里很烦。她不知道该怎么安慰婆婆,只能随口搪塞了一句:"我去好吧,您别哭了。"

"真的吗?那中午咱们在植物园儿见!"

"嗯!好!"

程丽决定跟她来一场不一样的会谈,这次一定要把她劝回来。她翻遍了他们屋子里所有的角落,终于找到了姜文念大学时,赵斌送给她的那条丝巾,她记得这丝巾,是她替儿子准备的礼物。她还找出了姜文的婚纱,和那条丝巾一并装进袋子里,拎着去了植物园。

程丽买了热饮,早早等在那里了。过了半个小时,姜文才缓缓地从远处朝婆婆走来,一脸的愧疚:"妈,我单位有点事儿。来晚了……"

"没事儿没事儿,坐下!"

程丽让姜文坐在自己身边,递给她那杯半温不凉的咖啡。

"来了就好,我还怕你不来。这咖啡还不算太凉。"

"您还给我带喝的。"

程丽笑笑:"其实这婚姻就像这咖啡,慢慢都会变得温凉,只有这样,喝着才舒服。"

姜文浅笑一下,喝了一口咖啡。

程丽开始摆弄手边的塑料袋,押出里面的那条丝巾让她看。

"还记得这条丝巾吗?假如我没记错的话,这是斌斌送给你的第一份礼物吧!?"

姜文攥着那条丝巾,眼眶里含着泪:"妈,您在哪儿拿的?您怎么会有?"

程丽叹了下气:"最近斌斌整天魂不守舍的,我担心他,就住在你们那儿了。至于这条丝巾,斌斌和你谈恋爱的时候,回家跟我说,妈妈,我喜欢上了一个特别漂亮的姑娘,我想追求她,但又怕她拒绝我,我想送个礼物给她,您能帮我选吗?于是,我就带着他去了商场,我们在商场里转呀转呀,转了很长时间,他都没决定要买什么。我推荐的东西,他又不喜欢。可是走到丝巾柜组的时候,他突然就停下了脚步,看着这条丝巾,看了很长很长时间。他问我,妈,你说这个好看吗?我说,不错呀,你觉得适合那个女孩儿吗?他瞅着那丝巾傻笑着点点头,然后我们就买了这条丝巾。"

姜文攥着那丝巾,眼泪啪嗒啪嗒地掉下来:"这丝巾,还有故事呢……"

程丽又押出那条婚纱,摊开,站在她的面前。姜文看见自己曾经穿过的婚纱,笑了又哭,像个被爱情和婚姻遗弃的孩子。

程丽又开始像演话剧一样,抒情地说了起来:"这婚纱是斌斌特意带着你去定做的。上面的每一颗珠子都是你俩精心挑选的。每一颗珠子定制的位置,都是你精心设计的。你说,你要穿上你自己设计的婚纱,尽管你不是什么大设计师,尽管别人也许觉得不好看,但是,你一辈子就结这一次婚,你不想让别人的建议左右了你的思想……这些,都是斌斌跟我说的……"

姜文抱着那件婚纱,沉默着。程丽温柔地将手搭在了她的肩膀上:"孩子,回家吧。你们相爱,妈妈看见你们这样,心疼……"

她抬头看着婆婆,的确写着满脸的真诚。婆婆最近好像也瘦了,眼睛都凹了进去,面色也不如从前那么靓丽,想她一个这么爱漂亮的人,如今也顾不上收拾自己。她问自己,这么僵持下去真的有意义吗……

姜文回家了,手被婆婆温柔地拉着,像个走失后又找到家的孩子。

一进门,她环顾着屋子,看着眼前的混乱场景,心里不免升起一丝悲凉。

"你走了这些天,我们也没心思收拾。现在你回来就好了,一家人终于团聚了。你赶紧去洗洗,我来收拾收拾。"

程丽就是精,也许姜文还不知道,眼前这混乱,根本是婆婆故意制造出来的,为的就是让她见了心软。姜文拉住婆婆的手说:"妈,咱们一起收拾吧,收拾完了再洗。"

程丽面露喜色,点点头。

婆媳俩围着围裙收拾屋子,有擦地板的,有擦桌子的。一片祥和的景象。

赵斌拖着疲惫的身子,拎着几袋药回家。昨晚又被程丽唠叨,说他不管怎样,都不该放弃治病,他想想也对,好不容易自己的身体有了点"起色",的确不应该就这样前功尽弃。其实自己内心深处,还期许着,能有一天治好,和文文生一个可爱的宝宝。

他开门,姜文推着拖着长线的吸尘器吸到门厅处,吸尘器的吸头撞到了他的脚上,他俩都怔了,姜文最先回归自然,冲着他笑了笑,接过了他手里的袋子,"回来了?换好鞋子再进来啊,我不在家的这几天,你是不是经常穿着鞋在地板上走啊?脏死了都要!"

赵斌回过神来,完全摸不准眼前的情况,紧张得不行。姜文将袋子拎到了厨房,打开看了一眼,看见几包中药袋,倒是很纳闷。

"你俩谁不舒服啊?这是谁的药!?"

"哦⋯⋯"

赵斌刚要开口说话,又被程丽抢了先:"是我的!我最近颈椎不好,是我让斌斌去给我到药店拿回来的!"

他看了一眼妈妈,无语。

"哦⋯⋯妈,我认识一个按摩师,专治颈椎的,明天我带你去按按吧!"

程丽很自然地回应着:"好呀!"

⋯⋯

姜文看起来心情不错,好像完全因婆婆带给自己的感动,心情美丽了起来。赵斌把妈妈拉进了卧室,很焦灼。

"妈,这怎么回事儿啊?"

"我把她劝回来的啊!回来了就好,人家一个女孩儿都放下面子,表现得这么自然了。你个大男人家,就别纠结了。"

"可我这身体!你把她弄回来,她要是追着我……"

"那你就应着呀!傻儿子!你不是好点儿了?"

"可是……哎呀……妈,你让我怎么说出口!"

"那你就坚持坚持!反正我不管!这次你绝对不能再闹了!以后也不许!一会儿我回自己那儿,带走你的药!"

他又想说什么,被她瞪了一眼,马上就闭嘴了。

吃过了晚饭,程丽见她心情不错,拎上了那袋中药就要回家。

"文文,你收拾了这么长时间,肯定很累了,洗洗早点儿休息!"

姜文点头笑了笑,程丽笑笑瞥了儿子一眼,赵斌心虚地躲避了她的眼神。

"那我走了!"

"哎!妈!"

"嗯?"

"明天我去接你,带你去按摩!"

婆婆捏了捏她的脸:"贴心的小心肝儿!走啦!"

程丽走后,屋子里一片宁静,赵斌破天荒地去刷碗,姜文不敢看他,拿着喷壶,左喷喷右喷喷。俩人一夜无语,彼此心里却都在想同样的事情——我该怎么让他知道,我爱他……

赵斌刷完了碗,抹了抹手上的水渍,帮她沏好了淡茶,端到客厅,放在茶几上。他轻轻喊她的名字:"文文,喝茶。"

她稍稍回过头,他看见她眼角有泪,心疼得不行。他踉跄了两步冲过去,从身后紧紧地抱住了她,姜文转过头,不可抑制地在他怀里哭了起来。

"乖!全是我的错!你打我吧!"

她攥着拳头,狠狠地捶了他两下,他拥得更紧了。她抬头,嘴巴凑了上去,他发现他无法抗拒她性感的嘴唇,尽管他有点力不从心。

……

这次算不上刺激,但却让她心暖,她觉得他很认真,即便效果不太好。可她还是很开心,依偎在他的怀里,像刚刚在一起时那样。

赵斌抱着她的肩膀,吻着她的额头说:"孩子的事儿就顺其自然吧,好吗?"

她点点头,微笑着。

老黑决定给陈曦的农场投资,做出这个决定的时候,还特意给夏晴打了电话。

"夏晴吗?我决定了!我要给陈曦的农场投资!"

夏晴看得很淡,拿着手机哦了一声。

"我怎么觉得你好像不高兴啊?"

"我没有啊,这是你俩的事儿,有必要跟我说嘛?"

"不是你让我好好考虑的吗!?"

"是啊,你这不是考虑好了!?黑总,我还有事儿要忙,先不跟你说了啊!"

夏晴突兀地挂了他的电话,他觉得这女人心海底针,真是摸不透。他让姜文拟定了一份合同,让陈曦看看,要是没什么问题的话,就把合同签了。

姜文研究这合同信息,认定这事儿跟夏晴有关系。以她对老黑的了解,他虽然爱财，但却从不盲目投资，她来了这段时间，有多少来寻求合作的，都被他拒之门外了。要不是为了讨女人欢心，他还真犯不上给一个濒临破产的陈曦投钱。

她将合同传真给陈曦。

陈曦坐在办公桌前发呆，现在除了发呆，他已经没别的事儿可做了。不过他还是劝自己，一切都在慢慢走向正轨，妈妈的病好转了，他和夏晴也确立了关系。

传真在转动，他看见里面吐出两张纸，笑得乐开了花，拿起其中一张，看着开头赫然写着——投资合同……

姜文下了班，去超市买了很多零食，准备就着自己心情大好，犒劳一下闺蜜，顺便关心一下她的感情生活。

夏晴终于交了至关重要的第一集剧本，对自己前途未卜的剧本表示着担忧，不过总算能松一口气，不再被那个娘炮追着问了。

姜文摸了半天，也没摸到她门上的钥匙，疯了一样按门铃。夏晴一听这节奏，就知道是她来了，噘着嘴去开门："我说你能不能慢点按？都被你按坏了好几个了！"

"我靠！你看看你这副德行！"

"我在家就是这副德行啊！不过你这副德行，看上去不错！?"

姜文将东西放到茶几上，开始施展自己的狗仔潜能，觍着脸龇着牙开始打探消息。

"你知道我今儿给谁发了合同吗？"

她啃了一下昨晚吃剩下的半拉苹果，扫了她一眼："陈曦。"

"哎哟，我去！这事儿你门儿清啊！这跟你有关系吧!?"

她翻着白眼儿，忍俊不禁地笑了下："你说呢！"

"行啊你！咋地？你俩……"

"别瞎想！没什么！"

"我才不信呢！你这脾气的，要不是想吃回头草，铁定不会干这事儿！"

"就你精！不过，我这样做不对吧？"

"怎么不对？"

"我觉得挺对不住人家黑木的，这是其一。"

"还有其二？"

"其二就是……我根本没想过再婚这事儿。"

姜文惊诧着，揪着她的衣服严肃警告着："陈曦和江源可不一样，伤不起！"

"是呀！所以我觉得我这样做不对！算了，帮了他这一次，以后跟他撇清关系好了！"

她撒开她的衣服，顿时蔫巴了："你是一朝被蛇咬十年怕井绳了吗？陈曦多好呀，绝对是个正人君子！"

"现在看是，谁知道将来是不是？再说，有钱的男人，更靠不住。而且他是一手的，我是二手的，这点上他占了优势，我一辈子就得处在劣势！"

"别这么说，爱不分国界！也不分一二手！"

"那我去找个外国老头儿好了，外国人思想开通，光谈恋爱不结婚肯定成！"

"得了吧，陈曦你俩挺般配的，男富豪女作家，多和谐啊！"

夏晴怎么都觉得她今儿的状态太过阳光，居然甩掉了以往的苦大仇深，开始劝慰自己奔向下一段婚姻了。

她深情地瞪着她的眼睛，瞪得她有点心虚。

"你是不是回去了？"

她语气怀疑。她躲闪着，幸福地笑着。

"知我者，莫若你。"

"怪不得呢！谁给你灌迷魂汤了？居然想开了？"

"说了你都不信，我婆婆给我来了一场震撼的心灵救赎，愣是把我感动到稀里哗啦。我想吧，也对，你说我闹什么呢？其实我心里真的想跟他离婚吗？我那么爱他，从大学到结婚，我一直只爱他一个。"

"你就是贱吧？别说得这么好听。早我怎么说来着？你是不会放弃这段婚姻的，你却还在装。爱人家就爱嘛，还非要装什么清高！回去了好，回去就对了！这次回去，可不要再闹起来了！"

姜文抱着她的脑袋亲了一下，依偎在她的怀中，像个小女孩儿一样。

"看你这娇羞的样子，莫非昨晚翻云覆雨？"

姜文起来，敲了一下她的脑壳："满脑子龌龊的女作家！"

……

夏晴怎么都觉得这事儿，应该瞒着老黑，要是让人家知道了，自己和陈曦暧昧，人家肯定会把她骂死，要是想不开再去自杀，弄出点人命来，那她就罪孽深重了。

黑木将第一笔款子打到了陈曦的账户里，让他赶紧运作起来，陈曦拿到这笔钱，如获珍宝，算计着每一分的用途，生怕浪费了人家的钱。

他在纸上写着预算，发现这建旅游采摘园的开销还是蛮大的，要是不算计再算计的话，恐怕前期这点钱连餐馆的门面都盖不起来。

晚上还有个宴请，他请了姜文、夏晴和老黑，大家坐下来交流下感情，顺便谢谢人家老黑的慷慨相助。

他想着都是熟人，应该不会拘谨，顺便用行动提醒一下老黑，自己和夏晴的关系,绝非一般。

夏晴在镜子面前照了半天,还是不能决定自己穿哪套衣服去参加聚会。说实话,她还是非常注重自己在陈曦心中的形象的。最后,她决定穿那件紫色的小裙子,配一件宽松的大毛衣,时尚又婉约。

她换好装,在镜子前面照了又照,觉得这穿搭肯定符合他心中女神的形象吧?

……

今儿杨早有时间,想去陈曦的农场玩玩儿,换换心情。她给他打电话,问他有没有时间,她玩儿两个小时就走。下午剧组还要开会。

陈曦看了看表,时间还很充裕,就答应了她,想顺便把自己和夏晴的事儿跟她说清楚,也好给人家一个交代,毕竟杨早也是个不错的姑娘,对他也是真正地用心了,他一直都不敢把话说太透,怕伤到人家的心,上次还不小心被人家抱了,想想真是不应该,他是真心希望杨早能一辈子幸福。

可他却不知道,杨早因为太过认真,把所有的幸福,都寄托在了他身上。

很快,杨早就到了,一进大院就径直往陈曦的办公室里闯,嘻嘻哈哈,身姿婀娜,甚至还摆了半天架势,算计着自己怎么跑进去,才能让他眼前一亮。

事实永远这么让人受打击,她摆了半天造型,却不想进门和正要出门的陈曦撞了个趔趄,正撞到她脑袋上,鼓起了一个大包。

"哎呀,我的妈呀!你走那么快干吗!?"

"杨早!来了啊!我这不是要去方便嘛!你没事儿吧?"

"没事儿!"

"那什么你先坐会儿啊,我马上回来!"

杨早捂着脑门儿直喊:"疼死我了。就不能在办公室里设计个洗手间吗?"

初恋进行时 / FIRST LOVE

老黑知道今儿晚上有夏晴，开心得都要蹦起来了。一早就拉着姜文，一起去找她。顺便跟她套套近乎，增进一下感情。

他俩一前一后，站在夏晴家的门口上，按下门铃。

黑木拎着两袋子冬虫夏草，一进门就要冲水给她喝，说这东西对女人有好处。夏晴有点儿嫌弃地拎着俩袋子，放进了橱柜里，跟姜文耳语："一会儿你拿走，我不需要这玩意儿！"

姜文眨巴了两下眼睛，笑着去冲咖啡了。

黑木坐在沙发上，翘着二郎腿，故意造出大老板的声势："你交代的事儿我都办啦，先给他拨了八十万，这只是前期的投入。"

"哎哟，黑总慷慨。不过这事儿，不是我特意交代您的吧？您是不是也考察透彻了？"

"那倒是，但是其中还是有几分人情的。"

"这我信，这笔我给您记着，回头请您吃饭。"

黑木放下翘着的二郎腿，可怜巴巴又一本正经，"夏晴，我不要只是吃吃饭……"

夏晴尴尬地不看他，左瞧瞧右瞧瞧，催促姜文："快点啊！咖啡呢？"

姜文端着托盘出来，夏晴朝她使了个眼色，她顿时明白，坐在了他俩中间，挡住了他观察夏晴的最好角度。

黑木觉得这姜文太不给力了，怎么能阻隔他的视线？趁着夏晴没注意的时候，朝她努努嘴，示意她去一边坐。

她面露尴尬，有点为难。抬头，又看见夏晴在朝自己使眼色，姜文抬头看看表，约定的时间还不到，但是她还是蛮能打岔的，居然说："咱们出发吧！"

夏晴简直败给了她的智商，捂着脑袋惆怅着。

"这也太早了吧？请客的不去，咱们去这么早不太合适吧？"

262 -

她站起来在他俩中间扭着屁股转了个圈儿:"要不,我给你俩跳舞吧!我最近刚学了一个舞蹈,你们帮我点评点评呗!"

夏晴拍着手:"这个好!赶紧跳!"

黑木不耐烦地说:"好……好……"

于是姜文像个女神经病一样,在他俩面前翩翩起舞了起来。

……

杨早脑袋上撞了个包,但还是阻止不了她疯狂地在他的枣树行里又跳又笑,其实她是想给他制造一个自己又天真又萌的假象,但是陈曦只觉得她越来越像个女疯子了。

"陈曦!我觉得你一定会东山再起的!你放心,我愿意永远做你背后支持你的那个女人!"

他吓出了一身冷汗,嘟哝着:"我去,还永远。一刻我都受不了了。"

"你说什么?"

陈曦咳嗽了两下,不知如何开口。

"你是不是有话对我说?那你说啊!"

"嗯……杨早,我是有事情要跟你宣布。"

杨早笑哈哈地捂着脸,激动得以为他是想跟自己正式确立关系。陈曦看她这副样子,到嘴边的话,又咽了下去,实在是不忍心去伤害她。

"怎么了?怎么还不说?"

"哦……我是想告诉你,我的危机暂时缓解了,有人愿意给我投资转型啦!"

杨早的情绪,突然就没那么高昂了,不过还是替他感到开心。居然愣了半天之后突然尖叫一声,吓得他一个趔趄。

"怎么,杨早?"

"这简直,太好了呀!陈曦,我就知道你行!你放心,你肯定会东山再起的,肯定!"

他吓得脸都绿了,嗯嗯啊啊地敷衍着。她突然不知道又搭错了哪根神经,居然拉着陈曦在农场里跑了起来……

姜文跳了两个小时的舞蹈,让他俩点评,只有夏晴在她舞蹈时点评得乐此不疲,虽然她跳得不怎么样,她还很无语,但是她还是故意装出一副忠实粉丝的样子,以免她闲下来后的尴尬。

陈曦跟杨早跑了两圈儿了,看她的样子,根本停不下来。陈曦看看手机,已经下午四点了,她怎么还没有要走的意思?要是她不走的话,他就要迟到了。只能硬着头皮问她:"杨早,你下午不是有会吗?"

"哦!玩疯了就忘了,没事儿,无关紧要的小会,我参加不参加没关系。"

"哦……你看时间也不早了,我回市里,正好顺道送你回家!?"

"别介啊,这才四点不是?怎么你有事儿啊?我还想让你请我吃饭呢!"

陈曦喝着牙花,心想,得,今儿又撞到枪口上了。可他总不能让一个女孩儿下不来台吧?只能实话实说了。

"我今儿晚上约了人。"

"约了谁啊?我跟你去行吗?不会是女孩儿吧?"她故意这么问。

"哎……我约了姜文和夏晴,还有那个给我投资的老板!"

杨早眼珠转了转:"哟……"

他以为她明白了,用一双期盼的眼神看着她。没想到她转过身去却说:"这么热闹啊?没事儿,我不介意和夏晴一起吃饭,虽然我不太喜欢她……"

"啊?"

……

陈曦彻底无语了,但是为了不迟到,只能带着杨早一起赶往市里的聚餐地点。他无法想象,她的内心到底强大到了什么程度,这样都能忍受,他觉得杨早,绝对是在故意装傻,其实她心里什么都明白。

他和夏晴,好像在拒绝追求者的这件事儿上,一样的心软,并且绝对预测不到,这种心软将给自己带来怎样的麻烦。

夏晴一席人已经在聚餐点等了一刻钟了。黑木显然对他宴请自己的诚意表示了怀疑,夏晴一边看手机上的点,一边在心里为他着急。

姜文也觉得尴尬,只能先叫了两个果盘,这样也不显得那么空落。

陈曦心情忐忑地和杨早一前一后地走着。他念念叨叨地跟她再三求证:"你真的不介意吧?这里面有夏晴……"

"我看出来了,你是不欢迎我来。算了,我走好了!"

她生气地转身要走,被他一把拽住了,赶紧给她道歉:"姑奶奶!我真不是这意思!我不说了好不好,走吧!"

杨早笑了笑:"真的?"

"真的!赶紧走吧!"

……

他推门而入的时候,夏晴还惊讶地笑了:"看来了!我说是路上堵车吧!?"

没过两秒,他身后钻出了一个杨早,她的表情瞬间石化了,好像从火山一下进入到冰川,根本就回不过神儿来。就连姜文,都怔住了。

完全一头雾水的黑木,倒是很开心,好像理解了什么,心里美得不行。

"我说陈曦老弟啊!你原来是佳人有约啊!来晚了有情可原,情有可原啊!"

"真是不好意思,路上堵车堵得太厉害了,就跟那蚂蚁搬家似的那么慢……"

杨早腼腆地笑着,觉得自己终于略胜一筹,主动介绍起自己来:"黑总是吗?我是陈曦的女朋友杨早。"

夏晴、姜文的眼珠子都要瞪到蹦蹦球那么大了,陈曦缓缓转过头看了杨早一眼,真没想到,她居然会这么说!

老黑礼貌地跟她握了握手:"哎哟,美女!气质美女!"

他瞅瞅陈曦,一副羡慕的口气:"行啊,兄弟!"

陈曦看了一眼坐在一边的夏晴,抱着胳膊,脸色已经变绿了。

"不是,不是您想的那样!"

"得!别解释了!哥哥懂!这几个美女,坐到一起吧。你陪着我,咱俩喝酒!"

夏晴扭了扭小蛮腰,笑得跟朵花儿似的:"别价啊!黑哥,我挨着你坐着。你看人家陈曦都带着女朋友来了,我让你单着也不合适呀!我挨着你,让他们小两口挨着坐。"

黑木受宠若惊,嘴巴都咧到耳朵根上去了,只会说:"好好好……"

陈曦有点生气,瞪着大眼睛看她,她倒不扭捏,坐到了黑木的身边,还挽着他的胳膊。杨早觉得自己赢了,今儿这局搅得对,没准儿就能把陈曦抢回来。

陈曦心里这个气呀,一缸醋都打翻了,酸得牙根儿都难受。他明明知道,夏晴是生气了,可还是抑制不住自己激动的情绪,拉起了杨早的手,坐了下来。

坐在一边的姜文,下巴都要掉下来了。夏晴气得呼呼直喘,没好气地喊着:"服务员!点菜!"

"对对对!点菜!"

姜文成了这场大孩子斗气之间的裁判,看着这两对出尽洋相。杨早给陈曦夹菜,陈曦就给她喂菜。夏晴不单单给老黑喂菜,还给他擦嘴角……

战火熊熊,看得姜文儿总是偷偷地咯咯笑。

夏晴终于还是在杨早亲了陈曦脸一下之后爆发了!指着陈曦的鼻子骂道:"你自己搁这儿演吧,老子不奉陪了!"

陈曦站起来,跟她对吼:"你貌似也很过分吧!?还喂人家黑哥?"

"我喂了!怎么啦?人家不是还亲你了吗?"

"是啊,亲啦!我俩恩爱不行吗!?"

黑木和杨早大概都看出了端倪,有点坐不住了,姜文为了防止进一步的尴尬,左边哄哄右边劝劝:"别吵了!注意场合!陈曦!你今儿不是来谢谢我们黑总的吗?别忘了你今儿来是干吗的!"

"这没法谢了!哪儿跟哪儿啊?"

杨早站起来,端起酒杯,抬着胳膊说:"别吵了!挺好的场合,我们把酒言欢不好吗。万事不可说得太透,我和夏晴之间,迟早要有一场决斗!今儿,这不算什么!我爱陈曦,我要向你挑战!"

杨早端着酒杯冲着夏晴举着胳膊,那意思是要跟她走一个,她白了她一眼,拽过椅子上面的衣服,送给她三个字儿:"神经病!"抬起脚来就走了。

陈曦跟在她后面追,他俩完全印证了恋爱中的人爱冲动这件事儿,姜文都不知道该如何收场了,看看坐在那里直打愣的老黑,她居然有点心疼他。

"你说这叫办的什么事儿呀!黑总,黑总?你没事儿吧?"

她推了他一下,他打了个激灵,"啊?"

"你们先坐会儿啊!我去把他们追回来!"

"啊……"

姜文也跟着跑了出去，杨早端着杯子，站在那儿，脸上挂着两行泪。她抬手，将杯子里的白酒一口气灌进了胃里。

又倒了一杯，走到老黑旁边，坐下，面无表情地说："同是天涯沦落人，咱俩喝吧！"

老黑端着酒杯，目光呆滞，跟她碰了一下，一口喝了下去。

……

夏晴上学的时候是短跑冠军，很快就跑了出去，打到了车。陈曦喊了半天，没叫住，开着车就追着那出租车走了。

姜文再下来的时候，车屁股都看不见了。

"这什么情况？你说我算干吗的！"

她回头望了一眼，心里犯了愁，她待会儿上去，该怎么跟老板解释他俩这复杂又矫情的关系呢？

她转身，刚要往里面走，手机响了，程丽在那边虚弱地说："文文，快来，我心绞痛又犯了，斌斌的电话没人接……"

"啊？妈！你别着急啊！我马上，马上去！我现在就打120！"

姜文再也顾不上什么老黑老白了，打了个车，赶往了婆婆家。

—全文完—